E. C. Bentley

Trent's letzter Fall

Roman

Aus dem Englischen
von
Monika Elwenspoek

Diogenes

Titel der Originalausgabe:
›Trent's Last Case‹

Umschlagzeichnung von
Hans Traxler

Deutsche Erstausgabe

100/88/29/1
ISBN 3 257 21628 9

An Gilbert Keith Chesterton

Mein lieber Gilbert,

Ich widme Dir diese Geschichte. Denn erstens war mein einzig edles Motiv beim Schreiben die Vorstellung, das Ergebnis könne Dir Vergnügen bereiten. Zweitens schulde ich Dir ein Buch als Gegengabe für ›Der Mann, der Donnerstag war‹. Drittens habe ich es Dir versprochen, als ich vor zwei Jahren, von Franzosen umgeben, meinen Plan vor Dir ausbreitete. Viertens erinnere ich mich der Vergangenheit.

Gerade heute mußte ich wieder an jene erstaunlichen Zeiten zurückdenken, da keiner von uns je eine Zeitung ansah; da unser reinstes Glück im grenzenlosen Konsum von Papier, Bleistiften, Tee und der Nachsicht der Älteren bestand; da wir der ernsthaftesten Literatur zugetan waren und selbst so leichte Lesekost produzierten wie eben nötig; da wir (um mit dem kanadischen Dichter zu sprechen) die Werke der Natur studierten, auch jene kleinen Frösche; kurz, als wir noch sehr, sehr jung waren.

Dieser Zeiten eingedenk widme ich Dir dieses Buch.

Immer Dein getreuer
E. C. Bentley

Inhalt

Schlechte Nachrichten

Wie soll die Welt, wie wir sie kennen, Wichtiges von wichtig Scheinendem weise trennen?

Als Sigsbee Mandersons ränkevolles, unbeugsames Hirn durch einen Schuß von unbekannter Hand zerschmettert wurde, verlor diese Welt nichts, was auch nur eine Träne wert gewesen wäre; sie gewann etwas Bedenkenswertes in der harschen Mahnung an die Eitelkeit solchen Reichtums, wie dieser Tote ihn angehäuft hatte – ohne dabei auch nur einen treuen Freund gewonnen zu haben, der um ihn trauerte; ohne sich auch nur ein Verdienst erworben zu haben, das seinem Andenken zur Ehre gereicht hätte. Und dennoch, als die Nachricht von seinem Ende kam, erschien es jenen, die in den großen Strudeln der Geschäftswelt leben, als ob die ganze Erde unter einem Schlag erzittere.

In der ganzen finsteren Wirtschaftsgeschichte seines Landes hatte es nie eine Persönlichkeit gegeben, die sich der Geschäftswelt derart ins Bewußtsein eingeprägt hätte. In ihren Tempeln hatte er seine eigene Nische. Finanzriesen, stark genug, die Macht des Kapitals zu lenken und zu mehren und den gängigen Tribut in Millionenhöhe für ihre Mühe einzustreichen, hatte es schon früher gegeben; im Falle Manderson aber kam die Besonderheit hinzu, daß ein sanfter Glorienschein von Piratenromantik – den Herzen seiner Landsleute besonders teuer – unverdient über seinem Haupt schwebte während all der Jahre, da er für jedermann unbestrittener Hüter der Stabilität, Zertreter manipulierter Krisen und Widersacher gieriger Raubritter war, die an Wall Streets Grenzen lungerten.

Das Vermögen des Großvaters, der im bescheideneren Maßstab seiner Zeit ein solcher Raubritter gewesen war, kam auf ihn mit Zins und Zinseszins von seinem Vater, der in einem langen Leben unauffällig weiter Geld verlieh und bei keinem Handel draufzahlte. Manderson, der nie erfahren hatte, was es hieß, keine großen Summen verfügbar zu haben, hätte eigentlich ganz und gar zu jener neueren amerikanischen Plutokratie gehören müssen, die sich auf Tradition und Gewohnheit großen Wohlstandes stützt. Dem war jedoch nicht so. Während Umstände und Erziehung ihm durchaus europäische Vorstellungen vom angemessenen Lebensstil eines reichen Mannes vermittelt hatten; während sie in ihm einen Instinkt für dezente Pracht eingewurzelt hatten, Kostspieligkeiten, die nicht mit tausend schrillen Zungen von sich reden machen, war ihm nichtsdestoweniger vieles mitgegeben von dem Pionier und Finanzpiraten, der sein Ahnherr war. Während jenes ersten Abschnitts seiner Karriere, auch seine ›wilden Jahre‹ genannt, war er nicht viel mehr als ein genialer Spieler, sein Blatt gegen alle – ein Wunderkind, das für die fesselnde Beschäftigung mit Spekulationen ein besser ausgestattetes Gehirn mitbrachte als jeder seiner Gegenspieler. Auf St. Helena wurde es festgelegt: Krieg ist *une belle occupation*; und so fand der junge Manderson zum vielfältigen und komplizierten Nahkampfgetümmel des New Yorker Börsenlebens.

Dann kam sein Wandel. Beim Tode seines Vaters, als Manderson dreißig Jahre alt war, schien eine neue Offenbarung von Macht und Herrlichkeit des Gottes, dem er diente, über ihn gekommen. Mit der unvermittelten, elastischen Anpassungsfähigkeit seiner Nation wandte er sich regelmäßiger Arbeit im Bankgeschäft seines Vaters zu und verschloß die Ohren vor dem Schlachtenlärm in Wall Street. Innerhalb weniger Jahre kontrollierte er alle Aktivitäten der großen Firma, deren unanfechtbarer Konservativismus, deren Sicherheit und finanzielles Gewicht sie wie einen Felsen aus der Brandung wilden Marktgeschehens herausragen ließen. Jegliches auf die Torheiten seiner Jugendjahre gegründete Mißtrauen war bald verschwunden. Ganz offensichtlich war er ein anderer geworden.

Wie dieser Wandel vonstatten gegangen war, konnte niemand genau sagen, doch es wurde etwas von gewissen letzten Worten seines Vaters gemunkelt, den er als einzigen respektiert und vielleicht sogar geliebt hatte.

Er begann die Finanzlage zu überragen. Bald war sein Name an den Börsen der Welt geläufig. Wer den Namen Manderson aussprach, beschwor ein Bild all dessen herauf, was im riesigen Reichtum der Vereinigten Staaten für fundiert und sicher galt. Er plante große Kapitalumwälzungen, konzentrierte und zentralisierte Industrien kontinentalen Ausmaßes, finanzierte mit unfehlbarem Urteilsvermögen die großen Vorhaben staatlicher oder privater Unternehmen. Viele Male, wenn er »die Sache in die Hand nahm«, um einen Streik zu zerschlagen oder großen Kapitalbesitz zusammenzufassen, trieb er eine Vielzahl kleiner Haushalte in den Ruin; und wenn Bergleute, Stahlarbeiter oder Viehknechte ihm die Stirn boten und Unruhe heraufbeschworen, konnte er rechtswidriger und unbarmherziger reagieren als sie. Doch sein Handeln wurde bestimmt von der Verfolgung legitimer Geschäftsinteressen. Mochten auch Zehntausende von Armen seinen Namen verfluchen, der Finanzier und der Spekulant verwünschte ihn nicht mehr. Er streckte seine Hand aus, um in jedem Winkel des Landes die Macht des Reichtums zu schützen oder zu beeinflussen. Gewaltsam, kalt und unfehlbar in allem, was er tat, befriedigte er die nationale Sucht nach Größe, und ein dankbares Vaterland gab ihm den Beinamen »Gigant«.

Doch gab es in dieser späteren Periode einen Wesenszug an Manderson, von dem bis auf einige wenige enge Mitarbeiter und Partner seiner längst vergangenen wilden Jahre niemand etwas ahnte oder gar wußte. Dieser kleine Kreis kannte an Manderson, dem Eckpfeiler des soliden Geschäfts und der Stabilität der Märkte, Anwandlungen von Nostalgie, während derer er sich nach den lebhaften Zeiten sehnte, als Wall Street vor seinem Namen zitterte. Es war, meinte einer, als habe sich Blackbeard, der Seeräuber, mit seiner gesamten Beute als ehrsamer Kaufmann in Bristol niedergelassen. Hie und da käme dann plötzlich der Pirat zum Vorschein, das Messer zwischen den Zähnen und die Schwefelhölzchen zischend unterm Hutband. Während solcher Rückfälle entstanden im inneren Büro der Firma Manderson, Colefax und Co. eine Reihe von Plänen stürmischer Kaperfahrten auf den Gewässern des Marktes. Doch sie wurden nie ausgeführt. Blackbeard erstickte die Meuterei seines alten Ich und begab sich ernüchtert in sein Kontor zurück, wobei er womöglich ein paar Takte von *Spanish Ladies* vor sich hinsummte. Wenn die Zeit zum Handeln vorbei war, erlaubte Manderson sich gelegentlich die harmlose Genugtuung, einem edlen Roland der Branche aufzuzeigen, wie man einen Millionencoup hätte landen können. »Mir scheint«, pflegte er beinah wehmütig zu sagen, »Wall Street ist ein ziemlich langweiliges Pflaster geworden, seit ich weg bin.« Diese liebenswerte Schwäche des »Giganten« wurde in Wirtschaftskreisen nach und nach bekannt und entsprechend bejubelt.

Panik raste durch die Finanzwelt gleich einem Wirbelsturm, als die Nachricht von seinem Tode kam; denn sie kam zu einem unglücklichen Zeitpunkt. Preise schwankten und brachen zusammen wie Türme bei einem Erdbeben. Zwei Tage lang glich Wall Street einem tobenden Inferno heller Verzweiflung. Ein Hauch von Ruin, eine Heimsuchung von Selbstmorden ging über die Vereinigten Staaten hinweg, wo immer die Spekulation ihre Anhänger hatte. Auch in Europa nahmen sich nicht wenige mit eigener Hand das Leben, welches auf bedauernswerte Weise mit dem Schicksal eines Finanzriesen verquickt war, den die meisten von ihnen nie gesehen hatten. In Paris verließ ein bekannter Bankier still die Börse und sank inmitten der tobenden Menge von Juden tot auf die breiten Stufen nieder, in der Hand eine zerdrückte Phiole. In Frankfurt stürzte sich einer vom Turm des Domes und hinterließ eine dunkelrote Spur auf dem ziegelroten Dach. Männer erdolchten und erschossen und erdrosselten sich, tranken den Tod oder atmeten ihn wie die Luft, weil in einem einsamen Winkel Englands das Leben aus einem kalten Herzen gewichen war, das sich in den Dienst der Habgier gestellt hatte.

Der Schlag hätte zu keinem verhängnisvolleren Zeitpunkt fallen können. Er kam, als Wall Street sich in einem Zustand unterdrückter Angst befand – unterdrückt, da schon seit einer Woche weite Anlegerkreise, die in ihrem Handeln bekanntermaßen vom »Giganten« abhängig oder sogar von ihm beherrscht waren, verzweifelt versuchten, die Auswirkungen zu bekämpfen, die die plötzliche Festnahme Lucas Hahns und die Enthüllung seiner Plünderung der Bankengruppe Hahn hervorgerufen hatten. Diese Bombe war nun ihrerseits zu einem Zeitpunkt niedergegangen, als der Markt bis über die Grenzen seiner tatsächlichen Belastbarkeit hinaus ›angekurbelt‹ war. In der Sprache der Eingeweihten: ein ›Einbruch‹ war fällig. Berichte aus den Reihen der Landarbeiter klangen ungünstig, und es hatte zwei oder drei Verlautbarungen von Seiten der Eisenbahner gegeben, die nicht so positiv ausfielen wie erwartet. Doch an welcher Stelle auf dem weiten Feld der Spekulationen das Beben des drohenden Einbruchs sich auch immer angekündigt hatte, die »Manderson-Mannschaft« war zur Stelle gewesen und hatte das Marktgeschehen hochgehalten. Die ganze Woche hindurch hatten die Hirne der Spekulanten, ebenso oberflächlich wie scharfsinnig, ebenso sentimental wie habgierig, dies als die von weither ausgestreckte, schützende Hand des Riesen empfunden. Manderson, so sagten die Zeitungen im Chor, stehe in ständiger Verbindung mit seinen Mannen vor Ort. Ein Journal wußte sogar die Summe zu nennen, die in den vergangenen vierundzwanzig Stunden für Telegramme zwischen New York und Marlstone ausgegeben worden war. Eine kleine Gruppe geschulter Sachbearbeiter, so hieß es in dem Bericht weiter, sei von der Post nach Marlstone entsandt worden, um der Flut von Nachrichten Herr zu werden. Ein anderes Blatt enthüllte, Manderson habe sich nach den ersten Berichten über den Hahn-Zusammenbruch umgehend angeschickt, seinen Urlaub abzubrechen und an Bord der *Mauretania* nach Hause zurückzukehren, jedoch alsbald die Situation so sicher im Griff gehabt, daß er beschlossen habe, zu bleiben, wo er war.

All das waren Falschmeldungen, mehr oder weniger bewußt von Wirtschaftsredakteuren verbreitet, bewußt hervorgerufen und unterstützt durch die gerissenen Geschäftemacher der Manderson-Gruppe, die wußten, daß nichts ihren Plänen mehr zupaß kommen konnte als dieses Trugbild der Heldenverehrung – die auch wußten, daß sie auf ihre Nachfragen kein Wort von Manderson gehört hatten, und daß der wahre Organisator des Sieges Howard B. Jeffrey von Stahl-und-Eisen-Adel hieß. Also kämpften sie vier lange, fieberhafte Tage hindurch die Besorgnis nieder, und die Wogen glätteten sich. Am Samstag dann, obgleich bisweilen noch der Boden unter Mr. Jeffreys Füßen bebte wie unter entferntem, unruhigem Ätna-Grollen, hielt er seine Aufgabe für so gut wie vollbracht. Der Markt zeigte sich stabil und erholte sich langsam weiter. Wall Street fiel erschöpft, doch in dankbarem Frieden in seinen Sonntagsschlaf.

Am Montagmorgen, bei Eröffnung der Börse, zuckte ein entsetzliches Gerücht durch den gesamten Bezirk der Wall Street. Es kam zustande wie ein Blitz, ein Funke, der sich scheinbar im Nichts entzündet; obgleich die Vermutung naheliegt, daß die Information zuerst durchs Telephon geflüstert wurde – von einem Angestellten der Telegraphengesellschaft zusammen mit einer dringlichen Verkaufsorder. Ein heftiger Anfall erschütterte daraufhin den eben genesenden Aktienindex. Innerhalb von fünf Minuten war in das dumpfe Murmeln der Freiverkehrsbörse in der Broad Street der schrille Ton hektischer Rückfragen gedrungen. Angstvoll summendes Stimmengewirr drang aus dem Bienenstock des Börsengebäudes, und Männer eilten barhäuptig ein und aus. Ist es wahr? fragte jeder; und von zitternden Lippen erhielt er die Antwort, es sei eine Lüge, in die Welt gesetzt von einem skrupellosen Baissespekulanten, der sich selbst zu decken suche. In der nächsten Viertelstunde kam die Nachricht vom plötzlichen und ruinösen Sturz amerikanischer Eisenbahnaktien zum Börsenschluß in London. Das genügte. New York hatte noch vier Stunden Geschäftszeit vor sich. Die Strategie, Manderson zum Retter und Bewahrer des Marktes zu erheben, war mit vernichtender Wucht auf ihre Urheber zurückgeprallt, und Jeffrey, ein Ohr am Hörer seines Privattelephons, lauschte mit ernster Miene dem Hergang des Unheils. Der neue Napoleon hatte sein Marengo verloren. Er sah die gesamte Finanzlandschaft abrutschen und vor seinen Augen ins Chaos versinken. Eine halbe Stunde später ging die Geschichte der Entdeckung von Mandersons Leiche, zusammen mit dem unvermeidlichen Gerücht, es sei Selbstmord gewesen, in einem Dutzend Zeitungsredaktionen in Druck; doch bevor noch ein Exemplar Wall Street erreichte, hatte der Tornado der Panik seine volle Kraft entfaltet und Howard B. Jeffrey und seine Helfershelfer fortgewirbelt wie welkes Laub.

All dies geschah aus heiterem Himmel.

Am Gang des Lebens hatte sich nichts geändert. Das Korn hatte nicht aufgehört, in der Sonne zu reifen. Die Flüsse trugen ihre Lastkähne und gaben unzähligen Maschinen Kraft. Die Schafe wurden auf den Weiden fett, und Herden gab es unzählige. Menschen versahen überall die vielfältigen Dienste, zu denen sie bestimmt waren, und zerrten nicht mehr als gewöhnlich an ihren Fesseln. Bellona warf sich herum und murmelte wie eh und je, schlief jedoch weiter ihren unruhigen Schlaf. Für die gesamte Menschheit, ausgenommen ein oder zwei Millionen halbirre Spieler, die aller Realität gegenüber blind waren, bedeutete Mandersons Tod nichts; Leben und Arbeit gingen weiter. Wochen vor seinem Tode hatten starke Hände jedes Drähtchen im riesigen Netzwerk von Handel und Industrie kontrolliert, das er überwachte. Ehe noch seine sterblichen

Überreste unter der Erde waren, hatten seine Landsleute eine merkwürdige Entdeckung gemacht – die Existenz des kraftvollen Motors des Monopols mit Namen Sigsbee Manderson war nicht einmal Bedingung materiellen Wohlstands gewesen. Die Panik verflüchtigte sich innerhalb von zwei Tagen, die Scherben wurden zusammengekehrt, die Bankrotte außer Sichtweite geschaufelt, der Markt ›normalisierte‹ sich.

Während das kurze Delirium noch im Abklingen begriffen war, brach in England ein Skandal aus, der plötzlich die Aufmerksamkeit zweier Kontinente beanspruchte. Die Chicago Limited ging am nächsten Morgen in Konkurs, und am selben Tag wurde ein angesehener Politiker in den Straßen von New Orleans kaltblütig vom Bruder seiner Frau niedergeschossen. Keine Woche nach ihrem Aufkommen war die »Manderson-Geschichte« im geschulten Bewußtsein von Redakteuren in den gesamten Vereinigten Staaten »ein alter Hut«. Die Welle amerikanischer Reisender, die sich über Europa ergoß, machte Aufhebens um das Gedenken oder die Statue manch eines in Armut Verstorbenen; nie gedachte sie ihres berühmtesten Plutokraten. Wie der Dichter, der vor hundert Jahren in Rom so jung und arm gestorben war, wurde er weit entfernt von seiner Heimat beerdigt; doch unter all den Männern und Frauen aus Mandersons Volk, die sich auf dem Friedhof unter dem Monte Testaccio um Keats Grabmal drängen, ist keiner, und wird auch nie einer sein, der in Ehrfurcht am Grab des reichen Mannes neben der kleinen Kirche von Marlstone steht.

Die Stadt steht Kopf

In dem einzigen gemütlich möblierten Büro der Redaktion des *Record* schnarrte das Telephon auf Sir James Molloys Tisch. Sir James machte eine Bewegung mit seinem Federhalter, und Mr. Silver, sein Sekretär, stand auf und ging zum Apparat hinüber.

»Wer ist dort?« sagte er. »Wer? ... Ich kann Sie nicht verstehen ... Ach, Mr. Bunner, sind Sie es? ... Ja, aber ... ich weiß, aber er hat heute nachmittag schrecklich viel zu tun. Könnten Sie nicht ... Oh, tatsächlich? Nun, in diesem Fall – einen kleinen Augenblick bitte, ja?«

Er legte den Hörer vor Sir James hin. »Es ist Calvin Bunner, Sigsbee Mandersons rechte Hand«, erklärte er knapp. »Er besteht darauf, Sie persönlich zu sprechen. Er habe eine äußerst schwerwiegende Neuigkeit. Er ruft aus dem Haus unten bei Bishopsbridge an; das heißt, Sie müssen deutlich sprechen.«

Sir James schaute ohne große Begeisterung das Telephon an, dann nahm er den Hörer auf. »Nun?« sagte er mit seiner kräftigen Stimme und hörte zu. »Ja«, meinte er dann. Und gleich darauf sah Mr. Silver, der ihn aufmerksam beobachtete, einen Ausdruck von Erstaunen und Entsetzen auf seinem Gesicht. »Gütiger Himmel!« murmelte Sir James. Den Hörer fest umklammert, den Kopf noch immer voller Aufmerksamkeit geneigt, erhob er sich langsam. »Ja«, wiederholte er von Zeit zu Zeit. Dann, während er zuhörte, sah er zur Uhr und sagte über die Sprechmuschel hinweg zu Mr. Silver: »Gehen Sie, treiben Sie Figgis und den jungen Williams auf. Rasch.« Mr. Silver eilte aus dem Zimmer.

Der Journalist war ein hochgewachsener, kräftiger, kluger

Ire von fünfzig Jahren mit dunklem Teint und schwarzem Schnurrbart, ein unermüdlicher Arbeiter und weithin bekannt in der Welt, die er sehr genau durchschaute und die er sich mit der halbzynischen Kompetenz seines Volkes zunutze machte. Dabei hatte er nichts von einem Scharlatan: Er gab sich nichts Geheimnisvolles und täuschte kein Wissen vor, und bei anderen durchschaute er dies augenblicklich. Wenn Zorn oder äußerste Konzentration sich um Augen und Stirn abzeichneten, bekam seine stattliche, wohlgesittete und wohlgekleidete Erscheinung etwas Düsteres; doch wenn er seinem großzügigen Naturell keine Beschränkungen auferlegen mußte, war er ein äußerst warmherziger Mensch. Er war Generaldirektor des Verlages, der die einflußreichste Morgenzeitung, den *Record*, herausgab, wie auch die unentbehrlichste Abendzeitung, die *Sun*, deren Büros auf der anderen Straßenseite lagen. Darüber hinaus war er Chefredakteur beim *Record*, für den er im Laufe der Jahre die auf vielfältige Weise fähigsten Mitarbeiter des Landes verpflichtet hatte. Eine seiner Maximen hieß, daß man, wo Talente nicht verfügbar waren, mit solider Leistung vorlieb nehmen müsse; und beides beschäftigte er reichlich. Von seinen Mitarbeitern wurde er geschätzt wie nur wenige in einem Beruf, der dem Wachsen ehrerbietiger Regungen nicht eben förderlich ist.

»Sie sind sicher, daß das alles ist?« fragte Sir James nach einigen Minuten ernsthaften Zuhörens und Fragens. »Und wie lange ist es schon bekannt? ... Ja, natürlich die Polizei; aber die Dienerschaft? Sicherlich hat es sich da unten mittlerweile wie ein Lauffeuer ausgebreitet ... Nun, wir werden es versuchen ... Hören Sie, Bunner, ich bin Ihnen unendlich dankbar für diese Information und stehe tief in Ihrer Schuld. Sie wissen, daß ich es ernst meine. Kommen Sie zu mir, sobald Sie wieder in der Stadt sind ... Natürlich, das ist selbstverständlich. Und jetzt muß ich mich der Sache annehmen. Adieu.«

Sir James hängte den Hörer ein und griff sich aus einem Gestell vor ihm einen Eisenbahnfahrplan. Nach rascher Befragung dieses Orakels warf er ihn mit einem heftigen Wort beiseite, als Mr. Silver, gefolgt von einem bebrillten Mann mit harten Gesichtszügen und einem Jugendlichen mit aufgewecktem Blick, hereinhastete.

»Ich möchte, daß Sie sich ein paar Notizen machen, Figgis«, sagte Sir James knapp und ruhig, indem er alle Anzeichen seiner inneren Erregung unterdrückte. »Wenn Sie alles haben, bringen Sie es so rasch als möglich in Form für eine Extraausgabe der *Sun*.« Der Mann mit den harten Zügen nickte und warf einen Blick auf die Uhr, die ein paar Minuten nach drei zeigte; er holte ein Notizbuch hervor und zog sich einen Stuhl an den großen Schreibtisch. »Silver«, fuhr Sir James fort, »gehen Sie zu Jones und bitten Sie ihn, unserem örtlichen Korrespondenten dringlich zu telegrafieren, er möge alles andere liegenlassen und unverzüglich nach Marlstone fahren. Weshalb, soll er in dem Telegramm nicht sagen. Über diese Neuigkeit darf kein unnötiges Wort fallen, bevor die *Sun* damit heraus ist – das ist Ihnen doch allen klar? Williams, Sie laufen mal rüber und sagen Mr. Anthony, er möge sich auf einen zweispaltigen Aufmacher vorbereiten, der die Stadt auf den Kopf stellt. Sagen Sie ihm nur, er solle alle nötigen Regelungen und Vorsichtsmaßnahmen für eine Sensationsmeldung treffen. Figgis käme in fünf Minuten mit den Fakten zu ihm hinüber und es sei besser, ihn die Geschichte in seinem Privatbüro ausarbeiten zu lassen. Und wenn Sie rausgehen, bitten Sie Miss Morgan, gleich zu mir zu kommen, und die Telephonzentrale soll versuchen, Mr. Trent für mich an den Apparat zu kriegen. Wenn Sie das alles erledigt haben, kommen Sie zurück und halten sich hier zur Verfügung.« Der junge Mann mit dem aufgeweckten Blick verschwand wie ein Geist.

Sir James wandte sich unverzüglich Mr. Figgis zu, der den Bleistift in Habachtstellung über dem Papier bereithielt. »Sigsbee Manderson ist ermordet worden«, begann er rasch und präzise, während er, die Hände auf dem Rücken, hin und her ging. Mr. Figgis kritzelte sein Stenogramm mit ebensoviel

Gefühlsregung aufs Papier wie einen Wetterbericht – Abgeklärtheit seines Handwerks. »Er befand sich mit seiner Frau und zwei Sekretären in einem Haus namens ›White Gables‹ in Marlstone bei Bishopsbridge. Er hat es vor vier Jahren gekauft. Seitdem haben er und Mrs. Manderson dort immer einen Teil des Sommers verbracht. Letzte Nacht ging er wie gewöhnlich gegen halb zwölf zu Bett. Niemand weiß, wann er wieder aufgestanden ist und das Haus verlassen hat. Er wurde erst heute früh vermißt. Der Gärtner fand gegen zehn Uhr seine Leiche. Sie lag bei einem Schuppen auf dem Anwesen. Eine Kugel war ihm durchs linke Auge ins Gehirn gedrungen. Der Tod muß augenblicklich eingetreten sein. Die Leiche ist nicht ausgeraubt worden, aber Verletzungen an den Handgelenken weisen auf ein Handgemenge hin. Dr. Stock aus Marlstone wurde sofort zugezogen und wird die Obduktion vornehmen. Die Polizei von Bishopsbridge, die rasch zur Stelle war, gibt sich zurückhaltend, doch offenbar gibt es noch keine Anhaltspunkte, was die Identität des Mörders betrifft. Das wär's, Mr. Figgis, Mr. Anthony erwartet Sie. Ich muß ihn jetzt anrufen und alles weitere mit ihm besprechen.«

Mr. Figgis sah auf. »Einer der fähigsten Beamten Scotland Yards«, schlug er vor, »hat den Fall übernommen. Das kann man wohl ohne Bedenken sagen.«

»Wenn Sie mögen«, meinte Sir James.

»Und Mrs. Manderson? War sie da?«

»Ja. Was ist mit ihr?«

»Durch den Schock niedergeschmettert«, deutete der Reporter an. »Empfängt niemanden. Menschliche Komponente.«

»Das würde ich nicht mit hineinnehmen, Mr. Figgis«, sagte eine ruhige Stimme. Es war Miss Morgan, eine blasse, graziöse Frau, die während des Diktats leise eingetreten war. »Ich habe Mrs. Manderson einmal gesehen«, fuhr sie zu Sir James gewandt fort. »Sie sieht ganz nach einer gesunden und intelligenten jungen Frau aus. Ist ihr Mann umgebracht worden? Ich glaube nicht, daß der Schock sie niederschmettern würde. Viel eher würde sie wohl alles tun, um der Polizei zu helfen.«

»Also eher etwas in Ihrem Stil, Miss Morgan«, meinte er mit einem kurzen Lächeln. Ihre unerschütterliche Tüchtigkeit war in der Redaktion sprichwörtlich. »Lassen Sie es weg, Figgis. Und dann raus mit Ihnen! Nun, gnädige Frau, ich nehme an, Sie wissen, was ich möchte.«

»Unsere Manderson-Biographie ist zufälligerweise auf dem neuesten Stand«, erwiderte Miss Morgan und senkte ihre dunklen Wimpern, während sie die Lage überdachte. »Ich habe sie erst vor einigen Monaten durchgesehen. Sie ist für die morgige Ausgabe so gut wie fertig. Die *Sun* sollte wohl besser die Kurzfassung benutzen, die sie vor etwa zwei Jahren gebracht hat, als er nach Berlin fuhr und die Kaliumkarbonatsache regelte. Soweit ich mich erinnere, war es ein sehr guter Abriß seines Lebens, und viel mehr Platz werden sie nicht zur Verfügung haben. Was uns angeht, so haben wir natürlich jede Menge Ausschnitte, meist Unsinn. Die Redakteure können sie haben, sobald sie kommen. Dann gibt es zwei sehr gute Porträts in unserem eigenen Archiv; das beste ist eine Zeichnung, die Mr. Trent gemacht hat, als sie einmal beide auf dem selben Schiff unterwegs waren. Sie ist besser als alle Photographien; aber Sie sagen ja, die Leser ziehen ein schlechtes Photo einer guten Zeichnung vor. Ich schicke Sie Ihnen gleich herunter, dann können Sie wählen. Soweit ich es überblicken kann, hat der *Record* einen schönen Vorsprung, nur bekommen Sie wohl kaum rechtzeitig für die morgige Ausgabe einen Spezialmann dorthin.«

Sir James seufzte tief. »Wozu sind wir überhaupt noch nötig?« fragte er resigniert in Mr. Silvers Richtung, der an seinen Arbeitsplatz zurückgekehrt war. »Sie kennt sogar den Fahrplan auswendig.«

Miss Morgan zupfte mit geduldiger Miene an ihren Manschetten. »Kann ich noch etwas tun?« fragte sie, als das Telephon klingelte.

»Ja, eines«, erwiderte Sir James, während er den Hörer abnahm. »Ich hätte gern, daß Sie irgendwann einmal einen gravierenden Fehler machen, Miss Morgan – einen unvergeßlichen Schnitzer – einfach, damit wir unsere Fassung bewahren können.« Sie erlaubte sich die Andeutung eines reizenden Lächelns, als sie hinausging.

»Anthony?« sagte Sir James und war unverzüglich in ein intensives Gespräch mit dem Chefredakteur auf der anderen Straßenseite vertieft. Er betrat das Gebäude der *Sun* selten; die Atmosphäre einer Abendzeitung, so pflegte er zu sagen, sei schön und gut, wenn man dafür etwas übrig habe. Mr. Anthony, ein Murat* der Fleet Street, dem es Vergnügen bereitete, den Wirbelwind zu reiten und eine tumultuöse Schlacht gegen die Zeit zu führen, hatte dieselbe Meinung über eine Morgenzeitung.

Etwa fünf Minuten später kam ein uniformierter Junge, um zu sagen, daß Mr. Trent am Apparat sei. Sir James beendete sein Gespräch mit Mr. Anthony abrupt.

»Man kann ihn sofort zu mir durchstellen«, sagte er zu dem Jungen.

»Hallo!« rief er gleich darauf in den Hörer.

Aus dem Apparat erwiderte eine Stimme: »Hallo, verdammt sollen Sie sein. Was wollen Sie?«

»Hier spricht Molloy«, sagte Sir James.

»Das weiß ich«, sagte die Stimme. »Hier spricht Trent. Er ist mit dem Malen eines Bildes beschäftigt und wurde in einem entscheidenden Augenblick unterbrochen. Ich hoffe nur, es ist etwas Wichtiges, das ist alles!«

»Trent«, sagte Sir James eindringlich, »es ist wichtig. Ich möchte, daß Sie etwas für uns tun.«

»Irgendeine Spielerei, meinen Sie«, antwortete die Stimme. »Glauben Sie mir, ich brauche keine Ferien. Meine Arbeitswut ist riesig. Ich beschäftige mich mit wirklich vernünftigen Din-

* Joachim Murat, französischer Marschall, er unterstützte Napoleon bei dessen Staatstreich (A. d. Ü.)

gen. Warum können Sie einen Menschen nicht einfach in Frieden lassen?«

»Etwas sehr Ernstes ist geschehen.«

»Was?«

»Sigsbee Manderson ist ermordet worden – durch den Kopf geschossen – und man weiß nicht, wer es war. Die Leiche wurde heute morgen gefunden. Es geschah auf seinem Anwesen bei Bishopsbridge.« Sir James fuhr fort, indem er seinem Zuhörer kurz und präzise dieselben Fakten gab, die er Mr. Figgis diktiert hatte. »Was halten Sie davon?« fragte er zum Schluß.

Ein nachdenkliches Grunzen war die einzige Antwort.

»Kommen Sie schon«, drängte Sir James.

»Verführer!«

»Sie werden also hinfahren?«

Eine kurze Pause entstand.

»Sind Sie noch dran?« fragte Sir James.

»Schauen Sie, Molloy«, tönte es verdrossen aus dem Hörer, »es mag ein Fall für mich sein oder auch nicht. Wir wissen es nicht. Es könnte eine geheimnisvolle Geschichte sein, oder es könnte so klar wie Kloßbrühe sein. Daß die Leiche nicht ausgeraubt wurde, hört sich interessant an, aber er könnte von irgendeinem unglückseligen Landstreicher umgebracht worden sein, den er schlafend auf seinem Anwesen überraschte und versuchte, hinauszukomplimentieren. So etwas traue ich ihm absolut zu. Solch ein Mörder könnte durchaus genügend gesunden Menschenverstand haben, um sich zu sagen, daß es am besten ist, Geld und Wertsachen unangetastet zu lassen. Ehrlich gesagt, ich hätte nicht gern die Finger mit im Spiel, wenn ein armer Teufel gehängt wird, der einen Mann wie Sig Manderson aus Gründen sozialen Protestes durchlöchert hat.«

Sir James lächelte ins Telephon – es war ein Siegerlächeln. »Kommen Sie schon, mein Junge, Sie werden langsam schwach. Geben Sie zu, daß Sie sich die Sache mal ansehen wollen. Sie wissen genau, daß es so ist. Wenn Sie nichts damit zu tun haben wollen, steht es Ihnen jederzeit frei, die Sache fallenzulassen. Nebenbei, wo sind Sie?«

»Von wechselnden Winden bin ich getrieben«, klang es unentschlossen, »und eitel sind alle Freuden dieser Welt.«

»Können Sie in einer Stunde hier sein?« fragte Sir James hartnäckig.

»Ich denke schon«, grummelte die Stimme. »Wieviel Zeit geben Sie mir?«

»Wacker, wacker! Nun, wir haben genug Zeit – das ist ja gerade das Schlimme an der Sache. Ich muß vorerst mit unserem Lokalberichterstatter vorlieb nehmen. Der einzige gute Zug dorthin ging vor einer halben Stunde. Der nächste ist ein Bummelzug, Abfahrt von Paddington um Mitternacht. Sie könnten den Buster haben, wenn Sie möchten« – womit Sir James eines seiner schnellen Automobile meinte – »aber Sie würden auch damit nicht früh genug hinkommen, um heute abend noch etwas unternehmen zu können.«

»Und ich würde um meinen Schlaf gebracht. Nein, danke. Ich nehme den Zug. Ich bin ganz angetan von Bahnreisen, wissen Sie; ich habe ein Talent dafür. Ich bin der Heizer und werde geheizt. Ich bin das Lied, das der Schaffner singt.«

»Was war das?«

»Schon gut«, sagte die Stimme betrübt. »Würden Sie dafür sorgen, daß mir telegraphisch ein Hotelzimmer am Ort des Geschehens reserviert wird?«

»Unverzüglich«, erwiderte Sir James. »Kommen Sie, sobald Sie können.«

Er hängte ein. Als er sich wieder seinen Papieren zuwandte, tönte von der Straße ein schriller Schrei herauf. Er trat ans offene Fenster. Ein Rudel aufgeregter Jungen rannte die Treppenstufen des Gebäudes der *Sun* hinunter, sie liefen durch die enge Straße auf die Fleet Street zu. Jeder von ihnen schleppte einen Packen Zeitungen und ein großes Plakat mit der schlichten Aufschrift:

Mord an
Sigsbee Manderson

Sir James lächelte und klapperte vergnügt mit dem Kleingeld in seiner Tasche.

»Das bringt gutes Geld«, bemerkte er zu Mr. Silver, der einen Schritt hinter ihm stand.

So lautete auch Mandersons Grabinschrift.

Frühstück

Gegen acht Uhr am Morgen des folgenden Tages stand Mr. Nathaniel Burton Cupples auf der Veranda des Hotels in Marlstone. Er dachte ans Frühstück. In seinem Fall muß dieser triviale Ausdruck wörtlich genommen werden; er dachte tatsächlich über das Frühstück nach, wie er über jede bewußte Handlung in seinem Leben nachdachte – wenn seine Zeit ihm solche Erwägungen erlaubte. Er überlegte, daß am Tag zuvor Aufregung und Geschäftigkeit nach der Entdeckung des Toten seine Eßgewohnheiten durcheinandergebracht hatten und er demzufolge entschieden weniger Nahrung zu sich genommen hatte als gewöhnlich. Heute morgen war er sehr hungrig, zumal er schon seit einer Stunde auf den Beinen war; und er beschloß, sich eine dritte Scheibe Toast und ein Ei zusätzlich zu gönnen; der Rest wie üblich. Das übrige Defizit mußte er beim Mittagessen ausgleichen, doch damit konnte man sich später befassen.

Nachdem das also feststand, überließ sich Mr. Cupples noch einige Minuten lang dem Vergnügen des Ausblicks, bevor er seine Bestellung aufgab. Mit dem Auge des Kenners erkundete er die Schönheit der zerklüfteten Küste, wo sich ein gewaltiger, löchriger Fels aus einer gläsernen See erhob, und die geordnete Lieblichkeit des weiten, sanft abfallenden Weide- und Ackerlandes und der Wälder, die sich von der Felsküste bis zum fernen Moor hinzogen: Landschaften entzückten Mr. Cupples.

Er war ein Mann von beinah sechzig Jahren, mittelgroß und überschlank; und obgleich von eher zarter Konstitution, war er doch drahtig und rege für sein Alter. Ein spärlicher, widerspenstiger Bart verdeckte kaum einen schmalen, aber freundlichen Mund; seine Augen blickten lebhaft und gütig; die spitze Nase und das schmale Kinn verliehen ihm ein klerikales Aussehen, ein Eindruck, der durch seine schlichte, dunkle Kleidung und den weichen schwarzen Hut noch unterstrichen wurde. In der Tat hatte er durchaus etwas von einem Priester. Er war ein Mann von gewissenhaftem, emsigem und geordnetem Verstand und geringer Phantasie. In den Annoncen, mit denen in seinem Elternhaus regelmäßig Bedienstete gesucht wurden, bezeichnete sich die Familie wahrheitsgetreu als seriös. Dieser düsteren Festung war er mit zwei Himmelsgaben ziemlich unbeschadet entronnen: einer unerschöpflichen Herzensgüte und der Fähigkeit zu unschuldiger Lebensfreude, die dem Humor nicht verpflichtet war. In einer früheren Zeit und mit theologischer Ausbildung hätte er es womöglich zum Kardinalshut gebracht. Tatsächlich war er ein hochgeachtetes Mitglied der ›London Positivist Society‹, Bankier im Ruhestand und Witwer ohne Kinder. Sein nüchternes, doch keineswegs unglückliches Leben verbrachte er weitgehend zwischen Büchern und in Museen; seine profunden und geduldig angesammelten Kenntnisse einer Reihe eigenartig unzusammenhängender Wissensgebiete, die im Lauf der Zeit sein Interesse geweckt hatten, sicherten ihm einen Platz in der stillen Dämmerwelt von Professoren, Kuratoren und hingebungsvollen Forschern; bei ihren liebenswürdig-trockenen Dinnerparties war er so recht er selbst. Sein Lieblingsautor war Montaigne.

Als Mr. Cupples sein Frühstück an einem kleinen Tisch auf der Veranda gerade beendete, bog ein großer Wagen in die Einfahrt vor dem Hotel. »Wer ist das?« fragte er den Kellner. »Der Geschäftsführer«, entgegnete der junge Mann teilnahmslos. »Hat einen Herrn von der Bahn abgeholt.«

Der Wagen hielt, und der Portier eilte ihm entgegen. Mr. Cupples konnte sich eines Ausrufs freudiger Überraschung nicht enthalten, als gleich darauf ein großer, schlaksiger Mann, weit jünger als er selbst, dem Auto entstieg, die Treppe zur Veranda hochkam und seinen Hut auf einen Stuhl warf. Über seinem Don Quichotte-Gesicht mit den hohen Wangenknochen lag ein freundliches Lächeln; seine Kleidung aus rauhem Tweed, das Haar und der kurze Schnurrbart waren von annehmbarer Nachlässigkeit.

»Cupples, ich traue meinen Augen nicht!« rief der Mann, stürzte auf Mr. Cupples zu, bevor dieser sich noch erheben konnte, und umschloß mit festem Griff seine ausgestreckte Hand. »Ich habe heute einen Glückstag«, fuhr der Neuankömmling sprunghaft fort. »Das ist nun schon das zweite Stückchen in einer Stunde. Wie geht es dir, bester Freund? Und was führt dich hierher? Warum sitzest du vor den Trümmern dieses Frühstücks? Gedenkest du der einst'gen Pracht oder sinnest du, wie sie vergangen? Ich bin wirklich froh, dich zu sehen.«

»Ich habe dich beinah erwartet, Trent«, sagte Mr. Cupples und strahlte dabei übers ganze Gesicht. »Du siehst prächtig aus, mein lieber Freund. Gleich erzähle ich dir alles. Aber du hast sicher noch kein Frühstück gehabt. Möchtest du es hier an meinem Tisch einnehmen?«

»Am liebsten!« sagte der andere. »Und ein gewaltiges Frühstück dazu – mit gepflegter Unterhaltung und nimmer trocknenden Tränen der Wiedersehensfreude. Kannst du diesen Jung-Siegfried bitten, ein Gedeck für mich zu bringen, während ich mich ein bißchen wasche? Ich bin gleich wieder da.« Er verschwand im Hotel, und Mr. Cupples ging nach einigen Augenblicken des Nachdenkens zum Telefon ins Büro des Portiers.

Als er zurückkam, fand er seinen Freund bereits am Tisch sitzend und Tee eingießend, wobei er sich mit aufrichtigem Interesse der Auswahl der Speisen widmete. »Ich erwarte einen anstrengenden Tag«, meinte er in der merkwürdig sprunghaften Redeweise, die ihm eigen zu sein schien. »Höchstwahrscheinlich werde ich bis zum Abend nichts mehr zu essen bekommen. Du ahnst, was mich herführt, nicht wahr?«

»Zweifellos«, erwiderte Mr. Cupples, »bist du hergekommen, um über den Mord zu schreiben.«

»Das hielte ich für eine etwas farblose Formulierung«, versetzte der Mann namens Trent, während er eine Seezunge zerteilte. »Ich würde eher sagen, ich bin als Bluträcher gekommen, um die Schuldigen zur Strecke zu bringen und die Ehre der Gesellschaft zu verteidigen. Das ist meine Aufgabe. Und ich finde, Cupples, einen guten Anfang habe ich schon gemacht. Gedulde dich einen Augenblick, und ich werde dir alles berichten.« In der nun folgenden Pause aß der Neuankömmling rasch und zerstreut, während Mr. Cupples wohlwollend zusah.

»Der Geschäftsführer hier«, bemerkte der große Mann schließlich, »ist ein Mensch von bemerkenswertem Urteilsvermögen. Er zählt zu meinen Bewunderern. Über meine besten Fälle weiß er mehr als ich selbst. Gestern abend kündigt ein Telegramm vom *Record* meine Ankunft an; und als ich heute früh um sieben aus dem Zug steige, steht er da und erwartet mich mit einem Automobil, so groß wie ein Heuschober. Er ist außer sich vor Freude, mich hier zu haben. Das ist Ruhm.« Er trank eine Tasse Tee und fuhr fort. »Ungefähr seine ersten Worte waren, ob ich die Leiche des Ermordeten sehen wolle, und wenn ja, so glaube er, das für mich arrangieren zu können. Er ist kaum zu bremsen. Die Leiche liegt in Dr. Stocks Praxis, mußt du wissen, im Dorf unten; genau in dem Zustand, in dem sie gefunden wurde. Heute vormittag soll, nebenbei bemerkt, die Obduktion stattfinden, ich kam also gerade noch rechtzeitig. Nun, wir fuhren also geradewegs zum Doktor und unterwegs versorgte er mich mit allen Einzelheiten des Falles. Als wir ankamen, war ich so ziemlich *au fait*. Ich nehme an, der Geschäftsführer eines Hotels wie diesem hier steht mit dem Arzt auf gutem Fuß. Jedenfalls gab es keinerlei Schwierigkeiten, auch nicht mit dem diensttuenden Polizisten, obwohl er sehr darauf bedacht war, daß ich ihn in der Zeitung nicht verrate.«

»Ich habe die Leiche, bevor sie weggebracht wurde, gesehen«, warf Mr. Cupples ein. »Ich könnte nicht sagen, daß mir irgend etwas aufgefallen wäre, bis auf die Tatsache, daß der Schuß ins Auge das Gesicht kaum verunstaltet hat und offensichtlich nur eine geringe Blutung verursachte. An den Handgelenken waren Kratzer und Prellungen. Aber mit deinem geschulten Auge hast du wahrscheinlich noch andere vielsagende Einzelheiten bemerkt.«

»Andere sicherlich, aber ich weiß nicht, ob sie viel sagen. Sie sind höchstens kurios. Nimm zum Beispiel die Handgelenke. Wie kommt es, daß du Kratzer und Prellungen daran wahrnehmen konntest? Ich vermute, du bist vor dem Mord hier mit Manderson zusammengetroffen.«

»Natürlich«, sagte Mr. Cupples.

»Und, hast du dabei je seine Handgelenke gesehen?«

Mr. Cupples überlegte. »Nein. Jetzt, wo du es erwähnst, erinnere ich mich, daß Manderson, als ich hier mit ihm sprach, steife Manschetten trug, die bis auf die Handwurzel reichten.«

»Er trug sie immer so«, bemerkte Trent. »Sagt mein Freund, der Geschäftsführer. Ich wies ihn nämlich auf die Tatsache hin, die du übersehen hast, daß die Manschetten nicht sichtbar und tatsächlich in den Ärmeln des Jacketts nach oben gerutscht waren, wie es dir passieren würde, wenn du, voller Hast und ohne sie herunterzuziehen, in deine Jacke schlüpftest. Deshalb konntest du seine Handgelenke sehen.«

»Nun, das nenne ich vielsagend«, bemerkte Mr. Cupples milde. »Könnte es sein, daß du damit sagen willst, er sei beim Aufstehen und Ankleiden in Eile gewesen?«

»Ja, aber stimmt es? Der Geschäftsführer sagt genau dasselbe wie du. ›Er war immer ziemlich feudal gekleidet‹, erzählte er mir, und er zog den Schluß, daß Manderson in höchster Eile war, als er auf diese mysteriöse Weise zu nachtschlafender Zeit aufstand und nach draußen ging. ›Sehen Sie sich seine Schuhe an‹, meinte er. ›Mr. Manderson legte immer besonders großen Wert auf untadeliges Schuhwerk. Aber diese

Schnürsenkel hier sind in Eile geschnürt worden.‹ Ich stimmte ihm zu. ›Und er hat seine Zahnprothese in seinem Zimmer zurückgelassen‹, sagte der Geschäftsführer noch. ›Beweist das nicht, daß er verwirrt und in Eile war?‹ Ich mußte zugeben, daß es so aussah. Aber ich machte ihn auf etwas anderes aufmerksam. ›Schauen Sie mal‹, sagte ich, ›wenn er so in Hetze war, weshalb hat er dann sein Haar so sorgfältig gescheitelt? Dieser Scheitel ist geradezu ein Kunstwerk. Und warum zog er so viel an?‹ Er trug nämlich eine vollständige Garnitur Unterwäsche, Knöpfe im Hemd, Sockenhalter, und dazu hatte er Uhr und Kette, Geld und Schlüssel und andere Utensilien in den Taschen. Das sagte ich zum Geschäftsführer. Er wußte keine Erklärung. Du vielleicht?«

Mr. Cupples überlegte. »Diese Tatsachen könnten darauf hinweisen, daß er nur am Ende gehetzt war. Jackett und Schuhe kommen sowieso zum Schluß.«

»Aber nicht die falschen Zähne. Frag jeden, der welche trägt. Und außerdem habe ich mir sagen lassen, er habe sich gar nicht gewaschen. Das scheint mir bei einem gepflegten Mann ein Zeichen äußerster Eile von Anfang an. Und noch etwas. Eine seiner Westentaschen war speziell für seine goldene Taschenuhr mit Waschleder gefüttert. Aber die Uhr steckte in der gegenüberliegenden Tasche. Jeder, der Gewohnheiten hat, weiß, wie eigenartig das anmuten muß. Tatsache ist, es gibt Anzeichen großer Erregung und Hast und andere, die genau das Gegenteil suggerieren. Im Moment werde ich keine Vermutungen anstellen. Ich muß erst das Gelände erkunden, sofern es mir gelingt, an die Leute im Haus heranzukommen.« Trent widmete sich wieder seinem Frühstück.

Mr. Cupples lächelte ihn wohlwollend an. »Das ist genau der Punkt«, meinte er, »an dem ich dir von Nutzen sein kann. Ich sagte ja schon, daß ich dich halb erwartet habe. Also folgendes: Mrs. Manderson, meine Nichte –«

»Wie bitte?« Trent legte mit einem Klappern Messer und Gabel nieder. »Cupples, du treibst Scherze mit mir.«

»Ich scherze nicht im geringsten, Trent, wirklich«, erwiderte Mr. Cupples ernsthaft. »Ihr Vater, John Peter Domecq, war der Bruder meiner Frau. Ich habe meine Nichte oder ihre Heirat dir gegenüber nie erwähnt, nehme ich an. Um ehrlich zu sein, die Sache war mir immer schmerzlich, und ich habe jedes Gespräch darüber vermieden. Aber zurück zu dem, was ich sagen wollte: gestern abend, als ich drüben war – nebenbei bemerkt kann man das Haus von hier aus sehen. Du bist daran vorbeigefahren.« Er zeigte auf ein rotes Dach zwischen Pappeln, einige hundert Meter weit entfernt, das einzige Haus zwischen dem kleinen Dorf und dem Hotel.

»Aber sicher«, sagte Trent. »Der Geschäftsführer hat mir neben anderen Dingen auch darüber alles erzählt, als er mich von Bishopsbridge herfuhr.«

»Noch mehr Leute hier haben von dir und deinen Taten gehört«, fuhr Mr. Cupples fort. »Wie gesagt, als ich gestern abend drüben war, gab Mr. Bunner, einer von Mandersons beiden Sekretären, seiner Hoffnung Ausdruck, der *Record* würde dich herschicken, um den Fall in die Hand zu nehmen, zumal die Polizei ziemlich hilflos schien. Er erwähnte den einen oder anderen deiner Erfolge aus der Vergangenheit, und Mabel – meine Nichte – war interessiert, als ich sie hinterher ins Bild setzte. Sie hält sich wirklich wundervoll, Trent; sie besitzt eine bemerkenswerte Charakterstärke. An deine Artikelserie über den Fall Abinger erinnert sie sich, wie sie mir erzählte. Vor den Zeitungen hat sie jedoch eine entsetzliche Angst, und sie beschwor mich, alles zu tun, was in meiner Macht steht, um die Reporter vom Haus fernzuhalten – ich bin sicher, du hast Verständnis für ihre Gefühle, Trent; es hat bestimmt nichts mit einer negativen Einstellung zu diesem Berufsstand zu tun. Aber sie hält dich für einen fähigen Detektiv und möchte natürlich einer Aufklärung des Verbrechens in keinster Weise im Wege stehen. Daraufhin erzählte ich ihr, daß wir befreundet sind und habe dir ein gutes Zeugnis für Takt und Rücksicht auf die Gefühle anderer ausgestellt. Schließlich meinte sie, wenn du kämest, dann solle dir gern jede Unterstützung gewährt werden.«

Trent schüttelte über den Tisch hinweg schweigend Mr. Cupples Hand, und Mr. Cupples, der mit dem Verlauf der Dinge hoch zufrieden war, nahm den Faden wieder auf.

»Ich habe eben mit meiner Nichte telefoniert, und sie ist froh, daß du hier bist. Sie bat mich, dir zu sagen, du könntest jegliche Untersuchungen anstellen und Haus und Grundstück stünden zu deiner Verfügung. Sie bittet um dein Verständnis, wenn sie dich nicht empfangen möchte; sie hat sich ganz in ihre eigenen Räume zurückgezogen. Ein Kriminalbeamter hat sich bereits mit ihr unterhalten, und sie fühlt sich keinem weiteren Interview dieser Art gewachsen. Wie sie noch hinzufügte, glaubt sie nicht, etwas beitragen zu können, was der Sache auch nur im geringsten nützen würde. Die beiden Sekretäre und Martin, der Butler (ein höchst intelligenter Mann), können dir ihrer Ansicht nach jede Auskunft geben.«

Trent beendete sein Frühstück mit nachdenklich gerunzelter Stirn. Langsam stopfte er seine Pfeife und setzte sich auf die Brüstung der Veranda. »Cupples«, sagte er ruhig, »gibt es in dieser Angelegenheit etwas, was du weißt, mir aber lieber nicht erzählen möchtest?«

Mr. Cupples zuckte leicht zusammen und warf dem Frager einen erstaunten Blick zu. »Wie meinst du das?« wollte er wissen.

»Ich meine Dinge über die Mandersons. Weißt du, ich will dir mal sagen, was mich von Anfang an bei dieser ganzen Geschichte merkwürdig berührt hat. Da wird ein Mann plötzlich und auf gewalttätige Weise umgebracht, und – um es mal vorsichtig auszudrücken – niemandes Herz scheint darüber gebrochen. Der Geschäftsführer dieses Hotels sprach so kühl von ihm, als habe er ihn nie in seinem Leben gesehen, dabei sind sie seit einigen Jahren Sommer für Sommer Nachbarn. Dann kommst du und redest in einer derart unbeteiligten Weise über die Sache. Und Mrs. Manderson – nun, du nimmst es mir hoffentlich nicht übel, wenn ich sage, daß ich schon von Frauen gehört habe, die der Mord an ihrem Ehemann mehr berührt hat, als es bei ihr der Fall zu sein scheint. Ist da was dran, Cupples, oder bilde ich es mir nur ein? Ich bin einmal mit Manderson auf demselben Schiff gefahren, habe aber nie mit ihm gesprochen. Ich kenne lediglich sein Bild in der Öffentlichkeit, und das ist abstoßend genug. Du mußt zugeben, dies könnte für den Fall eine Rolle spielen; und nur aus dem Grunde frage ich.«

Mr. Cupples nahm sich Zeit zum Nachdenken. Er fingerte an seinem spärlichen Bart herum und sah aufs Meer hinaus. Endlich schaute er Trent an. »Ich sehe keinen Anlaß, warum ich es dir nicht sagen sollte, mein Bester; daß es strikt unter uns bleibt, brauche ich wohl nicht hinzuzufügen. Die Wahrheit ist: niemand mochte Manderson wirklich; und ich glaube, diejenigen, die ihm am nächsten standen, mochten ihn am wenigsten.«

»Warum?« unterbrach sein Gesprächspartner.

»Die meisten Menschen konnten es nur schwer erklären. Wenn ich versuche, mir über meine eigenen Empfindungen Rechenschaft abzulegen, könnte ich es nur so ausdrücken: bei diesem Mann hatte man den Eindruck, daß ihm jegliches Mitgefühl abging. Rein äußerlich gab es nichts Abstoßendes an ihm. Er hatte keine schlechten Manieren, er war nicht bösartig oder langweilig – tatsächlich konnte er ein bemerkenswert interessanter Gesellschafter sein. Aber meinem Eindruck nach gab es kein menschliches Wesen, das er nicht geopfert hätte, wenn es um die Verfolgung seiner Ziele ging – darum, der Welt sich und seinen Willen aufzuzwingen. Vielleicht war das nur meine Einbildung, aber ich glaube es nicht ganz. Entscheidend jedoch ist, daß Mabel zu meinem großen Kummer sehr unglücklich war. Ich bin fast doppelt so alt wie du, mein lieber Junge, auch wenn du immer so freundlich versuchst, mir das Gefühl zu geben, wir seien gleichaltrig – ich bin demnächst ein alter Mann, und viele Leute haben mir schon vertrauensvoll von ihren ehelichen Schwierigkeiten erzählt; aber nie ist mir ein Fall wie der meiner Nichte und ihres Mannes untergekommen. Ich kenne sie von Kind auf, Trent, und ich weiß – dir ist klar, daß ich das Wort nicht leichtfertig benutze – ich *weiß*, daß sie, ganz zu schweigen von ihren anderen guten Eigenschaften, eine so liebenswerte und ehrenwerte Frau ist, wie ein Mann sich nur wünschen kann. Aber Manderson hat sie schon seit einiger Zeit unglücklich gemacht.«

»Was hat er denn getan?« fragte Trent, als Mr. Cupples innehielt.

»Als ich Mabel eben diese Frage stellte, antwortete sie mir, er nähre offenbar einen dauernden Groll. Er halte sie auf Abstand und wolle nicht reden. Ich weiß nicht, wie es anfing oder was dahinter steckte; sie wollte mir nur so viel dazu sagen, daß er nicht den geringsten Anlaß zu diesem Verhalten habe. Ich glaube, sie wußte, was er im Sinn hatte; aber sie ist voller Stolz. Es scheint schon seit Monaten so gegangen zu sein. Schließlich, vor einer Woche, schrieb sie mir. Ich bin ihr einziger naher Verwandter. Ihre Mutter starb, als sie noch ein Kind war; und nachdem John Peter tot war, bin ich bis zu ihrer Heirat vor fünf Jahren so etwas wie ein Vater für sie gewesen. Sie bat mich herzukommen und ihr zu helfen, und das habe ich sofort getan. Aus diesem Grunde bin ich jetzt hier.«

Mr. Cupples hielt inne und trank einen Schluck Tee. Trent rauchte und starrte in die juniheiße Landschaft.

»Ich selbst würde ›White Gables‹ nicht betreten«, fuhr Mr. Cupples fort. »Du kennst ja meine Ansichten über die wirtschaftliche Verfassung der Gesellschaft und die angemessene Beziehung zwischen Kapitalist und Beschäftigtem, und zweifelsohne ist dir bekannt, auf welche Weise dieser Mann seine wirtschaftliche Machtstellung bei einigen höchst anrüchigen Gelegenheiten ausnutzte. Ich denke da besonders an den Ärger im Kohlenrevier von Pennsylvania vor drei Jahren. Neben aller persönlichen Abneigung empfand ich ihn auch noch als Kriminellen und als Schande für die Gesellschaft. Ich bin also in dieses Hotel gekommen und habe mich hier mit meiner

Nichte getroffen. Dabei erzählte sie mir das, was ich dir eben kurz wiedergegeben habe. Die Sorge und Demütigung, so sagte sie, und die Anstrengung, wenigstens nach außen hin den Schein zu wahren, fingen langsam an, sie zu zermürben; kurz, sie bat mich um meinen Rat. Ich sagte ihr, sie solle ihn zur Rede stellen und eine Erklärung verlangen für die Art und Weise, wie er sie behandelte. Doch das wollte sie nicht. Sie hatte es immer für das Beste gehalten, so zu tun, als bemerke sie den Wandel in seinem Verhalten nicht, und ich wußte, nichts konnte sie dazu bewegen, ihm gegenüber zuzugeben, daß sie gekränkt war, nachdem ihr Stolz sie einmal in diese Richtung gelenkt hatte. Das Leben, mein lieber Trent«, sagte Mr. Cupples mit einem Seufzer, »ist nun einmal ziemlich voll von solch trotzigem Schweigen und sorgsam gehegten Mißverständnissen.«

»Liebte sie ihn?« fragt Trent unvermittelt. Mr. Cupples antwortete nicht sofort. »Liebte sie ihn noch?« ergänzte Trent.

Mr. Cupples spielte mit seinem Teelöffel. »Ich muß sagen«, erwiderte er langsam, »ich glaube, nein. Aber du darfst die Frau nicht mißverstehen, Trent. Keine Macht der Erde hätte sie dazu bewegen können, das irgend jemandem einzugestehen – vielleicht nicht einmal sich selbst, solange sie sich an ihn gebunden fühlte. Und ich nehme an, er war ihr gegenüber, bis auf diese rätselhafte Verdrießlichkeit der letzten Zeit, stets aufmerksam und großzügig.«

»Du sagtest, sie weigerte sich, die Sache offen mit ihm auszutragen.«

»Das ist richtig«, erwiderte Mr. Cupples. »Und aus Erfahrung wußte ich, daß es ein sinnloser Versuch gewesen wäre, eine Domecq umzustimmen, wenn es um Würde geht. Also ließ ich mir alles noch einmal genau durch den Kopf gehen, und am nächsten Tag, als Manderson am Hotel vorbeiging, ergriff ich die Gelegenheit. Ich bat ihn um eine kurze Unterredung, und er kam herein. Wir hatten seit der Hochzeit keinerlei Verbindung miteinander gehabt, aber er erinnerte sich natürlich an mich. Ich kam gleich und ziemlich unverblümt zur Sache. Ich erzählte ihm, was Mabel mir anvertraut hatte. Ich sagte, daß ich ihren Schritt, mich in die Sache einzubeziehen, weder gutheißen noch verurteilen könne, daß sie aber unglücklich sei und ich es daher als mein Recht ansehe, ihn zu fragen, wie er es rechtfertigen wolle, sie in solch eine Lage gebracht zu haben.«

»Und wie hat er das aufgenommen?« fragte Trent und lächelte heimlich in die Landschaft. Die Vorstellung, wie dieser friedfertigste aller Menschen den furchtbaren Manderson zur Rechenschaft zog, befriedigte ihn.

»Nicht sehr gut«, erwiderte Mr. Cupples traurig. »Tatsache ist, weit entfernt davon. Ich kann dir beinah wörtlich wiederholen, was er sagte – es war nicht viel. ›Hören Sie mal, Cupples, Sie wollen sich doch nicht einmengen. Meine Frau kann sehr gut auf sich selbst aufpassen. Das habe ich, nebst anderen Dingen, bemerkt.‹ Dabei blieb er völlig ruhig – du weißt ja, er war bekannt dafür, daß er sich niemals vergaß – obgleich in seinen Augen ein Fünkchen glomm, das einem, der sich im Unrecht befand, schon hätte Angst einjagen können. Aber ich war ziemlich aufgebracht durch seine letzte Bemerkung, deren Ton ich nicht wiedergeben kann. Weißt du«, sagte Mr. Cupples schlicht, »ich liebe meine Nichte. Sie ist das einzige Kind, das je in unserem – in meinem Hause lebte. Darüber hinaus hat meine Frau sie aufgezogen, und jede herabsetzende Bemerkung über Mabel erschien mir in der Hitze des Augenblicks wie ein direkter Tadel an jemandem, der lange tot ist.«

»Du bist aus der Haut gefahren«, vermutete Trent leise. »Du hast ihn gebeten, zu erklären, wie er das meine.«

»Genau das habe ich getan«, sagte Mr. Cupples. »Einen Moment lang starrte er mich nur an, ich konnte sehen, wie eine Ader auf seiner Stirn hervortrat – ein unangenehmer Anblick. Dann sagte er sehr ruhig: ›Die Sache ist jetzt weit genug gegangen, denke ich.‹ Damit wandte er sich ab.«

»Hat er euer Gespräch gemeint?« fragte Trent nachdenklich.

»Nimmt man die Worte für sich allein, könnte man es annehmen«, antwortete Mr. Cupples. »Aber die Art und Weise, wie er sie sagte, hat mich sehr befremdet und beunruhigt. Ich konnte mich des Eindrucks nicht erwehren, daß der Mann sich eine finstere Lösung ausgedacht hatte. Doch ich muß leider gestehen, daß ich nicht in der Lage war, einen klaren Gedanken zu fassen. Mich packte eine ungeheure Wut« – Mr. Cupples Tonfall war beinahe entschuldigend – »und ich sagte eine Menge dummer Sachen. Ich erinnerte ihn daran, daß das Gesetz einer Ehefrau, die sich schlecht behandelt fühlt, einige Freiheiten zugesteht. Ich machte ein paar absolut unsachliche Bemerkungen über seinen Ruf und gab der Meinung Ausdruck, Menschen wie er hätten kein Recht zu leben. Und all das, sowie einige weitere unüberlegte Äußerungen entfuhren mir in Sicht- und aller Wahrscheinlichkeit nach auch Hörweite von mindestens einem Dutzend Leuten, die hier auf der Veranda saßen. Ich bemerkte trotz meiner Erregung, wie sie mich ansahen, als ich zum Hotel zurückging, nachdem ich meine Seele erleichtert hatte – und das hatte ich zweifellos«, seufzte Mr. Cupples und lehnte sich in seinem Stuhl zurück.

»Und Manderson? Hat er nichts weiter gesagt?«

»Kein Wort. Er hörte mir zu und sah mich dabei an, ruhig wie zuvor. Als ich fertig war, lächelte er fast unmerklich, wandte sich ab und schlenderte durch die Pforte in Richtung ›White Gables‹.«

»Und das Ganze spielte sich ab am – ?«

»Am Sonntag vormittag.«

»Dann hast du ihn wohl nicht mehr lebend wiedergesehen?«

»Nein«, sagte Mr. Cupples. »Oder doch, ja – einmal noch. Das war später am gleichen Tag, auf dem Golfplatz, aber ich habe nicht mit ihm gesprochen. Und am nächsten Morgen fand man ihn tot.«

Schweigend sahen sich die beiden Männer eine Weile an. Eine Gruppe von Gästen, die zum Schwimmen gewesen war, kam die Treppe herauf und setzte sich angeregt plaudernd an einen Tisch in der Nähe. Der Kellner kam herbei. Mr. Cupples stand auf, nahm Trents Arm und führte ihn zu einem langen Tennisplatz an der Seite des Hotels.

»Es gibt einen Grund, weshalb ich dir das alles erzähle«, begann er, während sie auf und ab gingen.

»Das kann ich mir denken«, erwiderte Trent und stopfte sorgsam seine Pfeife nach. Er zündete sie an, rauchte ein paar Züge und meinte dann: »Wenn du willst, werde ich raten.«

Mr. Cupples ernstes Gesicht erhellte sich in einem leichten Lächeln. Er sagte nichts.

»Du hast es für möglich gehalten«, sagte Trent nachdenklich »– darf ich sagen, du hieltest es für so gut wie sicher? – daß ich von selbst darauf käme, daß zwischen den Mandersons etwas Tiefgreifenderes als lediglich eine eheliche Reiberei im Gange war. Du nahmst an, meine verdorbene Phantasie würde sogleich anfangen, mit dem Gedanken zu spielen, Mrs. Manderson könne etwas mit dem Verbrechen zu tun haben. Und ehe ich mich womöglich in unfruchtbaren Spekulationen verloren hätte, hast du dich entschlossen, mir genau zu sagen, wie die Dinge stehen, und mir, der ich dein ausgezeichnetes Urteilsvermögen kenne, so ganz nebenbei deine Meinung über deine Nichte ans Herz zu legen. Stimmt das so ungefähr?«

»Es stimmt haargenau. Hör mir zu, mein lieber Freund«, sagte Mr. Cupples ernst und legte dabei die Hand auf Trents Arm. »Ich will ganz offen mit dir sein. Ich bin außerordentlich froh, daß Manderson tot ist. Meiner Ansicht nach hat er als wirtschaftlicher Faktor nichts als Unheil über die Welt gebracht. Ich weiß, daß er das Leben eines Menschen, der für mich wie ein eigenes Kind war, in eine Wüste verwandelt hat. Aber der Gedanke, Mabel könnte im Zusammenhang mit diesem Mord in Verdacht geraten, ist mir unerträglich. Daß sie in ihrer Feinheit und Güte mit der Brutalität der Gesetzesmühlen in Berührung kommen sollte, erscheint mir entsetzlich. Sie ist dem nicht gewachsen. Es würde ihr tiefe Wunden zufügen. Ich nehme an, viele junge Frauen von sechsundzwanzig könnten sich heutzutage solch einer Zerreißprobe stellen. Ich habe unter den Ergebnissen der höheren Bildung für Frauen in unserer Zeit eine Art nachahmende Härte beobachtet, die ihnen vielleicht Kraft für alles mögliche verleiht. Ich maße mir durchaus nicht an, zu sagen, dies sei eine schlechte Angelegenheit unter den derzeitigen Lebensumständen der Frauen. Doch Mabel ist nicht so. Ebensowenig wie sie den albernen Fräuleins gleicht, die mich als Kind umgaben. Sie ist außerordentlich klug, sie hat Charakter, sie ist kultiviert, aber all das ist vermischt« – Mr. Cupples machte eine vage Handbewegung – »mit Idealvorstellungen von Vornehmheit und Zurückhaltung und weiblicher Rätselhaftigkeit. Ich fürchte, sie ist kein Kind unserer Zeit. Du hast meine Frau nicht gekannt, Trent. Mabel ist das Kind meiner Frau.«

Der Jüngere neigte den Kopf. Sie schritten die ganze Länge des Rasenplatzes ab, bevor er leise fragte. »Warum hat sie ihn geheiratet?«

»Ich weiß es nicht«, antwortete Mr. Cupples knapp.

»Wahrscheinlich bewunderte sie ihn«, vermutete Trent.

Mr. Cupples zuckte die Achseln. »Ich habe mir sagen lassen, eine Frau fühle sich gewöhnlich am ehesten zum erfolgreichsten Mann ihres Bekanntenkreises hingezogen. Natürlich können wir kaum ermessen, auf welche Weise eine willensstarke, dominierende Persönlichkeit wie er ein Mädchen beeinflußt haben mag, deren Zuneigung nicht anderweitig vergeben war; insbesondere, wenn er es darauf anlegte, sie für sich zu gewinnen. Es ist wahrscheinlich eine überwältigende Sache, von einem Mann hofiert zu werden, dessen Name weltweit bekannt ist. Sie hatte natürlich von ihm als Finanzgewaltigem gehört, und konnte, da sie meist unter Menschen mit künstlerischen oder literarischen Neigungen gelebt hatte, nicht ahnen, wieviel seelenlose Unmenschlichkeit da möglicherweise dahintersteckte. Soweit ich weiß, hat sie bis zum heutigen Tage noch keine rechte Vorstellung davon. Als ich von der Geschichte hörte, war das Unglück bereits geschehen, und ich bin nicht so dumm, ungefragt jemandem meine Meinung aufzudrängen. Sie war volljährig, und aus herkömmlicher Sicht war absolut nichts gegen ihn einzuwenden. Und ich wage zu behaupten, daß sein immenser Reichtum wohl beinah auf jede Frau einen Zauber ausgeübt hätte. Mabel verfügte über ein paar hundert Pfund im Jahr; gerade genug vielleicht, um sich bewußt zu sein, was Millionen wirklich bedeuten. Aber das sind nur Mutmaßungen. Fest steht, daß sie aus der Vielzahl von jungen Männern, die sie meines Wissens darum ersucht haben, keinen heiraten wollte; und obwohl ich nicht glaube, und auch nie geglaubt habe, daß sie diesen Mann von fünfundvierzig Jahren liebte, so wollte sie ihn dennoch ganz bestimmt heiraten. Wenn du mich aber fragst warum, dann kann ich nur sagen, ich weiß es nicht.«

Trent nickte und sah nach einigen weiteren Schritten auf die Uhr. »Du hast mich so gefesselt«, sagte er, »daß ich meine Hauptaufgabe ganz vergessen habe. Ich darf den Vormittag nicht vertrödeln. Ich gehe jetzt gleich nach ›White Gables‹ hinüber und werde mich dort wahrscheinlich bis Mittag herumtreiben. Wenn wir uns dann treffen könnten, Cupples, würde ich gern alles, was ich herausgefunden habe, mit dir bereden; es sei denn, ich würde aufgehalten.«

»Ich werde heute vormittag einen Spaziergang machen«, entgegnete Mr. Cupples. »Ich wollte in einem kleinen Gasthof beim Golfplatz, ›The Three Tuns‹, zu Mittag essen. Komm doch dorthin. Er liegt ungefähr einen halben Kilometer hinter ›White Gables‹ an der Straße. Da, zwischen den beiden Bäumen kannst du das Dach sehen. Das Essen ist einfach, aber gut.«

»Solange sie ein Faß Bier haben«, meinte Trent, »soll es mir recht sein. Wir werden Brot und Käse essen, und oh, bewahre der Himmel unser einfaches Leben vor des Luxus' Seuche, die da krank und niederträchtig! Bis dann also, leb wohl.« Er schlenderte davon, um seinen Hut von der Veranda zu holen, schwenkte ihn in Mr. Cupples Richtung und war bald verschwunden.

Der alte Herr ließ sich in einen Liegestuhl auf dem Rasen nieder, verschränkte die Arme über dem Kopf und sah in den wolkenlosen blauen Himmel hinauf. »Er ist ein guter Kerl«, murmelte er. »Der beste, den man sich denken kann. Und so ungeheuer scharfsinnig. Meine Güte! Wie seltsam das alles ist!«

Handschellen in der Luft

Als Maler und Sohn eines Malers hatte Philip Trent sich schon in jungen Jahren in der Kunstwelt Englands einen Namen gemacht. Mehr noch, seine Bilder verkauften sich. Ein ursprüngliches, zwingendes Talent und die Angewohnheit, wenn auch gemächlich, so doch stetig zu arbeiten, unterbrochen von Phasen starker, kreativer Besessenheit, bildeten die Grundlage. Der Name des Vaters hatte das seine dazu beigetragen; und das väterliche Erbe, groß genug, ihn der gefährlichen Unterstellung zu entziehen, er müsse um seine Existenz kämpfen, war gewiß nicht hinderlich. Doch die beste Hilfe auf dem Weg zum Erfolg war ihm eine unbewußte Fähigkeit, sich seinen Mitmenschen angenehm zu machen. Gute Laune und ein lebhafter, heiterer Sinn sind stets beliebt. Dazu kam bei Trent ein aufrichtiges Interesse an anderen, das ihm mehr als bloße Beliebtheit einbrachte. Sein Urteil über Menschen war scharfsichtig, doch der Prozeß lief innerlich ab; in Gegenwart eines Mannes, der sich stets gut zu amüsieren scheint, fühlt sich niemand einer Prüfung unterzogen. Ob er in Stimmung für eine Menge Unsinn war oder sich voller Energie einer Aufgabe widmete, sein Gesicht verlor selten den Ausdruck verhaltener Lebhaftigkeit. Abgesehen von einer fundierten Kenntnis seiner Kunst und ihrer Geschichte, verfügte er über eine umfassende und ungeordnete Allgemeinbildung, die von einer Vorliebe für Poesie dominiert wurde. Mit zweiunddreißig Jahren war er noch nicht aus dem Alter von Lachen und Abenteuer heraus.

Sein Aufstieg zu einer Berühmtheit, hundertmal größer als sein eigentlicher Beruf sie ihm eingebracht hatte, war einem momentanen Impuls entsprungen. Er hatte eines Tages eine

Zeitung aufgeschlagen, die sich weitgehend mit einem Verbrechen befaßte, das in England merkwürdig selten vorkam – dem Mord in einem Eisenbahnabteil. Die Umstände waren rätselhaft; zwei Verdächtige waren festgenommen worden. Trent, für den die Beschäftigung mit solchen Dingen eine neue Erfahrung bedeutete, hörte den Fall unter seinen Freunden diskutiert und setzte sich, einer Laune folgend, hin und las die Berichte in verschiedenen Zeitungen. Die Sache fing an ihn zu fesseln; seine Phantasie begann in einer Weise zu arbeiten, die ihm völlig neu war, nämlich auf der Basis von Tatsachen; eine Erregung bemächtigte sich seiner, wie er sie bislang nur in Phasen künstlerischer Inspiration oder im persönlichen Abenteuer gekannt hatte. Am Ende jenes Tages schrieb und schickte er einen langen Brief an den Herausgeber des *Record*, den er nur deshalb auswählte, weil er dort den ausführlichsten und intelligentesten Bericht über den Fall gelesen hatte.

In diesem Brief tat er ziemlich genau das, was Poe im Fall des Mordes an Mary Rogers getan hatte. Ohne andere Unterlagen zu haben als die Zeitungsberichte, machte er auf die Bedeutung bestimmter, anscheinend geringfügiger Tatsachen aufmerksam und ordnete die Beweise so, daß ernsthafter Verdacht auf einen Mann fiel, der sich als Zeuge zur Verfügung gestellt hatte. Sir James Molloy veröffentlichte den Brief im Bleisatz. Am selben Abend konnte er in der *Sun* die Festnahme und das umfassende Geständnis des Beschuldigten bekanntgeben.

Sir James, der in London alle Welt kannte, hatte keine Zeit verloren und Trents Bekanntschaft gesucht. Die beiden Männer verstanden sich glänzend, denn Trent besaß das Geheimnis angeborenen Taktes, das Altersunterschiede zwischen ihm und anderen fast gänzlich zum Verschwinden brachte. Die riesigen Rotationspressen im Untergeschoß des *Record* begeisterten ihn. Er hatte dort gemalt, und Sir James kaufte ein Bild, das er als Maschinenlandschaft im Stil Heinrich Kleys bezeichnete.

Ein paar Monate später ereignete sich die als ›Geheimnis von

Ilkley‹ bekannt gewordene Geschichte. Sir James lud Trent zu einem anregenden Abendessen ein, und bot ihm danach für seine zeitweiligen Dienste als Sonderreporter des *Record* in Ilkley eine Summe an, die dem jungen Mann phantastisch hoch erschien.

»Sie können es«, hatte der Herausgeber gedrängt. »Sie schreiben einen guten Stil, und Sie wissen, wie man mit den Leuten reden muß. Die technischen Voraussetzungen für den Reporter-Beruf kann ich Ihnen in einer halben Stunde beibringen. Und Sie haben einen Sinn für Kriminalistisches; Sie haben Phantasie und dabei ein klares Urteilsvermögen. Überlegen Sie mal, welch ein Gefühl es sein müßte, das zu bewerkstelligen!«

Trent mußte zugeben, daß es durchaus ein Spaß wäre. Er hatte geraucht, die Stirn gerunzelt und sich schließlich selbst davon überzeugt, daß ihn einzig die Angst vor der ungewohnten Aufgabe zurückhielt. Sich gegen Ängste aufzulehnen war ihm zur festen moralischen Haltung geworden, und so hatte er Sir James' Angebot angenommen.

Und er hatte es bewerkstelligt. Zum zweiten Mal hatte er den Behörden einen Schock versetzt und eine Lehre erteilt. Sein Name war in aller Munde. Er zog sich zurück und malte Bilder. Er fühlte sich nicht zum Journalismus hingezogen, und Sir James, der eine Menge Kunstverstand hatte, verzichtete – im Gegensatz zu anderen Redakteuren – darauf, ihn mit Geldangeboten in Versuchung zu führen. Doch trat er im Laufe nur weniger Jahre vielleicht dreißig Mal an ihn heran, um sich beim Entwirren ähnlicher Probleme im In- und Ausland seine Dienste zu sichern. Manchmal, wenn er gerade mitten in der Arbeit steckte, hatte Trent abgelehnt; manchmal war ihm bei der Enthüllung der Wahrheit jemand zuvorgekommen. Doch das Ergebnis seiner unregelmäßigen Verbindung mit dem *Record* war, daß sein Name zu den bekanntesten in ganz England zählte. Es war bezeichnend für ihn, daß die Öffentlichkeit über ihn nichts Näheres als seinen Namen erfuhr. Er hatte den Molloy-Zeitungen absolutes Stillschweigen in bezug auf seine Person auferlegt; und die anderen hatten kaum ein Interesse daran, einen von Sir James' Leuten bekannt zu machen.

Der Fall Manderson, so sagte er sich, während er raschen Schrittes die ansteigende Straße nach ›White Gables‹ hinaufging, konnte sich als schrecklich einfache Angelegenheit herausstellen. Cupples war ein kluger alter Junge, aber wahrscheinlich war es ihm unmöglich, sich eine unvoreingenommene Meinung über seine Nichte zu bilden. Allerdings hatte auch der Geschäftsführer des Hotels, der ihre Schönheit mit Worten pries, die Trent aufhorchen ließen, ihre Güte sogar noch mehr hervorgehoben. Obwohl nicht gerade ein Mann des Wortes, so vermittelte er Trent doch einen sehr entschiedenen Eindruck. »Es gibt kein Kind in der Gegend, das beim Klang ihrer Stimme nicht fröhlich wird«, hatte er gesagt, »und den Erwachsenen geht es da nicht viel besser. Alle freuen sich darauf, wenn sie im Sommer herkommt. Ich will damit nicht sagen, daß sie eine von diesen Frauen ist, die nur aus Freundlichkeit bestehen und sonst gar nichts. Bei ihr steckt was dahinter, wenn Sie wissen, was ich meine – irgendwie hat sie Mut – jede Menge Schwung. Es gibt keinen in Marlstone, dem die Dame in ihrem Kummer nicht leid tut – obwohl ein paar von uns vielleicht meinen, sie hätte letzten Endes Glück gehabt.« Trent war begierig darauf, Mrs. Manderson kennenzulernen.

Über eine weite Rasenfläche und Buschwerk hinweg konnte er inzwischen die Front des Hauses sehen; ein zweistöckiger Bau aus mattrotem Backstein mit den beiden großen Giebeln, nach denen es benannt war. Vom Auto aus hatte er am Morgen nur einen kurzen Blick darauf werfen können. Es war ein modernes Haus, wie er sah, vielleicht zehn Jahre alt. Das Ganze war wunderbar gepflegt, und strahlte jene Aura wohlhabenden Friedens aus, die selbst die kleinsten Häuser vermögender Engländer auf dem Lande umgibt. Vor dem Haus, jenseits der Straße, erstreckte sich reiches Weideland bis zur Felsenküste hinunter; dahinter dehnte sich eine waldige Landschaft über ein weites Tal bis zum Moor. Solch eine Umgebung als Tatort eines Gewaltverbrechens erschien kaum vorstellbar; alles lag so ruhig und wohlgeordnet da, zeugte so beredt von disziplinierter Fürsorge und angenehmem Leben. Und dennoch, dort, hinter dem Haus bei der Hecke, die zwischen dem Garten und der heißen, weißen Straße verlief, stand der Geräteschuppen des Gärtners, neben dem man, an der Bretterwand niedergesunken, die Leiche gefunden hatte.

Trent ging am Einfahrtstor vorbei auf der Straße weiter, bis er dem Schuppen gegenüber stand. Ungefähr vierzig Meter weiter machte die Straße eine scharfe Biegung vom Haus weg und verlief zwischen dichten Anpflanzungen; kurz vor der Kurve endete das Anwesen mit einer kleinen weißen Pforte am Knick der begrenzenden Hecke. Er schritt auf die offensichtlich für Gärtner und Hauspersonal gedachte Pforte zu. Sie ließ sich leicht in den Angeln bewegen, und langsam schlenderte er einen Weg hinauf, der zwischen der äußeren Hecke und hohen Rhododendronbüschen zur Rückseite des Hauses führte. Duch eine Lücke in diesen Büschen gelangte er auf einem Trampelpfad zu der kleinen, hübschen Holzkonstruktion zwischen den Bäumen an einer Ecke des Hauses. Die Leiche hatte an der dem Haus abgewandten Seite des Schuppens gelegen; vielleicht hatte in den frühen Morgenstunden ein Dienstmädchen aus einem der nahen Fenster unbewußt den Schuppen mit einem Blick gestreift, während sie sich fragte, wie es wohl sein mochte, wenn man so reich war wie ihre Herrschaft.

Er untersuchte den Ort sorgfältig und durchstöberte den Schuppen, aber bis auf das niedergedrückte Gras an der Stelle, wo die Leiche gelegen hatte, fiel ihm nichts auf. Tief in der Hocke tastete er mit wachen Augen und gefühlvollen Fingern sorgfältig den Untergrund ringsum ab, doch seine Suche blieb erfolglos.

Sie wurde durch das Zufallen der Eingangstür unterbrochen, des ersten Lautes, den er vom Haus her hörte. Trent streckte seine langen Beine und trat an den Rand der Auffahrt.

Ein Mann kam eiligen Schrittes vom Haus her auf das große Einfahrtstor zu.

Beim Knirschen des Kieses unter Trents Füßen fuhr der Mann nervös herum und sah ihn mit ernster Miene an. Der plötzliche Anblick seines Gesichts wirkte beinah abschrekkend, so bleich und abgespannt sah es aus. Und doch war es das Gesicht eines jungen Mannes. Keine Falte war um die verstörten blauen Augen, obwohl sie deutliche Spuren nervlicher Überbelastung und hoffnungslosen Schlafmangels zeigten. Während sie aufeinander zugingen, registrierte Trent voller Bewunderung die breitschultrige, geschmeidige und kräftige Gestalt des anderen. Seine Haltung, so steif sie in der Erschöpfung auch wirken mochte, die ebenmäßigen Gesichtszüge, die kurze, glatte, strohblonde Haartracht und sein Tonfall, als er Trent ansprach, ließen keinen Zweifel am Einfluß einer bestimmten Schulung. »Ich nehme an, dein Spielplatz war Oxford, mein junger Freund«, dachte Trent bei sich.

»Wenn Sie Mr. Trent sind«, sagte der junge Mann freundlich, »werden Sie erwartet. Mr. Cupples hat vom Hotel aus angerufen. Mein Name ist Marlowe.«

»Sekretär bei Mr. Manderson, soweit ich weiß.« Trent war geneigt, den jungen Marlowe zu mögen. Obgleich er einem Nervenzusammenbruch nahe schien, verbreitete er doch jene Aura moralischer Gesundheit und sauberer Lebensführung, die diesen gesellschaftlichen Typus in seinem Alter besonders ziert. Doch in dem müden Ausdruck der Augen lag etwas, das eine Herausforderung an Trents Menschenkenntnis darstellte; ein, wie er annahm, gewohnheitsmäßiger Ausdruck des Grübelns und Abwägens von Dingen, die den Blicken nicht sichtbar sind. Ein Ausdruck, zu intelligent, zu stetig und zielbewußt, um träumerisch genannt zu werden. Trent meinte, diesen Ausdruck schon irgendwo gesehen zu haben. Er sagte: »Dies ist für Sie alle eine schreckliche Sache. Ich fürchte, es hat Sie völlig aus dem Gleis geworfen, Mr. Marlowe.«

»Ein wenig müde, das ist alles«, erwiderte der junge Mann

matt. »Ich war Sonntag nacht und gestern fast den ganzen Tag im Auto unterwegs, und letzte Nacht, als ich hörte, was geschehen war, habe ich auch nicht geschlafen – wer könnte das schon? Aber ich habe eine Verabredung, Mr. Trent, ich muß ins Dorf zum Arzt – die Organisation der gerichtlichen Untersuchung. Ich denke, der Termin wird morgen sein. Wenn Sie zum Haus hinaufgehen und nach Mr. Bunner fragen, er erwartet Sie; er wird Ihnen Rede und Antwort stehen und Sie herumführen. Er ist der zweite Sekretär, Amerikaner, und ein vortrefflicher Bursche; er wird sich um Sie kümmern. Ein Polizeibeamter ist, nebenbei bemerkt, auch da – ein Inspektor Murch von Scotland Yard. Er kam gestern.«

»Murch!« rief Trent aus. »Wir sind alte Freunde. Wie in drei Teufels Namen ist er so schnell hergekommen?«

»Ich habe keine Ahnung«, antwortete Mr. Marlowe. »Aber als ich gestern abend aus Southampton zurückkam, war er schon hier und damit beschäftigt, alle zu befragen. Und heute ist er seit acht Uhr früh da. Im Moment ist er in der Bibliothek – dort, am Ende des Hauses, wo man die offene Verandatür sehen kann. Vielleicht möchten Sie gern hingehen und mit ihm sprechen.«

»Ich denke, das werde ich tun«, sagte Trent. Marlowe nickte und ging weiter. Auf dem dicken Rasenteppich, um den die Auffahrt sich wand, waren Trents Schritte so geräuschlos wie die einer Katze. Kurz darauf schaute er durch die offenen Flügeltüren am südlichen Ende des Hauses und erkannte lächelnd den breiten Rücken und den gebeugten Kopf mit dem kurzen, grauen Haar. Der Mann im Zimmer beugte sich über eine Ansammlung von Papieren auf dem Tisch.

»'s war immer so«, sagte Trent melancholisch, und der Mann drinnen wandte sich beim ersten Ton mit verblüffender Schnelligkeit um. »Von Kindheits Stunde an sah ich vergehn der treuesten Hoffnung Mut. Ich dachte, diesmal sei ich Scotland Yard wirklich zuvorgekommen, und was sehe ich? Der beste Kopf der gesamten Londoner Polizei hat die Stellung bereits eingenommen.«

Der Detektiv lächelte grimmig und kam an die Tür. »Ich habe Sie erwartet, Mr. Trent«, sagte er. »Dies ist ein Fall, wie Sie ihn mögen.«

»Wenn schon mein Geschmack berücksichtigt wird«, erwiderte Trent und trat ins Zimmer, »dann hätte ich mir gewünscht, daß man meinen verhaßten Rivalen heraushält. Einen großen Vorsprung haben Sie auch – ich weiß alles darüber.« Er ließ seinen Blick durch den Raum schweifen. »Wie haben Sie das geschafft? Ich weiß, Sie sind von der schnellen Truppe; so flink, daß flinker nur des flinken Rotwilds Huf; aber ich verstehe nicht, wie Sie es angestellt haben, rechtzeitig hier zu sein, daß Sie gestern abend bereits mit der Arbeit beginnen konnten. Hat Scotland Yard heimlich eine fliegende Einheit eingerichtet? Oder sind sie ein Bündnis mit finsteren Mächten eingegangen? In beiden Fällen sollte der Innenminister um eine Erklärung gebeten werden.«

»Die Sache ist viel einfacher«, sagte Mr. Murch mit dem Gleichmut seines Berufsstandes. »Ich war zufällig mit Mrs. Murch auf Urlaub in Halvey, das ungefähr zwanzig Kilometer von hier an der Küste liegt. Sobald unsere Leute dort von dem Mord gehört hatten, erzählten sie es mir. Ich telegrafierte meinem Vorgesetzten, und der Fall wurde mir sofort übertragen. Ich bin gestern abend noch herübergeradelt und seitdem beschäftigt.«

»Dabei fällt mir ein«, sagte Trent abwesend, »wie geht es Mrs. Inspektor Murch?«

»So gut wie nie, danke«, antwortete der Inspektor. »Sie spricht oft von Ihnen und wie Sie mit den Kindern herumgetobt haben. Aber, verzeihen Sie, wenn ich das sage, Mr. Trent, Sie müssen sich nicht mit Floskeln aufhalten, während Ihre Blicke dabei arbeiten. Ich kenne Ihre Gewohnheiten inzwischen. Wie ich höre, sind Sie mal wieder vom Glück begünstigt und haben von der Dame des Hauses die Erlaubnis zu Nachforschungen erhalten.«

»So ist es«, sagte Trent. »Ich werde Sie wieder ausstechen, Inspektor. Sie schulden mir noch Revanche für Ihren Sieg beim Fall Abinger, Sie alter Fuchs. Aber wenn Sie im Augenblick tatsächlich keinen Sinn für gesellschaftliche Artigkeiten haben, dann lassen wir doch die Höflichkeitsbezeugungen beiseite und kommen zum Wesentlichen.« Er trat an den Tisch, sah sich die dort ausgebreiteten Papiere an und wandte sich dann dem offenen Rollpult zu. Rasch schaute er in die Schubladen. »Alles ausgeräumt, wie ich sehe. Also, Inspektor, ich nehme an, wir spielen das Spiel nach den alten Regeln.«

Trent hatte in der Vergangenheit verschiedentlich mit Inspektor Murch zu tun gehabt, der bei Scotland Yard hohes Ansehen genoß. Er war ein ruhiger, taktvoller und äußerst kluger Polizeibeamter, ein ungeheuer mutiger Mann mit einer bewegten Vergangenheit, was den Umgang mit gefährlichen Kriminellen anging. Seine Menschlichkeit war so gut entwikkelt wie seine Schultern, die selbst für einen Polizisten sehr breit waren. Trent und er hatten einander durch jene unerklärlichen Schwingungen der Sympathie von Anfang an geschätzt, und es war eine dieser seltsamen Freundschaften entstanden, womit der jüngere entzückt seine Erfahrungswelt zu bereichern vermochte. Der Inspektor redete unter dem Siegel der Verschwiegenheit freier mit ihm als mit jedem anderen, und sie diskutierten Einzelheiten und Möglichkeiten eines jeden Falles zu beider Erhellung. Natürlich gab es gewisse Regeln und Grenzen. Sie waren sich einig darüber, daß Trent Erkenntnisse, die er nur aus offizieller Quelle gewonnen haben konnte, nicht journalistisch nutzte. Darüber hinaus nahm sich jeder von ihnen das Recht, für Ehre und Prestige der Institution, die er repräsentierte, dem anderen Entdeckungen oder Eingebungen vorzuenthalten, die er für entscheidend zur Lösung des Falles hielt. Trent hatte darauf bestanden, diese Prinzipien einer, wie er es nannte, detektivischen Ritterlichkeit genauestens festzulegen. Mr. Murch, zu einem Wettstreit immer aufgelegt, hatte dem Spiel freudig zugestimmt, konnte er doch durch die kühne Intelligenz des anderen nur gewinnen. In diesem Turnier um die Ehre der Presse oder der Polizei errangen manchmal Methodik und Erfahrung des Inspektors den Sieg, manchmal der rasche Verstand und die lebhaftere Phantasie Trents mit seiner Gabe, hinter jeder Maske instinktiv das Wesentliche zu erkennen.

Der Inspektor äußerte sich also zu Trents letzten Worten mit herzlicher Zustimmung. So standen sie, jeder an eine Seite der offenen Verandatür gelehnt, vor sich die sommerliche Landschaft in ihrem tiefen Frieden und ihrer dunsterfüllten Schönheit, und besprachen den Fall.

Trent hatte ein dünnes Notizbuch hervorgezogen, und während sie sich unterhielten, zeichnete er mit leichten, sicheren Strichen eine Planskizze des Raumes. Das tat er bei solchen Gelegenheiten immer und oftmals ganz zwecklos, doch hin und wieder hatte sich die Angewohnheit schon als sehr nützlich erwiesen.

Sie befanden sich in einem weiten lichten Raum mit großen Fenstern am einen Ende des Hauses. In der Mitte stand ein breiter Tisch. Wenn man zur Verandatür hereinkam, sah man gleich links an der Wand das Rollpult. Die Innentür lag am jenseitigen Ende des Zimmers, gegenüber ein Sprossenfenster mit breiten Flügeln. Ein wundervoll geschnitzter alter Eckschrank erhob sich neben der Tür, und ein weiterer Schrank füllte eine Nische neben dem offenen Kamin. Wo die Wände nicht mit Büchern bedeckt waren, hingen einige kolorierte Drucke von Harunobu, die Trent sich später genauer ansehen wollte. Die Buchrücken übten eine wenig anregende Wirkung aus, erschienen sie doch wie vom laufenden Meter gekauft und seither nie aus ihren Regalen genommen. In kalte Pracht gebunden standen die großen englischen Romanciers, Essayisten, Historiker und Lyriker wie eine zu Stein erstarrte Armee. Ein paar Stühle gab es noch, wie die Schränke und der Tisch aus alter, geschnitzter Eiche gefertigt, einen modernen Lehnstuhl sowie den Drehstuhl vor dem Schreibtisch. Der Raum wirkte kostbar möbliert und doch sehr karg. Die einzigen beweglichen Objekte waren eine große Porzellanschale in wunderbarem Blau auf dem Tisch, eine Uhr und einige Zigarrenkisten auf dem Kaminsims sowie ein transportables Telephongestell auf dem Schreibtisch.

»Die Leiche schon gesehen?« wollte der Inspektor wissen.

Trent nickte. »Und die Stelle, wo er lag«, fügte er hinzu.

»Erste Eindrücke von diesem Fall sind ziemlich verwirrend«, bemerkte der Inspektor. »Alles, was ich in Halvey gehört hatte, ließ auf gewöhnlichen Raubmord durch einen Landstreicher schließen, obwohl so etwas in dieser Gegend höchst selten vorkommt. Doch sobald ich mit meinen Ermittlungen begonnen hatte, stieß ich auf einige Merkwürdigkeiten, die Sie, da möchte ich wetten, inzwischen selbst bemerkt haben. Erst mal wird der Mann auf seinem eigenen Grundstück ziemlich dicht beim Haus niedergeschossen. Aber es gibt nicht die geringsten Anzeichen für einen Einbruch. Die Leiche wurde nicht ausgeraubt. Tatsächlich wäre es ein so klarer Fall von Selbstmord, wie man ihn sich nur wünschen kann, sprächen nicht gewisse Tatsachen dagegen. Und noch etwas: seit etwa einem Monat, so sagte man mir, sei Manderson in einem seltsamen Zustand gewesen. Ich nehme an, Sie wissen, daß die Mandersons Schwierigkeiten miteinander hatten. Die Dienerschaft hatte schon lange einen Wandel in seinem Verhalten ihr gegenüber beobachtet, und in der letzten Woche richtete er offenbar kaum ein Wort an sie. Er sei völlig verändert gewesen, sagen sie, verstimmt und in sich gekehrt – ob nun deswegen oder aus anderen Gründen. Mrs. Mandersons Zofe meint, er habe gewirkt, als stünde etwas bevor. Es ist immer leicht, sich zu erinnern, daß Leute so oder so gewirkt haben, nachdem ihnen etwas zugestoßen ist. Na gut, so hat sie es jedenfalls gesagt. Da haben wir's also wieder: Selbstmord! Nun, warum war es kein Selbstmord, Mr. Trent?«

»Die Tatsachen, soweit sie mir bekannt sind, sprechen wirklich alle dagegen«, erwiderte Trent, der inzwischen auf der Schwelle der Verandatür saß, die Arme um die Knie geschlungen. »Es fängt schon damit an, daß keine Waffe zu finden ist. Ich habe gesucht, Sie haben gesucht, und einen Steinwurf um den Fundort der Leiche gibt es nicht das geringste Anzeichen für eine Schußwaffe. Als nächstes haben wir die frischen Kratzer und Prellungen an den Handgelenken, von denen wir annehmen müssen, daß sie bei einem Handgemenge entstanden sind. Dann, wer hat schon je von einem Menschen gehört, der sich selbst ins Auge schießt? Und vom Geschäftsführer des Hotels hier erfuhr ich noch etwas, das mir in dieser ganzen Affäre das eigenartigste Detail zu sein scheint. Manderson hat sich, bevor er hinausging, vollständig angezogen, aber seine Zahnprothese ließ er zurück. Nun frage ich Sie, wie konnte ein Selbstmordkandidat, der sich korrekt ankleidete, um als Leiche einen ordentlichen Eindruck zu machen, seine Zähne vergessen?«

»An letzteres hatte ich noch gar nicht gedacht«, gestand Mr. Murch. »Da ist was dran. Aber auch schon anhand der anderen Punkte schließe ich Selbstmord aus. Ich bin heute morgen auf der Suche nach Anregungen hier im Haus herumgestreift. Ich nehme an, Sie haben das gleiche vor.«

»Stimmt. Mir scheint, dies ist ein Fall, der Anregungen nötig hat. Kommen Sie, Murch, lassen Sie uns eine gemeinsame Anstrengung unternehmen; stellen wir unseren Geist auf allgemeine Verdächtigung ein. Verdächtigen wir also erstmal jeden hier im Hause. Passen Sie auf, ich werde Ihnen sagen, wen ich im Verdacht habe: natürlich Mrs. Manderson. Ebenso die beiden Sekretäre – es gibt zwei, wie ich hörte, und ich könnte nicht sagen, welchen der beiden ich für verdächtiger halte. Ich habe auch den Butler und die Zofe im Verdacht. Sämtliche anderen Bediensteten erscheinen mir verdächtig, und am meisten der Stiefelknecht. Übrigens, was für Hauspersonal ist überhaupt da? Ich habe zwar mehr als genug Verdachtsmomente, wie groß auch immer der Haushalt sein mag, aber aus reiner Neugier hätte ich es doch gern gewußt.«

»Man kann sich ja darüber lustig machen«, erwiderte der Inspektor, »aber zu Beginn ist es die einzig sichere Arbeitsmethode, und das wissen Sie ebensogut wie ich, Mr. Trent. Ich habe allerdings gestern abend und heute früh genug von den Hausbewohnern gesehen, um einige auszuklammern, für den Augenblick zumindest. Sie werden da Ihre eigenen Folgerungen ziehen. Was die Dienerschaft angeht, so gibt es einen Butler, und die Dame des Hauses hat eine Zofe, ein Koch ist da und drei weitere Haushaltshilfen, von denen eine ein junges Mädchen ist. Es gibt einen Chauffeur, der jedoch mit gebrochenem Handgelenk außer Haus ist. Kein Stiefelknecht.«

»Was ist mit dem Gärtner? Sie sagen gar nichts über die finstere und undurchsichtige Gestalt des Gärtners. Sie lassen ihn im Hintergrund, Murch. Halten Sie sich an die Spielregeln. Heraus mit ihm – oder ich verklage Sie beim Regelausschuß.«

»Um den Garten kümmert sich ein Mann aus dem Dorf, der zweimal die Woche kommt. Ich habe mit ihm gesprochen. Er war zuletzt am Freitag hier.«

»Dann ist er mir um so verdächtiger«, sagte Trent. »Und nun zum Haus selbst. Was ich zunächst zu tun gedenke, ist, hier in diesem Raum ein wenig herumzuschnüffeln, denn hier soll Manderson einen Großteil seiner Zeit verbracht haben, wie ich hörte; und dann nehme ich mir sein Schlafzimmer vor; das ganz besonders. Aber da wir gerade hier sind, fangen wir hier an. Sie scheinen ja im gleichen Stadium der Ermittlungen zu sein. Vielleicht haben Sie die Schlafzimmer schon erledigt?«

Der Inspektor nickte. »Die von Manderson und seiner Frau habe ich mir angesehen. Dort ist nichts zu holen, glaube ich. Sein Zimmer ist sehr schlicht und kahl, zumindest konnte *ich* dort nichts Interessantes finden. Scheint auf dem einfachen Leben bestanden zu haben, unser Manderson. Hatte auch nie einen Kammerdiener. Der Raum wirkt beinah wie eine Zelle, bis auf die Kleidung und die Schuhe. Sie werden alles noch genauso vorfinden wie ich; und wie man mir sagte, ist das der Zustand, in dem Manderson ihn gestern früh um, wir wissen nicht, wieviel Uhr, hinterlassen hat. Eine Tür verbindet ihn mit Mrs. Mandersons Zimmer – das wiederum mit einer Zelle nicht die geringste Ähnlichkeit hat, kann ich Ihnen sagen. Ich würde sagen, die Lady umgibt sich ebensogern mit schönen Dingen wie die meisten. Aber nachdem man die Leiche gefunden hatte, ist sie am selben Tag noch ausgezogen. Erklärte ihrer Zofe gegenüber, sie könne nie mehr in dem Zimmer schlafen, das eine Verbindung zu dem ihres ermordeten Ehemannes hat. Sehr natürliche Empfindung bei einer Frau, Mr. Trent. Sie kampiert sozusagen derzeit in einem der Gästezimmer.«

›Komm, mein Freund‹, sagte Trent zu sich selbst, während er ein paar Notizen in sein kleines Buch machte. ›Hast du nun Mrs. Manderson im Verdacht oder nicht? Ich kenne diesen tonlosen inspektoralen Tonfall. Ich wünschte, ich hätte sie kennengelernt. Entweder hast du etwas gegen sie und willst nicht, daß ich es herausfinde, oder du hast entschieden, daß sie unschuldig ist, hast aber nichts dagegen, daß ich meine Zeit mit Spekulationen über sie verschwende. Na gut, das gehört alles zum Spiel, und es beginnt langsam, äußerst interessant auszusehen.‹ Laut sagte er zu Mr. Murch: »Also, ich werde mich später mit dem Schlafzimmer befassen. Was ist mit diesem Raum hier?«

»Wird Bibliothek genannt«, sagte der Inspektor. »Hier arbeitete Manderson; überhaupt war er meist hier drin, wenn er sich im Hause aufhielt. Seit seine Frau und er nicht mehr miteinander redeten, hatte er sich angewöhnt, die Abende allein zu verbringen und kam in diesen Raum, wenn sie in ›White Gables‹ waren. Von den Dienstboten wurde er hier zuletzt lebend gesehen.«

Trent stand auf und schaute erneut die auf dem Tisch ausgebreiteten Papiere an. »Meist Geschäftsbriefe und Dokumente«, sagte Mr. Murch. »Berichte, Prospekte und ähnliches. Ein paar Briefe beziehen sich auf private Dinge, aber alles belanglos, soweit ich sehen kann. Der amerikanische Sekretär – Bunner sein Name, komischer Vogel, wenn mir je einer untergekommen ist – hat den Schreibtischinhalt heute morgen gemeinsam mit mir durchgesehen. Er hat sich in den Kopf gesetzt, Manderson habe Drohbriefe erhalten, und der Mord sei die Folge davon. Aber es gibt keinerlei Hinweise auf so etwas, und wir haben uns jedes verdammte Schriftstück angesehen. Das einzig Ungewöhnliche, was wir gefunden haben, waren einige Bündel mit Banknoten, eine nicht unerhebliche Summe; und ein paar kleine Beutel mit ungefaßten Diamanten. Ich bat Mr. Bunner, sie an einem sicheren Ort aufzubewahren. Offenbar hatte Manderson in der letzten Zeit angefangen, Diamanten als Spekulationsobjekte zu kaufen – ein neues Spiel für ihn, sagte der Sekretär, das ihm offenbar Vergnügen bereitete.«

»Was hat es überhaupt mit diesen Sekretären auf sich?« fragte Trent. »Ich traf draußen gerade einen namens Marlowe; ein nett aussehender Kerl mit einmaligen Augen, eindeutig Engländer. Der andere scheint Amerikaner zu sein. Wozu brauchte Manderson einen englischen Sekretär?«

»Das hat mir Mr. Marlowe erklärt. Der Amerikaner war seine rechte Hand in geschäftlichen Dingen, ein Mann aus seiner Büromannschaft, der immer bei ihm war. Mr. Marlowe hatte nichts mit Mandersons Geschäften als Financier zu tun und wußte nichts darüber. Seine Aufgabe war es, sich um Mandersons Pferde, seine Autos, seine Yacht und seine Sportarrangements zu kümmern und dergleichen – sich ganz allgemein nützlich zu machen, könnte man vielleicht sagen. Er hatte sicher einen hübschen Etat zur Verfügung. Der andere war ausschließlich mit geschäftlichen Angelegenheiten betraut, und ich möchte behaupten, damit hatte er alle Hände voll zu tun. Und was die englische Herkunft angeht, das war einfach eine Marotte von Manderson. Er hatte schon mehrere englische Sekretäre vor Mr. Marlowe.«

»Das zeigt seinen Geschmack«, bemerkte Trent. »Glauben Sie nicht, daß es mehr als aufschlußreich sein könnte, Vergnügungsminister eines modernen Plutokraten mit großem P zu sein? Allerdings hört man, Mandersons Vergnügungen seien ausschließlich harmloser Natur gewesen. Ganz sicher macht mir Marlowe nicht den Eindruck, als wäre er ein guter Petronius. Aber zurück zu Naheliegenderem.« Er sah sich seine Notizen an. »Sie sagten eben, der Herr des Hauses wurde hier zuletzt ›von den Dienstboten‹ lebend gesehen. Das heißt?«

»Er hatte ein Gespräch mit seiner Frau, bevor er zu Bett ging. Aber abgesehen davon, sah ihn der Diener, Martin heißt er, zuletzt in diesem Zimmer. Ich habe mir gestern abend seine Geschichte angehört; und er brannte darauf, sie loszuwerden. Eine solche Sache ist doch gefundenes Fressen für die Hausangestellten.«

Trent dachte eine Weile darüber nach, während er durch die offene Tür über die sonnenbeschienenen Hänge schaute. »Würde es Sie langweilen, sich noch einmal anzuhören, was er zu sagen hat?« fragte er schließlich. Statt einer Antwort klingelte Mr. Murch. Ein magerer, glattrasierter Mann mittleren Alters, der dem Bild eines Dieners in seiner vornehmsten Weise entsprach, trat herein.

»Dies ist Mr. Trent, der von Mrs. Manderson die Erlaubnis hat, sich hier umzusehen und Ermittlungen anzustellen«, erklärte der Detektiv. »Er würde gern Ihre Geschichte hören.« Martin deutete eine Verbeugung an. Er erkannte den Gentleman in Trent. Ob er in jedem Sinne das war, was Martin unter einem Gentleman verstand, würde sich zeigen.

»Ich sah Sie aufs Haus zukommen, Sir«, sagte Martin mit ruhiger Höflichkeit. Er sprach langsam und gemessen. »Ich habe Anweisung, Ihnen auf jede nur mögliche Weise behilflich zu sein. Hätten Sie gern, daß ich mir die Umstände von Sonntag nacht noch einmal ins Gedächtnis zurückrufe?«

»Bitte«, sagte Trent mit gewichtigem Ernst. Martins Stil appellierte aufs Heftigste an seinen Sinn für Komödie. Mit Mühe verbannte er jeden Ausdruck des Amüsements von seinem Gesicht.

»Zuletzt sah ich Mr. Manderson –«

»Nein, das noch nicht«, hielt Trent ihn ruhig zurück. »Erzählen Sie mir alles über den Verlauf des Abends – sagen wir, ab dem Zeitpunkt nach dem Dinner. Versuchen Sie, sich an jede kleinste Kleinigkeit zu erinnern.«

»Nach dem Dinner, Sir? – gut. Ich erinnere mich, daß Mr. Manderson und Mr. Marlowe nach dem Dinner im Obstgarten auf und ab gingen und sich unterhielten. Wenn Sie Einzelheiten wissen möchten, dann könnte ich sagen, ich hatte den Eindruck, sie sprachen über etwas Wichtiges, denn ich bekam ein paar von Mr. Mandersons Worten mit, als sie durch den Hintereingang hereinkamen. Soweit ich mich erinnere, sagte er ungefähr: ›Wenn Harris da ist, dann ist jede Minute wichtig. Fahren Sie gleich los. Und kein Wort zu irgendwem.‹ Mr. Marlowe antwortete: ›Gut. Ich ziehe mich nur rasch um, dann bin ich bereit‹ – oder etwas in der Art. Ich hörte es genau, da sie direkt am Fenster meiner Vorratskammer vorbeigingen. Danach ging Mr. Marlowe in sein Zimmer hinauf, und Mr. Manderson betrat die Bibliothek, von wo aus er gleich darauf nach mir läutete. Er gab mir einige Briefe für den Postboten am nächsten Morgen und wies mich an, noch aufzubleiben, da Mr. Marlowe ihn überredet habe, eine Mondscheinfahrt im Automobil zu unternehmen.«

»Das war eigenartig«, bemerkte Trent.

»Das fand ich auch, Sir. Aber mir fiel ein, was ich kurz zuvor gehört hatte, ›kein Wort darüber‹, und so schloß ich, die Mondscheinfahrt sei vorgeschoben, zur Irreführung.«

»Um welche Zeit war das?«

»Das war so gegen zehn Uhr, Sir, würde ich sagen. Nachdem er mit mir gesprochen hatte, wartete Mr. Manderson, bis Mr. Marlowe herunterkam und den Wagen holte. Dann ging er ins Wohnzimmer, wo Mrs. Manderson saß.«

»Fanden Sie das ungewöhnlich?«

Martin senkte den Blick. »Wenn Sie mich so fragen, Sir«, meinte er zurückhaltend, »er hatte jenen Raum meines Wissens seit unserer Ankunft hier nicht betreten. Er zog es vor, seine Abende in der Bibliothek zu verbringen. An diesem Abend blieb er nur einige Minuten bei Mrs. Manderson. Danach fuhren er und Mr. Marlowe sofort los.«

»Haben Sie die Abfahrt beobachtet?«

»Ja, Sir. Sie fuhren in Richtung Bishopsbridge.«

»Und später sahen Sie Mr. Manderson noch einmal?«

»Nach schätzungsweise einer Stunde, Sir, in der Bibliothek. Das müßte dann etwa gegen Viertel nach elf gewesen sein, würde ich sagen; nicht allzu lange davor hatte ich es vom Kirchturm elf schlagen hören. Ich darf hinzufügen, daß mein Gehör außergewöhnlich gut ist, Sir.«

»Mr. Manderson hatte nach Ihnen geklingelt, nehme ich an. Ja? Und was geschah, als Sie darauf hereinkamen?«

»Mr. Manderson hatte die Whiskykaraffe, einen Siphon und ein Glas aus dem Schrank geholt, Sir, wo er sie aufzubewahren pflegte –«

Trent hob die Hand. »Da wir gerade dabei sind, Martin, möchte ich Sie ohne Umschweife fragen, trank Mr. Manderson sehr viel? Sie verstehen, daß dies keine ungehörige Neugier meinerseits ist. Ich frage Sie lediglich, weil Ihre Antwort möglicherweise dazu beitragen könnte, mehr Licht in diesen Fall zu bringen.«

»Selbstverständlich, Sir«, erwiderte Martin ernst. »Ich habe keine Bedenken, Ihnen zu sagen, was ich auch dem Inspektor gegenüber bereits erklärt habe. Mr. Manderson war, wenn man seine Position bedenkt, ein bemerkenswert abstinenter Mann. In den vier Jahren, die ich nun schon in seinen Diensten stehe, sah ich ihn nur äußerst selten Alkoholika zu sich nehmen, bis auf ein oder zwei Glas Wein zum Dinner, gelegentlich etwas zum Lunch und von Zeit zu Zeit einen Whisky mit Soda vor dem Zubettgehen. Es schien jedoch niemals Gewohnheit zu werden. Oft fand ich am Morgen nur etwas Sodawasser in seinem Glas; manchmal hatte er auch Whisky getrunken, jedoch niemals in größeren Mengen. Er war nicht besonders wählerisch, was Getränke anging; er zog ganz gewöhnliches Sodawasser vor, obgleich ich ihm vorgeschlagen hatte, es einmal mit einem natürlichen Mineralwasser zu versuchen, wie ich persönlich es in meiner letzten Stellung schätzen gelernt habe. Er pflegte seine Getränke hier in dem Schrank aufzubewahren, da er es verabscheute, sich mehr als unbedingt nötig bedienen zu lassen. Es war eine stillschweigende Übereinkunft zwischen uns, daß ich nach dem Dinner niemals ungerufen in seine Nähe kam. Und wenn er irgend etwas wünschte, dann hatte er es gern unverzüglich und wollte anschließend sofort wieder alleingelassen werden. Er haßte es, gefragt zu werden, ob er noch etwas brauche. Erstaunlich anspruchslos, Sir, so würde ich Mr. Manderson in dieser Hinsicht bezeichnen.«

»Sehr gut; und in der Nacht hat er also gegen elf Uhr fünfzehn nach Ihnen geklingelt. Können Sie sich erinnern, was genau er gesagt hat?«

»Ich glaube, ich kann es noch einigermaßen akkurat wiedergeben, Sir. Es war nicht viel. Zuerst fragte er mich, ob Mr. Bunner schon zu Bett gegangen sei, und ich erwiderte, er sei vor einiger Zeit nach oben gegangen. Dann sagte er, es müsse jemand bis zwölf Uhr dreißig aufbleiben, falls telephonisch eine wichtige Nachricht einginge, und er wünsche, ich solle das tun, da Mr. Marlowe im Auto für ihn nach Southampton gefahren sei, ich solle, falls die Nachricht käme, diese nur aufnehmen, ihn jedoch nicht stören. Dann bestellte er noch einen frischen Siphon mit Sodawasser. Das war, glaube ich, alles, Sir.«

»Ich nehme an, Sie bemerkten nichts Ungewöhnliches an ihm?«

»Nein, Sir, nichts Ungewöhnliches. Als ich auf sein Klingeln eintrat, saß er am Schreibtisch und hatte den Telephonhörer am Ohr; ich nahm an, er wartete auf eine Verbindung. Er lauschte weiter, während er mir seine Wünsche mitteilte. Als ich mit dem Siphon zurückkam, war er im Gespräch.«

»Können Sie sich an irgend etwas erinnern, was er sagte?«

»Sehr wenig, Sir; es ging um jemanden in irgendeinem Hotel – ohne Belang für mich. Ich war nur so lange im Zimmer, wie es dauerte, den Siphon auf den Tisch zu stellen und mich wieder zurückzuziehen. Als ich die Tür zumachte, sagte er gerade: ›Sind Sie sicher, daß er nicht im Hotel ist?‹ oder etwas in der Art.«

»Und das war das letzte, was Sie zu seinen Lebzeiten von ihm gesehen oder gehört haben?«

»Nein, Sir. Etwas später, um halb zwölf, als ich bei angelehnter Tür und mit einem Buch zum Zeitvertreib in meinem Zimmer saß, hörte ich Mr. Manderson die Treppe hinaufgehen. Unmittelbar darauf stand ich auf, um das Fenster in der Bibliothek zu schließen und schob den Riegel an der Eingangstür vor. Danach hörte ich nichts mehr.«

Trent überlegte. »Ich nehme an, Sie sind nicht zufällig eingenickt«, fragte er behutsam, »während Sie da saßen und auf den Anruf warteten?«

»O nein, Sir. Um diese Zeit bin ich immer hellwach. Ich schlafe nicht sehr gut, besonders am Meer, und für gewöhnlich lese ich auch im Bett noch bis gegen Mitternacht.«

»Und ist ein Anruf gekommen?«

»Nein, Sir.«

»Nicht. Und ich nehme an, Sie schlafen in diesen warmen Nächten bei offenem Fenster?«

»Es ist nachts niemals geschlossen, Sir.«

Trent fügte seinen Notizen etwas hinzu; dann überflog er nachdenklich, was er geschrieben hatte. Er stand auf und ging einige Male mit gesenktem Blick im Zimmer auf und ab. Endlich blieb er vor Martin stehen. »Es erscheint alles völlig normal und einfach«, sagte er. »Ich möchte nur noch ein paar Einzelheiten klären. Sie haben, bevor Sie zu Bett gingen, die Fenster in der Bibliothek zugemacht. Welche?«

»Die Glastüren zur Veranda, Sir. Sie hatten den ganzen Tag offengestanden. Das Fenster gegenüber der Tür wird selten geöffnet.«

»Und was war mit den Vorhängen? Ich frage mich, ob jemand von draußen hereinschauen konnte.«

»Mühelos, Sir, würde ich sagen, wenn er an dieser Seite in den Garten gekommen wäre. Bei Hitze wurden die Vorhänge niemals zugezogen. Mr. Manderson saß dann nachts häufig direkt an der Türschwelle, rauchte, und schaute in die Dunkelheit hinaus. Aber keiner, der dort etwas zu suchen hatte, konnte ihn so sehen.«

»Aha. Und nun noch folgendes: Sie sagen, daß Sie sehr gute Ohren haben, und daß Sie Mr. Manderson nach dem Abendessen aus dem Garten hereinkommen hörten. Haben Sie ihn auch gehört, als er nach der Ausfahrt mit dem Auto wiederkam?«

Martin zögerte. »Jetzt, wo Sie es erwähnen, Sir, fällt mir ein, daß ich ihn nicht gehört habe. Erst sein Klingeln von diesem Zimmer aus zeigte mir an, daß er zurück war. Ich hätte ihn hereinkommen hören müssen, wenn er die Vordertür benutzt hätte. Ich hätte die Tür schlagen hören müssen. Aber er muß über die Veranda gekommen sein.« Er dachte einen Augenblick nach, dann fügte er hinzu: »Die Regel war, daß Mr. Manderson durch die Vordertür hereinkam, Hut und Mantel in der Halle aufhängte und dann durch den Flur in sein Arbeitszimmer ging. Ich halte es für wahrscheinlich, daß er, in der Eile, zum Telephon zu kommen, geradewegs über den Rasen zur Verandatür ging – so etwas tat er, wenn wichtige Dinge ihn beschäftigten. Ja, er hatte sogar noch den Hut auf, jetzt fällt es mir ein, und er hatte seinen Mantel über das eine Ende des Tisches geworfen. Seine Anweisungen waren sehr knapp, wie immer, wenn er beschäftigt war. Ein jäher Mann, das war Mr. Manderson in der Tat; ein rühriger Mensch, wie man so sagt.«

»Aha! Er schien also sehr beschäftigt. Aber sagten Sie nicht gerade, Ihnen sei nichts Ungewöhnliches an ihm aufgefallen?«

Ein melancholisches Lächeln huschte über Martins Gesicht. »Diese Beobachtung zeigt, daß Sie Mr. Manderson nicht kannten, Sir, wenn Sie mir die Bemerkung gestatten. Sein Verhalten war durchaus nicht ungewöhnlich; eher im Gegenteil. Ich habe lange genug gebraucht, um mich daran zu gewöhnen. Entweder saß er ganz ruhig da und rauchte eine Zigarre, dachte nach oder las, oder aber er schrieb, diktierte und telegraphierte zu gleicher Zeit, bis einem vom Zusehen ganz schwindelig wurde, das ging manchmal über eine Stunde lang ununterbrochen so. Und wenn ich sage, er hatte es eilig mit dem Telephonieren, dann möchte ich hinzufügen, er konnte gar nicht anders, es war seine Natur.«

Trent wandte sich dem Inspektor zu und bekam einen verständnisvollen Blick als Antwort. Dann stellte Mr. Murch, der Trents Vernehmungstaktik durchaus zu schätzen wußte, zum ersten Mal eine Frage.

»Man könnte also zusammenfassend sagen, als Sie ihn allein ließen, saß er bei Licht und offenen Verandatüren am Telephon, und auf dem Tisch stand etwas zu trinken?«

»Ja, das kann man sagen, Mr. Murch.« Die Feinheit, mit der Martins Verhalten sich änderte, als der Inspektor ihn ansprach, lenkte Trents Aufmerksamkeit momentan ab. Doch die nächste Frage des massigen Mannes brachte ihn sofort wieder zu ihrem Problem zurück.

»Noch einmal zu den Getränken. Sie sagen, Mr. Manderson habe oftmals auch keinen Whisky getrunken, bevor er zu Bett ging. Wie war es in jener Nacht?«

»Das könnte ich nicht sagen. Am nächsten Morgen war das Zimmer bereits von einem der Mädchen aufgeräumt und das Glas wahrscheinlich abgespült wie gewöhnlich. Ich weiß aber, daß die Karaffe am Abend beinah voll war, denn ich hatte sie einige Tage zuvor gefüllt und, als ich den neuen Siphon hereinbrachte, gewohnheitsmäßig einen Blick darauf geworfen, um zu sehen, ob noch genügend drin war.«

Der Inspektor ging zu dem hohen Eckschrank hinüber und öffnete ihn. Er nahm eine Glaskaraffe heraus und stellte sie vor Martin auf den Tisch. »War sie voller als jetzt?« fragte er ruhig. »So fand ich sie heute morgen vor.« Das Gefäß war kaum bis zur Hälfte gefüllt.

Zum ersten Male geriet Martins Selbstbeherrschung ins Wanken. Rasch nahm er die Karaffe hoch, hielt sie schräg vor seine Augen und blickte die beiden anderen verblüfft an. Langsam sagte er: »Da fehlt nicht viel weniger als eine halbe Flasche, seit ich sie zuletzt gesehen habe – und das war an jenem Sonntag abend.«

»Niemand hier im Hause, nehme ich an?« meinte Trent taktvoll.

»Völlig außer Frage!« erwiderte Martin knapp; dann fügte er hinzu: »Entschuldigen Sie, Sir, aber dies erscheint mir höchst außergewöhnlich. So etwas ist noch nie geschehen, seit ich bei Mr. Manderson bin. Was die weiblichen Bediensteten angeht, sie rühren niemals etwas an, dafür lege ich meine Hand ins Feuer; und ich selbst, wenn ich etwas trinken möchte, kann das tun, ohne an die Karaffen zu gehen.« Er nahm das Glasgefäß noch einmal auf und betrachtete erneut ratlos den Inhalt, während der Inspektor ihn mit dem Ausdruck heiterer Befriedigung beäugte, mit dem ein Meister sein Werk betrachtet.

Trent schlug eine neue Seite in seinem Notizbuch auf und tippte gedankenvoll mit dem Bleistift darauf herum. Dann sah er auf und sagte: »Ich nehme an, Mr. Manderson hatte sich zum Abendessen umgezogen?«

»Sicher, Sir. Er trug einen Anzug mit Smokingjacke, die er Tuxedo nannte und meist anhatte, wenn er zu Hause dinierte.«

»Und so war er auch noch gekleidet, als Sie ihn dann zuletzt sahen?«

»Bis auf die Jacke, Sir. Wenn er den Abend in der Bibliothek verbrachte, wie er es meist tat, dann zog er dafür nach dem Dinner einen alten Jagdrock aus hellgemustertem Tweed über, vielleicht für englischen Geschmack etwas schreiend im Muster. Den trug er, als ich ihn zuletzt sah. Er hing immer hier in diesem Schrank –« Martin öffnete, während er sprach, die Tür » – zusammen mit Mr. Mandersons Angelruten und solchen Dingen, damit er ihn überziehen konnte, ohne nach dem Essen extra nach oben gehen zu müssen.«

»Und die Smokingjacke ließ er im Schrank?«

»Ja, Sir. Das Hausmädchen brachte sie dann morgens nach oben.«

»Morgens«, wiederholte Trent langsam. »Da wir jetzt beim nächsten Morgen sind, würden Sie mir genau erzählen, was Sie darüber wissen? Soweit ich informiert bin, ist Mr. Manderson nicht vermißt worden, bis man gegen zehn Uhr seine Leiche fand.«

»Das stimmt, Sir. Mr. Manderson wurde morgens nie geweckt oder bekam etwas ans Bett gebracht. Er hatte ein separates Schlafzimmer. Gewöhnlich stand er gegen acht Uhr auf, ging ins Bad und kam dann irgendwann vor neun herunter. Aber oft schlief er auch bis neun oder zehn. Mrs. Manderson wurde immer um sieben geweckt. Das Mädchen brachte ihr dann den Tee. Gestern morgen frühstückte Mrs. Manderson wie immer gegen acht Uhr in ihrem Wohnzimmer, und alle dachten, Mr. Manderson liege noch im Bett und schlafe, bis Evans mit der schockierenden Mitteilung ins Haus gelaufen kam.«

»Aha«, machte Trent. »Und nun noch etwas. Sie sagten, Sie hätten vor dem Zubettgehen den Riegel an der Eingangstür vorgeschoben. War das alles?«

»An der Eingangstür, Sir, ja; ich schob den Riegel vor. In dieser Gegend hier hält man mehr nicht für nötig. Aber ich hatte auch die beiden rückwärtigen Türen zugeschlossen und die Fenster im Erdgeschoß überprüft. Alles war am nächsten Morgen noch im selben Zustand.«

»Im selben Zustand, so, so. Jetzt habe ich noch einen Punkt, den letzten, denke ich. Die Kleidungsstücke, in denen man die Leiche fand, waren es welche, die Mr. Manderson an dem Tag auch sonst getragen haben könnte?«

Martin rieb sich das Kinn. »Sie erinnern mich daran, wie überrascht ich war, als ich die Leiche sah. Zuerst konnte ich nicht ausmachen, was mir an der Kleidung ungewöhnlich erschien, doch gleich darauf bemerkte ich es. Der Kragen hatte eine Form, wie Mr. Manderson sie nur zum Abendanzug trug. Dann stellte sich heraus, daß er bis auf die Oberbekleidung – Jackett, Weste und Hose, Schuhe und Krawatte alles vom Vorabend anhatte. Der Anzug gehörte tatsächlich zu einem halben Dutzend ähnlicher, die er auch sonst getragen haben könnte. Kaum zu glauben jedoch, daß er anzog, was gerade dalag, statt sich ein neues Hemd und so weiter herauszunehmen, wie er es sonst tat; das, Sir, war noch nie dagewesen, ein Präzedenzfall. Es zeigt, wie auch andere Dinge, in welcher Eile er gewesen sein muß.«

»Sicher«, sagte Trent. »Also, ich glaube, das war alles, was ich wissen wollte. Sie haben sich mit bewundernswerter Klarheit ausgedrückt, Martin. Falls wir später noch Fragen haben sollten, sind Sie wohl irgendwo in der Nähe zu finden.«

»Ich halte mich zu Ihrer Verfügung, Sir.« Martin verbeugte sich und ging leise hinaus.

Trent warf sich in einen Sessel und atmete lange und tief aus. »Martin ist eine großartige Type«, sagte er. »Er ist weitaus besser als ein Theaterstück. Weitum ist er ohnegleichen, und da wird keiner sein wie er, wenn unsre Blütezeit schon längst entschwunden wär. Und er ist aufrichtig; keine Spur von Übel an dem guten alten Martin. Wissen Sie was, Murch, es ist unrecht, daß Sie diesen Mann verdächtigen.«

»Ich habe mit keinem Wort gesagt, daß ich ihn verdächtige.« Der Inspektor war völlig überrascht. »*Sie*, Mr. Trent, sollten wissen, daß er seine Geschichte niemals so erzählt hätte, wenn er angenommen hätte, ich hegte einen Verdacht gegen ihn.«

»Das glaubt er ganz bestimmt nicht. Er ist eine köstliche Kreatur, ein großer Künstler; aber trotz allem ist er kein sensibler Typ. Ihm ist nicht aufgegangen, Sie, Murch, könnten ihn, Martin, verdächtigen; ihn, den vollkommenen, den vollendeten. Ich aber weiß es. Sie müssen nämlich wissen, Inspektor, daß ich mich ganz speziell mit dem Studium der Psychologie von Polizeibeamten beschäftigt habe. Ein überaus vernachlässigtes Wissensgebiet übrigens. Sie sind weitaus interessanter als Verbrecher und nicht annähernd so simpel. Während ich ihn ausfragte, sah ich die ganze Zeit über Handschellen in Ihrem Blick. Ihre Lippen formten stumm die einzelnen Silben dieser gewaltigen Worte: ›es ist meine Pflicht, Sie darauf hinzuweisen, daß alles, was Sie jetzt sagen, protokolliert und vor Gericht gegen Sie verwendet werden kann.‹ Ihre Haltung hätte die meisten getäuscht, aber nicht mich.«

Mr. Murch lachte herzlich. Trents Unsinn brachte ihn nie aus dem Gleichgewicht, er nahm ihn eher als Zeichen der Anerkennung, was durchaus stimmte; deshalb verfehlte er auch nie seine erbauliche Wirkung auf ihn. »Also gut, Mr. Trent«, meinte er, »Sie haben völlig recht. Warum soll ich es leugnen, ich habe ihn aufs Korn genommen. Nicht, daß es einen Anhaltspunkt gäbe; aber Sie wissen so gut wie ich, wie oft Bedienstete in solche Affären verwickelt sind, und dieser Mann ist ein derartig stilles Wasser. Sie erinnern sich doch an den Fall von Lord William Russels Kammerdiener, der morgens wie gewöhnlich die Gardinen im Schlafzimmer seines Herrn aufziehen ging, so ruhig und korrekt wie eh und je, nachdem er ihn ein paar Stunden zuvor im Bett ermordet hatte. Ich habe mit den weiblichen Mitgliedern des Hauspersonals gesprochen, und meiner Ansicht nach sind sie allesamt ohne Falsch. Aber Martin ist nicht so einfach abzutun. Mir gefällt sein Auftreten nicht; ich glaube, er verbirgt etwas. Wenn ja, dann werde ich es herausfinden.«

»Halt ein!« rief Trent, »und leere nicht zur Neige der bittren Prophezeiung Krug. Zurück zu den Tatsachen. Haben Sie irgendwelche Beweise gegen Martins Geschichte, so wie er sie uns erzählt hat, vorzubringen?«

»Nichts dergleichen momentan. Was seine Vermutung angeht, Manderson sei nach der Rückkehr von dem angeblichen Mondscheinausflug mit Marlowe durch die Terrassentür hereingekommen, so hat er damit wohl recht. Ich sprach mit dem Mädchen, das am nächsten Morgen hier gefegt hat, und sie sagte mir, sie habe auf dem Läufer rund um den Teppich in der

Nähe der Tür Kiesspuren gefunden. Und draußen auf dem neuen, weichen Kies ist ein Fußabdruck.« Der Inspektor nahm einen Zollstock aus der Tasche und wies damit auf die Spuren. »Einer der Lackschuhe, die Manderson an dem Abend trug, paßt genau in diesen Abdruck; Sie finden sie«, fügte er hinzu, »in der obersten Reihe des Regals beim Fenster in seinem Schlafzimmer. Es sind die einzigen Lackschuhe. Das Mädchen, das sie am Morgen geputzt hat, zeigte sie mir.«

Trent beugte sich hinunter und sah sich die schwachen Abdrücke interessiert an. »Gut!« meinte er. »Ich muß sagen, Sie haben schon eine Menge Fortschritte gemacht, Murch. Das mit dem Whisky war hervorragend; Sie haben Ihren Punkt ehrenvoll errungen. Ich möchte am liebsten *›Encore!‹* rufen. Das ist etwas, worüber ich noch nachdenken muß.«

»Ich dachte, Sie hätten es schon in die Reihe gebracht«, sagte Mr. Murch. »Kommen Sie, Trent, wir stehen erst am Anfang unserer Ermittlungen, aber was meinen Sie zu folgendem als vorläufiger Theorie? Also, wir haben es mit einem Einbruchsplan zu tun, und Martin ist daran beteiligt. Wo das Silber und andere bewegliche Wertgegenstände im Wohnraum und sonstwo verwahrt werden, ist den Tätern bekannt. Martin kommt und schließt die Flügeltüren, dabei läßt er sie absichtlich aus Versehen angelehnt. Sie warten, bis Martin um halb eins zu Bett geht; dann dringen sie in die Bibliothek ein und probieren als erstes den Whisky. Nehmen wir jetzt einmal an, Manderson hat noch nicht geschlafen, und nehmen wir weiter an, sie haben beim Öffnen der Tür oder sonstwie Lärm verursacht. Er hört es; er denkt an Einbrecher, und er steht ganz leise auf, um nachzusehen, was los ist; er kommt heruntergeschlichen, womöglich gerade in dem Augenblick, als die mit ihrer Arbeit anfangen wollen. Sie lassen alles stehn und liegen und laufen weg; er rennt ihnen bis zum Schuppen hinterher und packt einen von ihnen am Kragen; es gibt eine Rangelei; einer verliert die Nerven, wird wütend und macht einen Fall für den

Henker daraus. So, Mr. Trent, dividieren Sie das mal auseinander.«

»Na gut«, versetzte Trent. »Ihnen zuliebe, Murch, zumal ich weiß, daß Sie selbst kein Wort davon glauben. Erstens: Ihr oder Ihre Einbrecher hinterlassen keine Spuren, und die Tür ist laut Martin am nächsten Morgen ordentlich verriegelt. Nicht sehr eindrucksvoll, wenn ich das bemerken darf. Zweitens: Im ganzen Haus hört keiner auch nur das Geringste von diesem Einzug in die Bibliothek, und weder drinnen noch draußen wird ein Ausruf von Manderson vernommen. Und weiter: Manderson geht nach unten, ohne jemandem etwas zu sagen, obgleich Bunner und Martin in der Nähe sind. Außerdem: haben Sie im Laufe Ihrer langjährigen Erfahrungen jemals von einem Hausherrn gehört, der mitten in der Nacht auf Einbrecherjagd geht und sich dazu völlig ankleidet, Unterwäsche und Hemd, Schlips und Kragen, Weste und Jackett, Socken und Lederschuhe; und der dieser etwas dandyhaften Toilette noch den letzten Schliff gibt, indem er sich sorgfältig frisiert und auch seine Uhr mit Kette nicht vergißt? Ich persönlich würde das als etwas übertrieben bezeichnen. Das einzige dekorative Teil, das er vergessen hat, scheint sein Gebiß gewesen zu sein.«

Der Inspektor beugte sich nachdenklich vor, die großen Hände hielt er vor sich gefaltet. »Nein«, meinte er schließlich. »Natürlich hilft uns diese Theorie nicht viel weiter. Ich nehme eher an, daß wir noch weit entfernt davon sind, ergründen zu können, weshalb ein Mann noch vor den Dienstboten aufsteht, sich vollständig anzieht und sich in Sichtweite seines eigenen Hauses so früh umbringen läßt, daß er um zehn Uhr früh schon kalt und steif ist.«

Trent schüttelte den Kopf. »Auf dieser letzten Überlegung können wir nichts aufbauen. Darüber habe ich mit Leuten gesprochen, die etwas davon verstehen. Und es sollte mich nicht wundern«, fügte er hinzu, »wenn die traditonellen Vorstellungen über Temperaturverlust und Leichenstarre nicht schon gelegentlich einen Unschuldigen an den Galgen gebracht haben, oder zumindest in die Nähe. Bei Dr. Stock finden sie sich alle, da bin ich ziemlich sicher; die meisten praktischen Ärzte der älteren Generation hängen ihnen an. Daß Dr. Stock sich damit bei der Verhandlung zum Esel machen wird, ist so sicher wie das Amen in der Kirche. Ich war bei ihm. Er wird sagen, der Tod müsse um die und die Zeit eingetreten sein, da die Temperatur so und so niedrig war und der *rigor mortis* dieses Stadium erreicht hatte. Ich sehe ihn vor mir, wie er sich das alles aus einem Lehrbuch zusammenliest, das schon überholt war, als er noch studierte. Hören Sie, Murch, ich werde Sie mit einigen Tatsachen bekanntmachen, die Ihnen in Ihrer beruflichen Karriere ein großes Hindernis sein werden. Es gibt vielerlei Umstände, die das Abkühlen einer Leiche beschleunigen oder verlangsamen können. Diese hier lag zum Beispiel im hohen, taufeuchten Gras auf der Schattenseite des Schuppens. Und was die Leichenstarre angeht, wenn Manderson in einem Handgemenge oder unter dem Einfluß plötzlichen Schocks gestorben ist, kann sie praktisch unmittelbar eingetreten sein; man kennt Dutzende von Fällen, besonders bei Schädelverletzungen, wie hier. Andererseits könnte es ebensogut sein, daß die Leichenstarre nicht eher als acht bis zehn Stunden nach dem Tod eingetreten ist. Aufgrund von *rigor mortis* kann man heutzutage niemanden mehr hängen, Inspektor, wie sehr Ihnen die Einschränkung auch mißfallen mag. Nein, was wir sagen *können*, ist höchstens dies: wenn er erschossen wurde, nachdem die Welt aufgewacht war und ihren Geschäften nachzugehen begann, dann hätte man etwas gehört und höchstwahrscheinlich auch gesehen. Tatsächlich müssen wir in jedem Fall zunächst von der Annahme ausgehen, daß der Mord nicht zu einem Zeitpunkt geschah, als schon jemand wach war; so was tut man in diesem Teil der Welt nicht. Setzen wir diese Zeit mit sechs Uhr dreißig fest. Manderson ist um elf Uhr zu Bett gegangen, und Martin hat noch bis zwölf Uhr dreißig aufgesessen. Gehen wir davon aus, daß er gleich eingeschlafen ist, so bleiben uns ungefähr sechs Stunden, in denen das Verbrechen begangen werden konnte; und das ist eine lange Zeitspanne. Aber wann auch immer es nun passierte, ich wünschte, Sie könnten mir einen Grund nennen, weshalb Manderson als Spätaufsteher schon um halb sieben oder früher auf und fertig angezogen war; und weshalb weder Martin mit seinem leichten Schlaf noch Bunner, noch seine Frau ihn herumlaufen oder aus dem Haus gehen hörten. Er muß sehr vorsichtig gewesen sein. Ja, er muß wie eine Katze herumgeschlichen sein. Haben Sie bei der ganzen Geschichte das gleiche Gefühl wie ich, Murch; daß alles sehr, sehr merkwürdig und verwirrend ist?«

»So sieht es aus«, stimmte der Inspektor zu.

»Und nun«, sagte Trent und erhob sich, »überlasse ich Sie Ihren Überlegungen und sehe mir die Schlafräume an. Vielleicht überkommt Sie, während ich da oben herumschnüffle, plötzlich die Erleuchtung. Aber«, schloß Trent mit unvermittelter Erbitterung und wandte sich an der Tür noch einmal um, »wenn Sie mir irgendwann sagen können, wie um Himmels willen ein Mann, der sich vollständig und korrekt ankleidet, vergessen kann, seine Zahnprothese einzusetzen, dann dürfen Sie mich mit einem Fußtritt von hier bis zur nächsten Irrenanstalt befördern und mich als einen Fall beginnenden Schwachsinns einliefern.«

Herumstochern

Es gibt Augenblicke im Leben, so könnte man meinen, da läßt das stets mit seinen unerforschlichen Geheimnissen beschäftigte Unbewußte so etwas wie die Ahnung von einer bevorstehenden glücklichen Fügung ins Bewußtsein einfließen. Wer wüßte nicht, wie es ist, wenn man bisweilen von einer Welle unerklärlicher Überzeugung getragen wird, alles werde sich zum Besten wenden? – nicht das fieberhafte Vertrauen der von einem Schicksalsschlag bedrohten, nicht die beständige Illusion der Optimisten, sondern die unvermutete, wie ein Vogel aus dem Heidekraut aufflatternde Gewißheit, daß der Erfolg in einer kleinen oder großen Sache bevorsteht. Der General weiß im Morgengrauen plötzlich, daß der Tag ihm den Sieg bringen wird, der Mann auf dem Golfplatz weiß plötzlich, daß er den Ball mit einem langen, vorsichtigen Schlag ins Loch treiben wird. Als nun Trent die Treppe hochstieg, fühlte er sich mit jeder Stufe seines Erfolges sicherer.

Eine Fülle von Vermutungen und Überlegungen schwirrte scheinbar ungeordnet in seinem Kopf herum; einige heimliche Beobachtungen, die er gemacht hatte und die seinem Gefühl nach Bedeutung haben mußten, standen noch beziehungslos zu jeder plausiblen Theorie über das Verbrechen; und doch schien es ihm im Hinaufsteigen unzweifelhaft, daß bald Licht auf die Sache fallen würde.

Die Schlafräume lagen zu beiden Seiten eines breiten, mit Teppich ausgelegten Durchgangs, in den durch ein hohes Fenster am einen Ende Licht fiel. Dieser Durchgang zog sich über die gesamte Länge des Hauses, bis er rechtwinklig in einen schmaleren Gang mündete, von dem die Zimmer der Dienstboten abgingen. Martins Zimmer bildete eine Ausnahme, es war von einem kleinen Treppenabsatz auf halbem Wege zum oberen Stockwerk zugänglich. Trent warf im Vorbeigehen einen Blick hinein. Ein kleiner, quadratischer Raum, sauber und ohne besondere Merkmale. Auf dem restlichen Teil der Treppe bemühte er sich, möglichst geräuschlos, Schritt für Schritt und dicht an der Wand zu gehen; doch ein deutlich hörbares Knarren begleitete ihn.

Er wußte, daß Mandersons Zimmer das erste auf der rechten Seite des Schlaftraktes war, und er ging sofort hinein. Er sah sich das Schloß und den Riegel an, die beide normal funktionierten und beäugte kritisch die Einkerbungen am Schlüsselbart. Dann wandte er sich dem Raum selbst zu.

Es war ein kleines Zimmer von seltsamer Schlichtheit. Die Toilettenartikel des Plutokraten waren von der einfachsten Art. Alles lag noch genauso wie am Morgen der schrecklichen Entdeckung auf dem Anwesen. Das Bettzeug des ungemachten Bettes war über die schmale, hölzerne Bettstatt geworfen, und durchs Fenster fiel hell das Sonnenlicht darauf. Es glänzte auch auf den Goldteilen des kunstvollen Werkes eines Zahntechnikers, das auf einem kleinen, einfachen Tisch neben dem Bett in einer flachen Glasschale mit Wasser ruhte. Daneben stand ein schmiedeeiserner Leuchter. Einige Kleidungsstücke hingen unordentlich auf einem der beiden binsengeflochtenen Stühle. Verschiedene Gegenstände auf einer Kommode, die als Frisiertisch benutzt worden war, lagen in einer Unordnung herum, wie ein Mann sie wohl in großer Hast verursachen würde. Trent ließ einen suchenden Blick darüber gleiten. Auch fiel ihm auf, daß der Bewohner des Zimmers sich weder gewaschen noch rasiert hatte. Mit dem Finger drehte er die Zahnprothese in der Schale um und runzelte erneut die Stirn über ihre unbegreifliche Anwesenheit.

Die Leere und Unordnung in dem kleinen, sonnendurchfluteten Raum erfüllten Trent mit einem Gefühl des Grauens. Seine Phantasie beschwor das Bild eines verstörten Mannes herauf, der sich im Morgengrauen in sorgsamer Stille anzieht und dessen angsterfüllter Blick immer wieder zu der Verbindungstür geht, hinter der seine Frau schläft.

Trent erschauerte, und um seine Gedanken mit Naheliegenderem abzulenken, öffnete er die beiden hohen Wandschränke rechts und links neben dem Bett. Sie enthielten eine reiche Auswahl an Kleidungsstücken, offensichtlich eines der wenigen Zugeständnisse an Luxus, die sich der Mann, der hier geschlafen hatte, erlaubte.

Auch bei den Schuhen hatte Manderson die Annehmlichkeiten des Wohlstandes genutzt. Eine ungewöhnliche Anzahl, sorgfältig gepflegt und auf Spannern, stand auf zwei langen, niedrigen Regalbrettern an der Wand entlang aufgereiht. Es waren keine Stiefel darunter. Trent, selbst ein Amateurkenner guten Schuhleders, sah sich die Sammlung mit Wohlwollen an. Man merkte, daß Manderson offenbar stolz auf seine verhältnismäßig kleinen und wohlgeformten Füße war. Alle Schuhe hatten eine elegante Form, waren schmal mit runder Kappe und von wunderbarster Handarbeit; ganz offenkundig stammten alle vom selben Leisten.

Plötzlich verengten sich seine Augen beim Anblick eines Paares schwarzer Lackschuhe auf dem oberen Bord.

Das waren die Schuhe, von denen der Inspektor gesprochen hatte; die Manderson in der Nacht vor seinem Tod getragen hatte. Viel getragen, wie er sogleich feststellte; und erst kürzlich geputzt. Etwas am Oberleder dieser Schuhe fesselte seine Aufmerksamkeit. Er beugte sich hinunter und runzelte die Stirn, wobei er das, was er sah, mit den benachbarten Paaren verglich. Dann nahm er sie hoch und betrachtete genau die Nahtstelle zwischen Oberleder und Sohle.

Während er derart beschäftigt war, begann Trent ganz unbewußt und leise eine Melodie vor sich hin zu pfeifen, die der Inspektor, hätte er ihn hören können, sofort erkannt hätte.

Die meisten Menschen, die sich zu beherrschen wissen, haben auch eine unfreiwillige Eigenart, durch die sie jenen, welche sie gut genug kennen, ihre innere Erregung offenbaren.

Der Inspektor hatte festgestellt, daß Trent, wenn er eine vielversprechende Spur aufnahm, stets eine bestimmte Melodie vor sich hinpfiff; obwohl er nicht hätte sagen können, daß es sich um den ersten Satz von Mendelssohns *Lieder ohne Worte* in A-Dur handelte.

Er drehte die Schuhe um, nahm mit einem Maßband einige Messungen vor und sah sich die Unterseiten genauestens an. An beiden entdeckte er in der Einbuchtung zwischen Absatz und Sohle leichte Spuren von rotem Kies.

Trent stellte die Schuhe auf den Fußboden, ging, die Hände auf dem Rücken, zum Fenster und schaute, immer noch leise pfeifend und ohne etwas wahrzunehmen, hinaus. Einmal öffneten sich seine Lippen, um mechanisch den englischen Ausdruck plötzlicher Erkenntnis auszustoßen. Endlich wandte er sich erneut dem Schuhregal zu und betrachtete rasch, aber genau jedes einzelne Paar Schuhe, das dort stand.

Nachdem er damit fertig war, nahm er die Kleidungsstücke vom Stuhl, inspizierte sie aufmerksam und legte sie wieder hin. Anschließend ging er die Schränke gründlich durch. Danach nahm die kunterbunte Ansammlung auf dem Frisiertisch erneut seine Aufmerksamkeit in Anspruch. Schließlich setzte er sich, den Kopf zwischen den Händen, auf den leeren Stuhl und verharrte, den Blick auf den Teppich gerichtet, einige Minuten in dieser Haltung. Endlich erhob er sich und öffnete die Verbindungstür zu Mrs. Mandersons Zimmer.

Auf den ersten Blick war klar, daß der große Raum in aller Eile seines Status als Schlafzimmer der Dame des Hauses beraubt worden war. All die vielen Kleinigkeiten, die zur Frisiertoilette einer Frau gehören, waren fortgeschafft; auf dem Bett, den Stühlen und kleineren Tischen lagen keinerlei Kleidungsstücke, Hüte, Handtäschchen oder Schachteln herum; nichts zeugte von jener eigensinnigen Verschwörung der Handschuhe und Schleier, Taschentücher und Bänder, ihr Schubladengefängnis zu sprengen. Der Raum wirkte wie ein unbenutztes Gästezimmer. Und doch sprach jedes Detail in

Möblierung und Dekoration für einen unkonventionellen, aber anspruchsvollen Geschmack. Trent wußte, während sein Expertenauge die Übereinstimmung von Farben und Formen wahrnahm, inmitten derer die unglücklich vermählte Dame ihre Träume träumte und ihren einsamsten Gedanken nachhing, sogleich, daß sie zumindest die Grundzüge einer künstlerischen Natur besaß. Sein Interesse an dieser unbekannten Persönlichkeit wuchs, und seine Brauen zogen sich heftig zusammen bei dem Gedanken an das, was auf ihr lastete und an die Tat, deren Hergang vor seinem geschäftigen inneren Auge mehr und mehr Gestalt annahm.

Zuerst ging er zu den großen Flügeltüren in der Mitte der Wand gegenüber der Tür, öffnete sie und trat auf den kleinen Balkon mit dem eisernen Geländer. Er schaute auf den breiten Rasenstreifen hinunter, der unmittelbar unter ihm, vom Haus nur durch ein schmales Blumenbeet getrennt, begann, und sich mit einer jähen Neigung am fernen Ende bis zum Obstgarten hin erstreckte. Das andere Fenster, ein Schiebefenster, lag über dem Garteneingang zur Bibliothek. In einer entfernten Ecke des Raumes befand sich eine zweite Tür, die auf den Durchgang draußen führte; die Tür, durch die das Mädchen morgens hereingerufen wurde und die Dame hinausging.

Auf der Bettkante sitzend, skizzierte Trent diesen und den benachbarten Raum rasch in sein Notizbuch. Das Bett stand im Winkel zwischen Verbindungstür und Schiebefenster mit dem Kopfende an der Trennwand zu Mandersons Schlafzimmer. Trent starrte die Kissen an, dann ließ er sich absichtlich auf das Bett fallen und schaute durch die offene Tür in den angrenzenden Raum.

Nachdem er sich das angesehen hatte, stand er auf, um weitere Details wie die Tischchen mit Decken beiderseits des Betts in seinen Plan einzuzeichnen. Auf dem von der Tür am weitesten entfernten stand eine zierliche elektrische Kupferlampe, deren Kabel zu einer Steckdose in der Wand führte. Trent betrachtete sie nachdenklich und sah sich dann die Schalter für die anderen Lichtquellen im Zimmer an. Wie üblich befanden sie sich in der Wand gleich neben der Tür und waren von seinem Platz auf dem Bett nicht zu erreichen. Er sprang auf und versicherte sich, daß die Lichter alle funktionierten. Dann machte er auf dem Absatz kehrt, ging rasch in Mandersons Zimmer hinüber und klingelte.

»Ich brauche noch einmal Ihre Hilfe, Martin«, sagte er, als der Butler aufrecht und unbewegt auf der Schwelle stand. »Ich hätte gern, daß Sie Mrs. Mandersons Zofe zu einem Gespräch mit mir bewegen.«

»Selbstverständlich, Sir«, erwiderte Martin.

»Was ist sie für ein Mädchen? Besitzt sie einen gesunden Menschenverstand?«

»Sie ist Französin, Sir«, antwortete Martin knapp, und nach einer Pause fügte er hinzu: »Sie ist noch nicht lange bei uns, Sir, aber da Sie mich schon fragen, ich habe den Eindruck gewonnen, diese junge Frau weiß alles von der Welt, was sie braucht.«

»Sie wollen sagen, sie hat womöglich Haare auf den Zähnen?« meinte Trent. »Nun, davor habe ich keine Angst, ich möchte ihr ein paar Fragen stellen.«

»Ich werde sie Ihnen gleich heraufschicken, Sir.« Der Butler verschwand, und Trent wanderte, die Hände auf dem Rükken, in dem kleinen Zimmer umher. Schneller als erwartet tauchte leise eine schmucke, zierliche Gestalt in Schwarz vor ihm auf.

Die Zofe mit den großen braunen Augen hatte Trent von einem Fenster aus wohlgefällig beim Überqueren des Rasens beobachtet und verzweifelt gehofft, der Meister im Lösen verworrener Fälle, dessen Ruhm in der Gesindestube ebenso groß war wie anderswo, würde nach ihr schicken lassen. Vor allem, weil ihre überdrehten Nerven nach einer Szene dürsteten. Doch den übrigen Hausangestellten waren ihre Szenen schon hinreichend vertraut, und was Mr. Murch anging, so hatte er ihr mit seinem offiziellen Auftreten einen Dämpfer aufgesetzt. Trent hingegen, so ihr flüchtiger Eindruck, strahlte nichts Polizistenhaftes aus, und von weitem hatte er *sympathique* gewirkt.

Als sie den Raum betrat, entschied jedoch ihr Instinkt, daß jeder Anflug von Koketterie fehl am Platze sei, wenn sie einen guten Eindruck machen wollte. Sie war also ganz liebenswürdige Offenheit, als sie sagte: »Monsieur wollte misch sprechen?« Und hilfsbereit fügte sie hinzu. »Isch eiße Célestine.«

»Versteht sich«, stimmte Trent mit professionellem Gleichmut zu. »Also, was ich gern wissen wollte, Célestine, ist folgendes. Als Sie Ihrer Herrin gestern früh um sieben den Tee brachten, war da die Tür zwischen den beiden Schlafzimmern – diese Tür hier meine ich – offen?«

Célestine wurde augenblicklich höchst lebhaft. »O ja!« rief sie, denn das war ihre englische Lieblingsredewendung. »Die Tür war offen wie immer, Monsieur, und isch abe sie zugemacht wie immer. Aber isch muß erklären. Passen Sie auf! Wenn isch Madames Zimmer dursch die andere Tür betrete – ah! aber wenn Monsieur sisch die Mühe machen wollen, mitzukommen, wird alles von selbst klar.« Sie trippelte zur Tür hinüber und schob Trent vor sich her. »Sehen Sie! Isch komme ier mit dem Tee erein, so. Isch trete zum Bett. Und bevor isch der Bett erreische, ist da die andere Tür zu meiner reschten – immer offen – so! Aber Monsieur wird feststellen, daß isch dabei nischt in Monsieur Mandersons Zimmer schaue. Die Türe öffnet sisch zum Bett, nischt zu mir, die isch von der andere Tür er komme. Isch schließe sie, ohne ineinzusehen. So ist die Anordnung. Gestern war alles wie immer. Isch abe von die Nebenzimmer nischts gesehen. Madame schlafen wie eine Engel – sie at auch nischts gesehen. Isch mache der Tür zu. Isch stelle der *plateau* in – isch ziehe die Vor-änge – isch bereite die *toilette* vor – isch ziehe misch zurück – *voilà*!« Célestine hielt inne, um Luft zu holen und spreizte die Hände.

Trent, der ihren Bewegungen und Gesten mit zunehmendem Ernst gefolgt war, nickte. »Ich sehe jetzt genau, wie es war«, sagte er. »Dank Ihnen, Célestine. Man ging also davon aus, daß Mr. Manderson noch in seinem Zimmer schlief, während Ihre Herrin aufstand, sich anzog und in ihrem Boudoir frühstückte?«

»*Oui, Monsieur.*«

»Keiner hat ihn vermißt, soviel steht fest«, bemerkte Trent. »Also, Célestine, ich bin Ihnen sehr zu Dank verpflichtet.« Er machte die Tür zu dem anderen Schlafzimmer wieder auf.

»Das war doch selbstverständlisch, Monsieur«, sagte das Mädchen, während sie durch den kleinen Raum ging. »Isch offe, Monsieur wird Mr. Mandersons Meuschelmörder fangen. Aber allzu sehr tut es mir nischt leid«, fügte sie mit plötzlicher, überraschender Vehemenz hinzu, und wandte sich, die Hand am Türknauf, wieder um. Ihre Zähne knirschten hörbar, und Röte stieg in ihrem kleinen, dunklen Gesicht auf. Ihre Englischkenntnisse verließen sie. »*Je ne le regrette pas du tout, du tout!*« stürzten die Worte aus ihr hervor. »*Madame – ah! je me jetterais au feu pour Madame – une femme si charmante, si adorable! Mais un homme comme Monsieur – maussade, boudeur, impassible! Ah, non! – de ma vie! J'en avais par-dessus la tête de Monsieur! Ah! Vrai! Est-ce insupportable, tout de même, qu'il existe des types comme ça? Je vous jure que –*«

»*Finissez ce chahut, Célestine!*« unterbrach Trent sie scharf. Der Ausbruch des Mädchens hatte urplötzlich Erinnerungen an seine Studententage heraufbeschworen. »*En voilà une scène! C'est rasant, vous savez. Faut rentrer ça, Mademoiselle. Du reste, c'est bien imprudent, croyez-moi.* Halten Sie ein! Benutzen Sie Ihren gesunden Menschenverstand! Wenn der Inspektor unten Sie solche Dinge sagen hörte, kämen Sie in Teufels Küche. Und fuchteln Sie nicht soviel mit den Fäusten, Sie könnten etwas treffen. Sie sind offenbar«, fuhr er, da Célestine unter seinem gebieterischen Blick langsam ruhiger wurde, etwas sanfter fort, »noch froher als andere Leute, daß Mr. Manderson aus dem Wege ist. Ich bin beinah geneigt anzunehmen, Célestine, daß Mr. Manderson Sie nicht in dem Maße beachtete, wie Sie es für nötig und richtig hielten.«

»*A peine s'il m'avait regardé!*« erwiderte Célestine schlicht.

»*Ça, c'est un comble!*« erklärte Trent. »Sie sind doch eine nette junge Frau, aber wirklich. Ein Stern an deiner Wiege strahlte, dessen feurig-heitrer, roter, nimmerpulsender Planet am Himmel nie geschmachtet, Célestine. *Mademoiselle*, ich habe zu tun. *Bonjour.* Sie sind mir eine wahre Schönheit!«

Célestine nahm das als ein kaum erwartetes Kompliment. Die Überraschung brachte sie wieder ins Gleichgewicht. Über ihre Schulter hin blitzten Trent unvermittelt Augen und Zähne an, dann öffnete die Zofe die Tür und verschwand rasch.

Allein in dem kleinen Schlafzimmer, erleichterte Trent seine Seele mit zwei blumigen Kraftausdrücken aus Célestines Muttersprache und wandte sich seinem Problem zu. Er nahm das Paar Schuhe, das er bereits untersucht hatte, und stellte es auf einen der beiden Stühle, dann setzte er sich gegenüber auf den anderen. So saß er, Hände in den Taschen, den Blick fest auf die beiden stummen Zeugen geheftet. Hie und da pfiff er beinah unhörbar ein paar Töne vor sich hin. Es war sehr still im Zimmer. Gedämpftes Vogelgezwitscher drang von den Bäumen draußen durchs geöffnete Fenster. Von Zeit zu Zeit raschelten die Blätter der dicken Ranken am Sims unter einer Brise. Doch der Mann drinnen, dessen Gesichtszüge im Grübeln hart und düster geworden waren, rührte sich nicht.

So saß er eine halbe Stunde lang da. Dann sprang er schnell auf die Beine. Sorgsam stellte er die Schuhe zurück ins Regal und trat in den Flur hinaus.

Auf der anderen Seite des Durchganges sah er sich zwei Türen gegenüber. Er öffnete die näherliegende und betrat ein keineswegs sehr aufgeräumtes Schlafzimmer. In einer Ecke lehnten in wirrem Durcheinander ein paar Stöcke und Angelruten, in einer anderen lag ein Stapel Bücher. Der ordnenden Hand des Hausmädchens war es nicht gelungen, wenigstens den Anschein von Harmonie in das Durcheinander von Pfeifen, Taschenmessern, Bleistiften, Schlüsseln, Golfbällen, alten Briefen, Fotos, kleinen Schachteln, Dosen und Flaschen auf dem Toilettentisch und dem Kaminsims zu bringen. An der Wand hingen zwei schöne Stiche und einige Aquarellskizzen; am Schrank lehnten einige weitere gerahmte Stiche. Unter dem Fenster stand eine Reihe von Halbschuhen und Stiefeln. Trent durchquerte den Raum und betrachtete sie genauestens; dann maß er einige von ihnen mit seinem Maßband, wobei er sehr leise pfiff. Als er fertig war, setzte er sich auf die Bettkante und ließ seine Blicke düster durch den Raum schweifen.

Die Photographien auf dem Kaminsims nahmen vorübergehend seine Aufmerksamkeit in Anspruch. Er stand auf und sah sich eine davon genauer an, auf der Manderson und Marlowe hoch zu Roß zu sehen waren. Zwei andere zeigten berühmte Gipfel in den Alpen. Dann war da noch ein verblichener Abzug dreier Jugendlicher – einer von ihnen eindeutig sein Bekannter mit den verstörten blauen Augen – im zerlumpten Soldatenrock des sechzehnten Jahrhunderts. Ein anderes Bild stellte eine majestätische alte Dame dar, die eine entfernte Ähnlichkeit mit Marlowe hatte. Trent griff abwesend nach einer Zigarette aus einer offenstehenden Dose auf dem Kaminsims, entzündete sie und starrte auf die Photos. Danach wandte er seine Aufmerksamkeit einem flachen Lederetui neben der Zigarettendose zu.

Es ließ sich leicht öffnen. Ein kleiner, leichter Revolver in schöner Handarbeit kam zum Vorschein, dazu etwa zwanzig lose Patronen. Auf dem Griff waren die Initialen J. M. eingraviert.

Auf der Treppe hörte man Schritte, und als Trent das Verschlußstück öffnete und in den Lauf spähte, tauchte Inspektor Murch in der offenen Tür auf. »Ich habe mich gefragt –« begann er und hielt inne, als er sah, womit der andere beschäftigt war. Seine klugen Augen öffneten sich leicht. »Wessen Revolver ist das, Mr. Trent?« fragte er im Konversationston.

Und im gleichen, beiläufigen Tonfall erwiderte Trent:

»Ganz offensichtlich gehörte er dem Bewohner dieses Zimmers, Mr. Marlowe«, wobei er auf die Initialen an der Waffe wies. »Dies fand ich auf dem Kaminsims liegen. Scheint mir ein handliches kleines Ding zu sein, offenbar sorgfältig gereinigt, nachdem es zuletzt benutzt wurde. Aber ich verstehe nicht allzu viel von Handfeuerwaffen.«

»Nun, ich verstehe eine ganze Menge davon«, entgegnete der Inspektor ruhig und nahm den Revolver aus Trents ausgestreckter Hand. »Eine kleine Liebhaberei von mir, diese Handfeuerwaffen, wie Sie vermutlich wissen, Mr. Trent. Aber man braucht keinen Experten, um eines sagen zu können.« Damit legte er den Revolver in das Etui auf dem Kaminsims zurück, nahm eine der Patronen heraus und ließ sie auf die weitläufige Innenfläche der einen Hand gleiten; dann holte er aus seiner Westentasche einen kleinen Gegenstand und legte ihn daneben. Es war ein kleines Bleigeschoß, das an der Spitze etwas verformt war und einige helle, neue Kratzer auf der Oberfläche hatte.

»Ist dies dasjenige, welches?« murmelte Trent, während er sich über die Hand des Inspektors beugte.

»So ist es«, erwiderte Mr. Murch. »Saß im Hinterhauptknochen. Dr. Stock hat es innerhalb der letzten Stunde herausgeholt und dem örtlichen Polizeibeamten übergeben, der es mir eben bringen ließ. Die hellen Kratzer, die Sie hier sehen, stammen von den Instrumenten des Doktors. Diese anderen hier wurden durch die Züge im Lauf verursacht – einem Lauf wie diesem hier.« Er tippte auf den Revolver. »Gleiche Machart, gleiches Kaliber. Es gibt keine andere, die das Geschoß auf dieselbe Weise markiert.«

Den Revolver in seinem Köfferchen zwischen sich, sahen Trent und der Inspektor einander ein paar Sekunden in die Augen. Trent sprach zuerst. »In diesem Fall stimmt nichts«, bemerkte er. »Es ist Irrsinn. Die Symptome der Manie sind sehr ausgeprägt. Fassen wir mal zusammen. Es besteht ja wohl kein Zweifel daran, daß Manderson Marlowe mit dem Wagen nach Southampton schickte und daß Marlowe auch fuhr und erst spät letzte Nacht zurückkehrte, viele Stunden, nachdem der Mord begangen worden war.«

»An all dem besteht keinerlei Zweifel«, sagte Murch mit leichter Betonung auf dem Verb.

»Und nun«, fuhr Trent fort, »lädt uns dieses polierte und einschmeichelnde Revölverchen zu folgenden Überlegungen: daß Marlowe gar nicht nach Southampton gefahren ist; daß er nächtens zum Haus zurückkehrte; daß es ihm irgendwie gelang, Manderson dazu zu bringen, aufzustehen, sich anzuziehen und in den Garten zu gehen, ohne Mrs. Manderson oder andere Hausbewohner aufzuwecken; daß er dort und dann besagten Manderson mit diesem inkriminierenden Revolver erschoß; daß er die bewußte Waffe sorgfältig reinigte, zum Haus zurückging und sie, abermals ohne jemanden zu stören, in ihr Köfferchen an einen günstigen Platz legte, wo die Gesetzeshüter sie finden konnten; daß er sich dann zurückzog, um den Rest des Tages in einem Versteck zu verbringen – zusammen mit einem Automobil von nicht unerheblicher Größe; und daß er schließlich, Unkenntnis der ganzen Affäre vortäuschend, wieder auftauchte, als es – wie spät war?«

»Kurz nach neun Uhr abends.« Der Inspektor starrte Trent noch immer verdrießlich an. »Wie Sie sagen, Trent, das ist die erste Theorie, die sich nach diesem Fund anbietet, und sie erscheint wild genug – zumindest erschiene sie so, würde sie nicht gleich zu Beginn auseinanderfallen. Als der Mord geschah, muß Marlowe fünfzig bis hundert Meilen vom Tatort entfernt gewesen sein. Er *war* nämlich in Southampton.«

»Woher wissen Sie das?«

»Ich habe ihn gestern abend befragt und seine Geschichte aufgenommen. Er ist Montag früh gegen sechs Uhr dreißig in Southampton angekommen.«

»Ach, hören Sie auf!« rief Trent erbittert aus. »Was schert mich seine Geschichte? Was schert Sie seine Geschichte? Ich möchte wissen, woher Sie *wissen*, daß er nach Southampton gefahren ist.«

Mr. Murch lachte in sich hinein. »Hab ich mir doch gedacht, daß ich Sie in Harnisch bringen würde, Mr. Trent«, sagte er. »Nun, ich kann es Ihnen getrost sagen. Nachdem ich gestern abend hier ankam und von Mrs. Manderson und den Dienstboten die Geschichte in groben Umrissen gehört hatte, war mein erster Weg zum Telegraphenbüro, von wo aus ich unseren Leuten in Southampton telegraphierte. Manderson hatte seiner Frau vor dem Zubettgehen gesagt, er habe seine Pläne geändert und Marlowe nach Southampton geschickt, um wichtige Informationen von jemandem zu bekommen, der am nächsten Tag mit dem Schiff abreise. Das erschien zwar plausibel, doch Marlowe war das einzige Haushaltsmitglied, das ich sozusagen nicht greifbar hatte. Er war nicht vor dem späteren Abend zurück; also telegraphierte ich nach Southampton, bevor ich mich mit der Sache weiter befaßte, um bestimmte Erkundigungen einzuziehen. Heute früh erhielt ich dann diese Antwort.« Er zog ein paar Telegrammformulare hervor, und Trent las:

»Person entsprechend Beschreibung in Automobil wie beschrieben kam heute morgen 6:30 Bedford Hotel an Eintragung unter Marlowe ließ Wagen in Hotelgarage sagte Parkwächter Wagen gehöre Manderson badete frühstückte verließ Hotel fragte im Hafen nach Passagier namens Harris gebucht auf Schiff nach Le Havre fragte mehrmals bis Schiff mittags auslief danach Hotel wo er gegen 1:15 Mahlzeit einnahm und anschließend in Automobil abfuhr laut Mitteilung Reederei Kabine auf Namen Harris letzte Woche gebucht aber Harris nicht an Bord Burke Inspektor.«

»Einfach und zufriedenstellend«, bemerkte Mr. Murch, als Trent ihm die Blätter, nachdem er die Nachricht zweimal durchgelesen hatte, zurückgab. »Seine eigene Version stimmte in jeder Einzelheit damit überein. Er sagte mir, er habe sich ungefähr eine halbe Stunde am Kai herumgetrieben, falls Harris noch verspätet auftauchen sollte, dann sei er zum Hotel gegangen, habe gegessen und beschlossen, gleich zurückzufahren. Er schickte Manderson ein Telegramm – ›Harris nicht erschienen hat Schiff verpaßt komme zurück Marlowe‹, das hier pünktlich am Nachmittag abgeliefert wurde und zur Post des Toten kam. Marlowe fuhr zügig zurück und kam hundemüde hier an. Als Martin ihm die Nachricht von Mandersons Tod überbrachte, fiel er beinah in Ohnmacht. Dadurch und durch den Schlafmangel war er ziemlich lädiert, als ich gestern abend kam, um mit ihm zu sprechen; aber er war völlig klar.«

Trent nahm den Revolver in die Hand und drehte müßig ein paarmal an der Trommel. »Pech für Manderson, daß Marlowe seinen Revolver und die Munition so leichtfertig herumliegen ließ«, meinte er schließlich, während er die Waffe in ihr Etui zurücklegte. »Das war geradezu eine Herausforderung für jemanden, meinen Sie nicht?«

Mr. Murch schüttelte den Kopf. »Der Revolver ist tatsächlich kein besonderer Anhaltspunkt, wenn man es recht überlegt. Dies Modell ist in England weit verbreitet. Es ist aus den Staaten eingeführt worden. Die Hälfte aller Leute, die sich heutzutage einen Revolver zulegen, sei es zur Verteidigung, sei es, um Unheil zu stiften, wählen diesen hier. Die Waffe ist sehr zuverlässig und läßt sich leicht in der Gesäßtasche unterbringen. Es gibt sicher Tausende davon bei Verbrechern wie bei ehrlichen Männern. Zum Beispiel«, fuhr der Inspektor mit gespieltem Gleichmut fort, »hatte Manderson selbst einen, das Gegenstück zu diesem. Ich fand ihn unten in einer der Schreibtischschubladen und habe ihn im Augenblick in der Tasche.«

»Aha! Diese Kleinigkeit wollten Sie also für sich behalten.«

»Das wollte ich«, sagte der Inspektor; »aber da Sie den

einen Revolver gefunden haben, können Sie ebensogut von dem anderen wissen. Wie ich schon sagte, womöglich bringt uns keiner von beiden weiter. Die Leute hier im Haus –«

Beide Männer fuhren zusammen, und der Inspektor unterbrach sich abrupt, als die angelehnte Tür des Schlafzimmers langsam aufgedrückt wurde; gleich darauf stand ein Mann vor ihnen. Sein Blick ging von dem Revolver in seinem offenen Etui zu den Gesichtern Trents und des Inspektors. Gleichzeitig schauten beide auf seine langen, schmalen Füße; denn kein Laut hatte sein Kommen angekündigt. Er trug Tennisschuhe mit Gummisohlen.

»Sie müssen Mr. Bunner sein«, sagte Trent.

Mr. Bunner zur Sache

»Calvin C. Bunner, zu Ihren Diensten«, ergänzte der Neuankömmling mit einem Anflug von Förmlichkeit, während er eine unangezündete Zigarre aus dem Mund nahm. Gewöhnlich fand er die Engländer langsam und zeremoniell im Umgang mit Fremden, und Trents rasche Bemerkung hatte ihn schlicht etwas aus der Fassung gebracht. »Sie sind Mr. Trent, nehme ich an«, fuhr er fort. »Mrs. Manderson hat mir vorhin von Ihnen erzählt. Captain, guten Morgen.« Mr. Murch quittierte die fremdartige Begrüßung mit einem Nicken. »Ich war gerade auf dem Weg in mein Zimmer und hörte fremde Stimmen hier, also dachte ich, schau mal rein.« Mr. Bunner lachte ungezwungen. »Sie dachten, ich hätte womöglich gelauscht«, sagte er. »Nein, Sir; ich hörte ein oder zwei Worte über einen Revolver – diesen hier, nehme ich an – das ist alles.«

Mr. Bunner war ein dünner, ziemlich kleiner junger Mann mit einem glattrasierten, blassen, knochigen, beinah mädchenhaften Gesicht und großen, dunklen, intelligenten Augen. Sein gewelltes dunkles Haar trug er in der Mitte gescheitelt. Seine Lippen, zwischen denen für gewöhnlich eine Zigarre steckte, standen ohne sie stets halb offen, was ihm den eigenartigen Ausdruck ständigen Eifers verlieh. Durch das Rauchen oder Kauen auf der Zigarre wurde dieser Ausdruck verwischt, und Mr. Bunner sah dann aus wie der ausnehmend kühle und scharfsinnige Yankee, der er war.

In Connecticut geboren, war er nach dem College in die Firma eines Börsenmaklers eingetreten und hatte dort Mandersons Aufmerksamkeit erregt, dessen Geschäfte mit seiner Firma er oft abwickelte. Der »Gigant« hatte ihn einige Zeit beobachtet und ihm schließlich den Posten eines Privatsekretärs angeboten. Mr. Bunner war ein idealer Geschäftsmann, vertrauenswürdig, weitsichtig, methodisch und akkurat. Manderson hätte viele Männer mit diesen Vorzügen finden können; doch er engagierte Mr. Bunner, weil er auch noch rasch und verschwiegen war und zu allem einen einmaligen, angeborenen Instinkt für die Bewegungen des Aktienmarktes besaß.

Trent und der Amerikaner maßen einander kühl mit Blikken. Beide schienen mit dem, was sie sahen, zufrieden. »Ich habe mir gerade erklären lassen, daß meine Entdeckung des Revolvers, mit dem Manderson womöglich erschossen wurde, nicht sonderlich viel wert ist. Wie ich höre, ist die Waffe bei jungen Leuten recht beliebt und auch bei uns inzwischen weit verbreitet.«

Mr. Bunner streckte eine knochige Hand aus und nahm den Revolver aus dem Köfferchen. »Ja, Sir«, sagte er, die Waffe wie etwas ganz Vertrautes in der Hand, »der Captain hat recht. Das Ding heißt bei uns ›Little Arthur‹, und ich würde sagen, in diesem Augenblick stecken Exemplare davon in Zehntausenden von Gesäßtaschen. Für meinen Geschmack liegt dies Modell allerdings etwas zu leicht in der Hand«, fuhr Mr. Bunner fort, griff mechanisch unter sein Jackett und zog eine gräßlich aussehende Waffe hervor. »Fühlen Sie mal die, Mr. Trent – sie ist übrigens geladen. Nun, dieser ›Little Arthur‹ – Marlowe hat sie dieses Jahr, kurz bevor wir rüberkamen, erstanden, um dem Boß einen Gefallen zu tun. Manderson meinte, es sei einfach lächerlich, im zwanzigsten Jahrhundert ohne ein Schießeisen herumzulaufen. Also ist er los und hat wahrscheinlich das erstbeste genommen – hat mich nicht mal gefragt. Was nicht heißt, daß es ein schlechtes Gerät wäre«, räumte Mr. Bunner ein und peilte über Kimme und Korn. »Zuerst konnte Marlowe nicht sonderlich gut damit umgehen, aber in den letzten paar Wochen hab ich ihn ein bißchen unter die Fittiche genommen, und er hat geübt, bis er die Sache ganz gut beherrschte. Allerdings hat er sich bis heute nicht dran gewöhnt, das Ding bei sich zu haben. Komisch, für mich ist es so selbstverständlich wie das Tragen meiner Hosen. Ich schleppe schon seit ein paar Jahren eins mit mir rum, weil man immer damit rechnen mußte, daß es mal einer auf Manderson abgesehen hat. Und jetzt«, schloß er wehmütig, »haben sie ihn erwischt, als ich nicht in der Nähe war. Nun denn, Gentlemen, entschuldigen Sie mich, ich will nach Bishopsbridge. Es gibt viel zu tun im Moment, und ich muß einen Stapel Telegramme losjagen, der eine Kuh ersticken könnte.«

»Ich muß auch gehen«, sagte Trent. »Ich habe eine Verabredung im ›Three Tuns Inn‹.«

»Ich kann Sie im Wagen mitnehmen«, sagte Mr. Bunner herzlich. »Ich fahre direkt an der Pinte vorbei. Und Sie, Cap, wollen Sie auch dahin? Nein? Dann kommen Sie, Mr. Trent, und helfen Sie mir, den Wagen rauszuholen. Der Chauffeur ist momentan nicht einsatzfähig, und wir müssen fast alles selber machen, bis aufs Waschen.«

Während er weiter unermüdlich in seiner gemessengedehnten Sprechweise auf ihn einredete, ging Mr. Bunner Trent voraus die Treppe hinunter, durchs Haus, bis zur Garage an der Rückseite. Sie lag ein Stückchen vom Haus entfernt, eine kühle Oase in der brennenden Mittagssonne.

Mr. Bunner schien keine Eile zu haben, den Wagen herauszuholen. Er bot Trent eine Zigarre an, die dieser nahm, und zündete jetzt auch seine eigene an. Dann setzte er sich aufs Trittbrett des Wagens und schaute, die dünnen Hände zwischen den Knien zusammengepreßt, den anderen durchdringend an.

»Sehen Sie, Mr. Trent«, sagte er nach einer Pause. »Ich kann Ihnen ein paar Dinge sagen, die Ihnen vielleicht nützlich sein könnten. Ich weiß über Sie Bescheid. Sie sind ein kluger Kopf, und ich hab gern mit cleveren Männern zu tun. Ich bin mir nicht sicher, ob ich diesen Detektiv richtig einschätze, aber er kommt mir wie ein Schafskopf vor. Ich würde jede Frage beantworten, zu der er den Grips hätte – in der Tat habe ich das bereits getan – aber ich fühle mich nicht bemüßigt, ihm darüber hinaus ungefragt meine eigenen Erwägungen mitzuteilen. Verstehen Sie?«

Trent nickte. »Dieses Gefühl haben in Gegenwart unserer Polizei viele Menschen«, sagte er. »Ich nehme an, es liegt am offiziellen Auftreten. Doch ich kann Ihnen sagen, Murch ist alles andere als das, wofür Sie ihn halten. Er ist einer der gewiegtesten Polizeibeamten in ganz Europa. Mag er auch nicht der schnellste Denker sein, so ist er doch äußerst sicher. Und seine Erfahrung ist immens. Meine Stärke ist die Phantasie, aber ich versichere Ihnen, in der Polizeiarbeit überwiegt Erfahrung bei weitem.«

»Überwiegt mitnichten!« erwiderte Mr. Bunner lebhaft. »Das hier ist doch kein gewöhnlicher Fall, Mr. Trent. Und ich will Ihnen auch einen der Gründe nennen, weshalb. Ich glaube, der Boß wußte, daß da was im Anmarsch war. Und noch was: meiner Ansicht nach muß es etwas gewesen sein, von dem er glaubte, es nicht umgehen zu können.«

Trent zog eine Kiste heran und setzte sich Mr. Bunner gegenüber. »Das klingt nach etwas Wesentlichem«, sagte er. »Lassen Sie hören.«

»Ich sage dies alles, weil der Boß sich in den letzten Wochen in seinem Wesen verändert hat. Ich möchte wetten, Mr. Trent, Sie wissen bereits, daß er ein Mann war, der sich immer voll in der Hand hatte. Das kann ich nur unterschreiben. Ich habe ihn immer für den kühlsten und härtesten Kopf in der Branche gehalten. Die Ruhe dieses Mannes war einfach tödlich – da war er nicht zu schlagen. Und ich hab Manderson gekannt wie keiner sonst. Ich hab ihn bei der Arbeit erlebt, für die er eigentlich lebte. Wahrscheinlich kannte ich ihn eine ganze Ecke besser als seine Frau, die arme. Ich kannte ihn besser, als Marlowe ihn kennen konnte – er hat Manderson nie im Büro erlebt, wenn irgendeine große Sache lief. Ich hab ihn besser gekannt als jeder seiner Freunde.«

»Hatte er denn Freunde?« warf Trent ein.

Mr. Bunner warf ihm einen scharfen Blick zu. »Irgend jemand hat Sie ins Bild gesetzt, wie ich sehe«, bemerkte er. »Nein, offen gesagt nicht. Er hatte viele Bekannte unter den einflußreichen Geschäftsleuten, Menschen, die er fast täglich sah, mit denen er womöglich sogar segeln oder jagen ging. Aber ich glaube nicht, daß Manderson auch nur einem von ihnen Einblick in sein Innenleben gegeben hat. Aber was ich eigentlich sagen wollte, ist folgendes: Vor einigen Monaten fing er an, sich in einer Weise zu verändern, wie ich es nie vorher erlebt hatte – er wurde düster und in sich gekehrt, als brüte er ständig über etwas Ungutem, etwas, das er nicht orten konnte. Das ging ohne Unterbrechung, im Büro ebenso wie zu Hause, er benahm sich, als laste irgend etwas schwer auf seiner Seele. Aber erst vor ein paar Wochen begann seine Selbstbeherrschung zu schwinden; und ich will Ihnen was sagen, Mr. Trent«, der Amerikaner legte seine knochige Klaue aufs Knie seines Gegenübers, »der einzige, der das weiß, bin ich. Anderen gegenüber verhielt er sich einfach nur teilnahmslos und mürrisch; doch wenn er allein mit mir in seinem Büro war oder wo immer wir zusammen arbeiteten, und es ging auch nur das Geringste schief, Donnerwetter! dann konnte er auffahren wie von der Tarantel gestochen. Hier in der Bibliothek habe ich ihn einen Brief öffnen sehen, dessen Inhalt ihm gegen den Strich ging, worauf er herumwütete wie ein Berserker und giftete, wenn ihm der Schreiber unter die Finger käme, würde er ihm ein oder zwei Sächelchen um die Ohren hauen und so fort, bis es nur noch ein Trauerspiel war. Ich habe so einen Wandel noch nicht erlebt. Und noch etwas. Zum ersten Mal, seit ich ihn kannte, hat Manderson vor seinem Tod eine Woche lang die Arbeit vernachlässigt. Er beantwortete keinen Brief, kein Telegramm, obwohl es aussah, als ginge drüben alles zu Bruch. Ich nehme an, daß diese Besorgnis, was auch immer es war, so lange an seinen Nerven gezerrt hat, bis er völlig fertig war. Einmal habe ich ihm geraten, einen Arzt aufzusuchen, da schickte er mich zum Teufel. Aber außer mir hat niemand ihn von dieser Seite gesehen. Wenn er zum Beispiel einen seiner Wutanfälle in der Bibliothek hatte, und Mrs. Manderson kam herein, war er in Nullkommanichts wieder kühl und ruhig.«

»Und Sie haben das alles einer heimlichen Angst zugeschrieben, einer Furcht vor einem Anschlag auf sein Leben?« fragte Trent.

Der Amerikaner nickte.

»Ich nehme an«, fuhr Trent fort, »Sie haben sich bereits mit dem Gedanken befaßt, daß etwas in seinem Kopf nicht in Ordnung gewesen sein könnte – eine Art Zusammenbruch durch Überarbeitung zum Beispiel. Das ist der erste Gedanke, der sich mir nach Ihrem Bericht aufdrängt. Außerdem passiert das ja wohl Ihren Wirtschaftsbossen drüben gelegentlich, oder? Diesen Eindruck gewinnt man zumindest aus den Zeitungsberichten.«

»Lassen Sie sich bloß nicht solchen Stuß unterjubeln«, sagte Mr. Bunner ernsthaft. »Es sind nur diejenigen, die allzu schnell reich geworden sind und damit nicht umgehen können, die durchdrehen. Denken Sie mal an all unsere wirklich großen Männer – die Männer von annähernd Mandersons Kaliber: schon mal gehört, daß auch nur einer den Verstand verloren hätte? Das passiert denen nicht – glauben Sie *mir*. Ich weiß, man sagt, jeder sei irgendwo verrückt«, fügte Mr. Bunner nachdenklich hinzu, »aber das bedeutet ja noch nicht tatsächlichen, echten Irrsinn; es bezeichnet doch höchstens eine persönliche Verschrobenheit bei einem Menschen ... wie zum Beispiel Katzenhaß ... oder meine eigene Schwäche, keine Fischgerichte anrühren zu können.«

»Und was war Mandersons Verrücktheit?«

»Er war voll davon – der Boß. Da war seine Abneigung gegen all das unnötige Aufhebens und den Luxus, wogegen reiche Leute gewöhnlich nichts einzuwenden haben. Er hatte nichts übrig für teure Extras und Dekorationen. Er ließ sich von niemandem kleine Dienste erweisen; er haßte es, wenn Dienstboten an seinen Rockschößen hingen, es sei denn, er brauchte sie. Und obwohl Manderson mit seinen Klamotten so eigen war wie nur einer, und mit seinen Schuhen – wirklich, Sir, was er für Schuhe ausgab, war schon sündig – hatte er nie einen Kammerdiener. Er mochte es nicht, wenn jemand ihn anfaßte. Sein ganzes Leben lang hat ihn nie jemand rasiert.«

»Davon habe ich gehört«, bemerkte Trent. »Was glauben Sie, woher das kam?«

»Tja«, erwiderte Mr. Bunner langsam, »das war wohl die Mandersonsche Art und Weise; ein angeborenes Temperament aus allgemeinem Argwohn und Mißgunst. Sein Vater und sein Großvater seien genauso gewesen, sagt man ... Wie ein Hund mit einem Knochen, wissen Sie, immer in der Annahme, der Rest der Schöpfung habe nichts anderes im Sinn, als ihn zu stehlen. Er glaubte nicht *wirklich*, der Barbier würde ihm den Kopf absäbeln; er hatte lediglich das Gefühl, es bestände die Möglichkeit, daß er es tun *könne*, und er ging kein Risiko ein. Auch im Geschäftsleben war er ständig überzeugt davon, jemand sei hinter seinem Knochen her – was ja in den meisten Fällen auch durchaus stimmte; aber eben nicht immer. Das Ergebnis war, daß der Alte einer der vorsichtigsten und verschwiegensten Arbeiter der gesamten Finanzwelt war – übrigens auch ein Teil seines Erfolges. Doch all das macht noch keinen Irren aus, Mr. Trent; noch lange nicht. Sie fragen, ob Manderson auf dem Wege war, den Verstand zu verlieren, bevor er starb. Meiner Ansicht nach war er einfach erschöpft von der Sorge über irgend etwas und verlor langsam die Nerven.«

Trent rauchte nachdenklich. Er fragte sich, inwieweit Mr. Bunner über die Probleme im Haushalt seines Chefs informiert war und beschloß, einen Fühler auszustrecken. »Wie ich hörte, hatte er Schwierigkeiten mit seiner Frau.«

»Sicher«, erwiderte Mr. Bunner. »Aber glauben Sie, so eine Sache hätte Sig Manderson in dieser Weise beunruhigen können? Nein, Sir! Er war eine Spur zu groß, um sich durch Sorgen dieser Art niederdrücken zu lassen.«

Trent schaute halb ungläubig in die Augen des jungen Mannes. Doch hinter allem Scharfsinn und aller Eindringlichkeit gewahrte er eine völlige Arglosigkeit. Mr. Bunner glaubte tatsächlich, der tiefe Konflikt zwischen Ehepartnern könne einen großen Mann nicht ernsthaft belasten.

»Welcher Art waren denn die Differenzen zwischen den beiden überhaupt?« fragte Trent.

»Schlagen Sie mich tot, ich weiß es nicht«, erwiderte Mr. Bunner kurz. Er paffte seine Zigarre. »Marlowe und ich haben oft darüber gesprochen und kamen nie zu einem Ergebnis. Zuerst hatte ich den Eindruck«, meinte Mr. Bunner leiser und beugte sich dabei vor, »der Boß sei enttäuscht und verärgert, weil er auf Nachwuchs gehofft hatte; aber Marlowe erzählte mir, die Enttäuschung sei da höchstwahrscheinlich eher auf der anderen Seite. Ich schätze, er hatte recht, er schloß es aus einer Bemerkung von Mrs. Mandersons französischem Mädchen.«

Trent sah rasch auf. »Célestine!« sagte er und dachte dabei: ›Das war es also, worauf sie anspielte!‹

Mr. Bunner mißverstand seinen Blick. »Denken Sie jetzt nicht, ich würde jemanden verraten, Mr. Trent«, sagte er. »Marlowe ist nicht so ein Typ. Célestine hat ihn nur ins Herz geschlossen, weil er fließend Französisch spricht, und hält ihn gern mit Klatsch auf, wenn sie ihn erwischt. Französische Dienstboten sind da ganz anders als englische. Aber Dienstbote hin, Dienstbote her, ich verstehe nicht, wie eine Frau solch ein Thema einem Mann gegenüber anschneiden kann. Die Franzosen hauen mich sowieso um.« Er schüttelte langsam den Kopf.

»Zurück zu dem, was Sie eben sagten«, meinte Trent. »Sie glauben also, daß Manderson schon seit geraumer Zeit um sein Leben fürchtete? Wer sollte es bedrohen? Ich tappe da ziemlich im Dunkeln.«

»Fürchten, ich weiß nicht recht«, antwortete Mr. Bunner nachdenklich. »Sich sorgte, wenn Sie so wollen. Oder Böses ahnte – so würde ich es eher sehen. Es war nicht so leicht, den Alten das Fürchten zu lehren; mehr noch, er ergriff keinerlei Vorsichtsmaßnahmen – tatsächlich ging er ihnen eher aus dem Wege. Es sah mehr aus, als wolle er ein schnelles Finish – immer vorausgesetzt, in meiner Theorie liegt ein Körnchen Wahrheit. Er saß doch tatsächlich oft da in der Bibliothek am Fenster und schaute ins Dunkel hinaus, in seinem weißen Hemd eine Zielscheibe für jede Kanone. Und wer sein Leben bedrohen sollte – tja, Sir«, sagte Mr. Bunner mit einem feinen Lächeln, »man merkt, daß Sie nie in den Staaten gelebt haben. Nehmen wir nur mal den Lohnkrieg im Kohlenrevier von Pennsylvania, da waren dreißigtausend Männer, die Frauen und Kinder zu unterhalten hatten und nur allzu gern jede Gelegenheit wahrgenommen hätten, ein Loch durch den Mann zu bohren, der dafür sorgte, daß sie entweder verhungern oder seine Bedingungen annehmen mußten. Dreißigtausend der hartgesottensten Ausländer, die wir haben, Mr. Trent. In so einer Masse findet sich die Art Desperado, von dem man weiß, daß er Jahre auf eine Gelegenheit wartet und sein Opfer umbringt, wenn es seine Tat schon längst vergessen hat. In Idaho haben sie einen Mann in die Luft gejagt, der sie zehn Jahre vorher in New Jersey verraten hatte. Glauben Sie, der Atlantik hält diese Leute ab? ... Es gehört einiges an Mumm dazu, wenn man in unserm Land ein großer Geschäftsmann sein will, das kann ich Ihnen sagen. Nein, Sir: der Boß wußte – und hat immer gewußt – daß überall in den Vereinigten Staaten jede Menge gefährlicher Männer existierte, die ihm ans Leder wollten. Ich denke, er muß irgendwie erfahren haben, daß einige von ihnen es jetzt wirklich auf ihn abgesehen hatten. Was mich völlig erschlägt, ist, weshalb er sich ihnen auf diese Weise darbot, warum er gar nicht erst versuchte auszuweichen, sondern gestern morgen direkt in den Garten hinausging, um sich erschießen zu lassen.«

Mr. Bunner hielt inne, beide Männer saßen mit zusammengezogenen Brauen, und blaue Rauchschwaden stiegen von ihren Zigarren auf. Schließlich erhob sich Trent. »Ihre Theorie ist ganz neu für mich«, sagte er. »Sie ist völlig rational, und es ist nur eine Frage, ob alles mit den Fakten übereinstimmt. Was ich für meine Zeitung mache, darf ich nicht preisgeben, aber soviel kann ich sagen: ich habe feststellen können, daß es sich hier um ein vorausgeplantes Verbrechen handelt, noch dazu ein extrem ausgeklügeltes. Ich bin Ihnen zu tiefstem Dank verpflichtet. Wir müssen noch einmal darüber sprechen.« Er sah auf seine Uhr. »Ich werde schon seit einiger Zeit von meinem Freund erwartet. Wollen wir uns aufmachen?«

»Zwei Uhr«, sagte Mr. Bunner, indem er die eigene Uhr konsultierte und sich von seinem Sitz auf dem Trittbrett erhob. »Zehn Uhr im kleinen alten New York. Sie kennen Wall Street nicht, Mr. Trent. Hoffen wir beide, daß wir nie etwas erleben werden, was auch nur annähernd der Hölle gleicht, die dort in diesem Augenblick los ist.«

Die Dame in Schwarz

Aufbäumend brach sich die See bei einer frischen Brise am Fuß der Klippen; von einem blau-weiß gesprenkelten Himmel herab überflutete die Sonne das Land mit Leben. In dieser Vollkommenheit englischen Wetters ging Trent, der schlecht geschlafen hatte, noch vor acht zu einem Badeplatz zwischen den Felsen, dessen Lage er sich hatte beschreiben lassen, und tauchte tief ins klare Wasser. Zwischen riesigen, grauen Brokken schwamm er hinaus ins brodelnde offene Meer, kämpfte sich ein Stück gegen eine küstengerichtete Strömung weiter und kehrte schließlich erschöpft und erfrischt an seinen Zufluchtsort zurück. Zehn Minuten später kletterte er den Felspfad wieder hinauf, und seine Gedanken, vorübergehend frei von jenem intensiven Abscheu, der ihn bei der ganzen Sache überkommen hatte, waren mit der Planung für den Vormittag beschäftigt.

Es war der Tag der Gerichtsverhandlung, der Tag nach seiner Ankunft an diesem Ort. Er hatte die Ermittlungen nicht viel weiter vorangetrieben, nachdem er sich auf der Straße nach Bishopsbridge von dem Amerikaner getrennt hatte. Am Nachmittag war er in Mr. Cupples Begleitung vom Gasthof aus in die Stadt gegangen, hatte dort in einer Drogerie bestimmte Dinge eingekauft, eine Zeitlang unter vier Augen mit einem Fotografen gesprochen, ein Telegramm mit bezahlter Rückantwort aufgegeben und bei der Telephonvermittlung eine Auskunft eingeholt. Mr. Cupples gegenüber, der seinerseits nicht neugierig zu sein schien, hatte er sich sparsam zu dem Fall geäußert, und über die Resultate seiner bisherigen Ermittlungen und die Schritte, die er vorhatte, gar nichts gesagt. Nach ihrer Rückkehr aus Bishopsbridge hatte Trent einen langen Bericht für den *Record* verfaßt und ihn dem stolzen Lokalberichterstatter des Blattes zur telegraphischen Weitergabe ausgehändigt. Danach hatte er mit Mr. Cupples zu Abend gegessen und den Rest des Abends in meditativem Schweigen auf der Veranda verbracht.

Als er nun am Morgen über die Felsen kletterte, sagte er sich, daß er noch nie einen Fall übernommen hatte, der ihm so wenig behagte oder der ihn so sehr beschäftigte. Je länger er im goldenen Sonnenlicht des neuen Tages darüber grübelte, desto bösartiger und herausfordernder erschien er ihm. Alles, was er vermutete und alles, was er beinah wußte, hatte sein forschendes Hirn stundenlang und bis hin zur Schlaflosigkeit in Anspruch genommen; und hier in dem herrlichen Licht und der klaren Luft sah er, trotz Reinigung von Körper und Geist in der wilden Frische der See, nur noch deutlicher die Dunkelheit der Schuld, an die er glaubte, und war um so bitterer angewidert von dem Motiv, das er vermutete. Doch nun erwachte zumindest sein Eifer wieder, und der Jagdinstinkt wurde belebt. Er würde weder erlahmen noch Schonung gewähren; hier waren Gewissensbisse unangebracht. Im Laufe des Tages, so hoffte er, würde sein Netz vollständig. Er hatte viel zu tun heute vormittag und mit lebhaftem Interesse, wenn auch ohne viel ernsthafte Hoffnung, erwartete er die Antwort auf das Telegramm, welches er tags zuvor in die Atmosphäre gejagt hatte.

Der Pfad zurück zum Hotel wand sich ein Stück oben den Klippen entlang, und an einer Stelle, die er sich vom Wasser aus gemerkt hatte, wo vor langer Zeit ein Erosionsbruch entstanden war, trat er an den Rand und schaute nach unten, in der Hoffnung, die anmutigste aller Bewegungen des Wassers zu Gesicht zu bekommen – das Hinwegwaschen einer leichten See über zerbrochenen Fels. Doch da war kein Fels. Nicht weit unter sich erblickte er einen breiten Vorsprung, ein rauhes Plateau, so groß wie ein weiträumiges Zimmer, dicht mit harten Gräsern bewachsen und an drei Seiten von steilen Felswänden umgeben. Ganz am Rande, wo die Klippe schließlich steil nach unten abfiel, saß eine Frau, die Arme um die hochgezogenen Knie geschlungen, den Blick auf die flüchtige Rauchfahne eines entfernten Dampfers gerichtet, das Gesicht erfüllt von einem unbestimmten Traum.

Diese Frau erschien Trent, dessen Ausbildung ihn gelehrt hatte, im Sehen zu leben, das schönste Bild, das ihm je unter die Augen gekommen war. Ihr Gesicht mit südlichem Teint, die Wangen vom Kuß des Windes mit Farbe behaucht, zeigte ihm ein Profil von feinstem Ebenmaß ohne jede Härte; doch gaben ihr die dunklen Brauen, die in ihrem Abwärtsschwung fast zusammenstießen, in der Ruhestellung etwas wie Strenge, die durch die offenen Linien des Mundes auf seltsame Weise ausgeglichen wurde. Die Albernheit eines Liebenden, der auf die Brauen seiner Angebeteten Sonette schreibt, sagte sich Trent, hängt letztendlich von der Beschaffenheit der Brauen ab. Ihre Nase gehörte zu den geraden, feinen, die sich auf subtile Weise dem Ruin allzu großer Länge entziehen, wobei ein aufrichtiges Gemüt sich notgedrungen schämt, daß es nicht umhin kann, bei Gelegenheit eine Stupsnase zu bewundern. Ihr Hut lag neben ihr im Gras, und die lebhafte Brise spielte mit ihrem vollen, dunklen Haar, blies die beiden breiten Stränge aus der Stirn und rührte hundert winzige Kräusellocken aus der im Nacken zusammengefaßten Fülle auf. Von den Wildlederschuhen bis zum Hut, den sie abgenommen hatte, war alles an dieser Dame schwarz; stumpfes Schwarz bedeckte sie bis hin zum bloßen Hals. Was sie anhatte, war vom Feinsten, und sie trug es entsprechend. Sah man ihr auch Verträumtheit und geistige Delikatesse an, so war doch ebenso eindeutig, daß sie langjährige Modeerfahrung besaß wie nur eine Frau, die mit dieser ältesten der Künste aufgewachsen ist und gleichzeitig eine ursprüngliche Freude an der Vortrefflichkeit ihres Körpers empfand, der sich in dieser Haltung mit den angezogenen und umschlungenen Knien so bewunderungswürdig bog. Mit der Andeutung französischen Geschmacks in ihrer Kleidung gab sie, wie sie dort saß, ein sehr modernes Bild ab, bis man in ihr Gesicht schaute und dort das Leuchten und Triumphieren aller lebensvollen Kreaturen wahrnahm, die jemals auf dem Höhepunkt des Jahres das Gesicht Sonne, Wind und Meer entgegenhielten. Und noch etwas konnte man sehen: eine so reine und kraftvolle Weiblichkeit, so unbewußt selbstsicher, daß sie kaum englisch und noch weniger amerikanisch sein konnte.

Trent, den der Anblick der Dame in Schwarz nur einen Augenblick überrascht hatte innehalten lassen, schritt auf dem Felspfad über ihr weiter; dabei ordnete er seine Eindrücke und ließ sie auf sich wirken. Dank seines kühnen Durchblicks und beweglichen Geistes konnte er Einzelheiten jederzeit mit einer mühelosen Schnelligkeit aufnehmen und auskosten, die Menschen von schwerfälligerem Naturell wunderbar erschien; die Notwendigkeit zu starren war seiner Ansicht nach ein Beweis von Blindheit. Jetzt war sein Schönheitssinn geweckt, frohlockte und verdoppelte die Kraft seiner Wahrnehmungen. In diesen Augenblicken prägte sich seinem Gedächtnis ein Bild ein, das nie verblassen würde.

Während er lautlos auf der weichen Grasnarbe vorüberging, regte sich die noch immer in ihren Gedanken verlorene Frau unvermittelt. Sie nahm ihre langen Hände von den Knien, reckte die Glieder und den Körper mit katzenhafter Anmut, hob dann langsam den Kopf und streckte die Arme mit gespreizten, gebogenen Fingern aus, als wolle sie die ganze Herrlichkeit und überwältigende Frische des Morgens umfangen. Eine unmißverständliche Geste: eine Geste der Freiheit, eines Menschen Beschluß zu sein, zu besitzen, vorwärts zu gehen, vielleicht zu genießen.

So sah er sie einen Augenblick im Vorübergehen, und er drehte sich nicht um. Er wußte plötzlich, wer diese Frau sein mußte, und es war, als ginge zwischen ihm und dem strahlenden Tag ein Vorhang aus Düsternis nieder.

Während des Frühstücks im Hotel fand Mr. Cupples Trent wenig gesprächig. Er entschuldigte sich mit der Ausrede einer rastlosen Nacht. Mr. Cupples seinerseits befand sich in einem Zustand vogelhafter Munterkeit. Die Aussicht auf den Gerichtstermin schien ihn zu beleben. Er unterhielt Trent mit einer Abhandlung über die Geschichte dieses ältesten und einst so vielbeschäftigten Tribunals, der Untersuchungskommission, und ließ sich über die beneidenswerte Freiheit seiner Verfahrensweisen außerhalb der Fesselung durch Regeln und Bedingungen aus. Von da kam er zu dem Fall, der an diesem Morgen zur Verhandlung anstand.

»Als ich gestern abend nach dem Essen dort war, erwähnte der junge Bunner mir gegenüber die Hypothese, die er im Hinblick auf dieses Verbrechen vertritt«, sagte er. »Ein bemerkenswerter junger Mann übrigens, Trent. Er drückt sich zwar gelegentlich etwas unverständlich aus, meiner Meinung nach ist er jedoch mit einer klaren Weltsicht ausgestattet, wie sie für einen Mann seines offensichtlichen Alters recht ungewöhnlich ist. Allerdings spricht seine Berufung in die Position des ersten Stellvertreters durch Manderson für sich. Er scheint mit perfektem Selbstvertrauen die Kontrolle an diesem Ende des Drahtes, wie er es ausdrückt, übernommen zu haben – der komplizierten Geschäftssituation, hervorgerufen durch den Tod seines Vorgesetzten. Auch seine Ratschläge hinsichtlich der Schritte, die ich in Mabels Namen unternehmen solle, und des besten Vorgehens bis zur Testamentseröffnung erscheinen mir sehr vernünftig. Ich war demzufolge weniger geneigt, seine Vermutung, Tatmotiv sei eine industrielle Blutrache, als zu weit hergeholt zu betrachten. Auf meine Nachfrage war er in der Lage, eine Anzahl von Fällen aufzuzählen, in denen Anschläge irgendeiner Art – nur allzuoft erfolgreich – auf das Leben von Leuten verübt wurden, die sich die Feindschaft mächtiger Arbeiterorganisationen zugezogen hatten. Eine schreckliche Zeit, in der wir da leben, mein lieber Junge. In der gesamten Menschheitsgeschichte ist es meines Wissens noch nie dagewesen, daß das Mißverhältnis zwischen materiellen und moralischen Trägern der Gesellschaft so groß oder so bedrohlich für den Fortbestand des Systems war. Aber nirgendwo sind die Aussichten meinem Dafürhalten nach so düster wie in den Vereinigten Staaten.«

»Ich dachte immer«, meinte Trent teilnahmslos, »der Puritanismus sei dort ebenso stark wie der irrwitzige Drang nach Geld.«

»Deine Bemerkung«, erwiderte Mr. Cupples so annähernd humorvoll, wie es ihm eben möglich war, »ist nicht gerade dazu angetan, das, was man Puritanismus nennt, zu unterstützen – eine eher bequeme als akkurate Bezeichnung übrigens; denn ich muß dich wohl nicht daran erinnern, daß sie geprägt wurde, um eine Anglikanische Partei zu beschreiben, die sich der Reinigung des Gottesdienstes und der Rituale ihrer Kirche von bestimmten Elementen verschrieben hatte, die ihnen zuwider waren. Der Hintergrund deiner Beobachtung jedoch ist trotzdem richtig, und ihr Wahrheitsgehalt wird durch Mandersons Fall außergewöhnlich gut illustriert, der, soviel ich weiß, die Tugenden der Reinheit, Abstinenz und Selbstbeherrschung in ihrer höchsten Form besaß. Nein, Trent, es gibt andere und wertvollere Güter unter den moralischen Grundsätzen, von denen ich sprach; und in der Begrenztheit unserer Natur bleibt uns immer weniger Energie für die Entwicklung der höheren Bestimmung der Menschlichkeit in uns, je mehr wir uns mit der verwirrenden Komplexität des äußeren Systems befassen, das uns die Wissenschaft in die Hand gibt. Landwirtschaftliche Maschinen haben das Erntedankfest zerstört, organisiertes Reisen den ländlichen Gasthof, oder alles, was daran am besten war. Ich brauche die Liste nicht fortzusetzen. Diese Ansicht«, fuhr Mr. Cupples fort und strich gelassen Butter auf eine Scheibe Toast, »wird von vielen, die über die tieferen Belange des Lebens im allgemeinen ebenso denken wie ich, als grundsätzlich irrig angesehen, aber dennoch bin ich von ihrer Richtigkeit fest überzeugt.«

»Das muß in eine kurze und treffende Form gebracht werden«, sagte Trent und erhob sich vom Tisch. »Wenn man es nur in eine handliche Formel packen könnte wie ›Nein zum Pfaffentum‹ oder ›Besteuert die Ausländer‹, dann würde man Massen finden, die sich dafür einsetzten. Aber ich glaube, du wolltest noch vor der Verhandlung nach ›White Gables‹ rübergehen. Wenn du rechtzeitig zurücksein möchtest, solltest du dich auf den Weg machen. Ich habe dort auch etwas zu erledigen, wir können also zusammen gehen; ich hole nur noch meine Kamera.«

»Sehr gern, natürlich«, antwortete Cupples; und kurz darauf machten sie sich in der stetig zunehmenden Wärme des Vormittags auf den Weg. Das Dach von ›White Gables‹, ein griesgrämiger fahlroter Farbklecks gegen die dunklen Bäume, schien zu Trents Stimmung zu passen: bedrückt, düster und beunruhigt. Wenn schon ein Schlag dieses Wesen voll strahlender Schönheit und Lebendigkeit treffen mußte, das er heute früh gesehen hatte, dann sollte er wenigstens nicht von seiner Hand fallen. Seit den frühesten Unterweisungen durch seine Mutter wohnte Trent eine übertriebene Ritterlichkeit inne, doch in diesem Augenblick bestand das Grauen davor, jemanden so Liebreizendes zu verletzen, fast ebenso sehr in der Abneigung des Künstlers wie des Gentleman. Andererseits, sollte die Jagd erfolglos enden? Diese Affäre war derart beschaffen, daß der Gedanke daran, Nachsicht zu üben, eine Qual war. Solch einen Fall hatte es noch nie gegeben; und er allein, da war er sicher, hielt die Wahrheit unter seiner Hand. Zumindest, so beschloß er, sollte dieser Tag zeigen, ob er sich in seiner Annahme täuschte. Er würde seine Gewissensbisse mit Füßen treten, bis er ganz sicher war, daß sie benötigt wurden. Noch heute morgen würde er es wissen.

Als sie durch das Tor auf die Auffahrt traten, sahen sie Marlowe und den Amerikaner im Gespräch vor der Eingangstür stehen. Im Schatten des Vordachs stand die Dame in Schwarz.

Sie bemerkte sie und kam ihnen würdevoll über den Rasen entgegen; sie ging, wie Trent gewußt hatte, daß sie gehen würde: hoch aufgerichtet, ausgewogen und mit leichtem

Schritt. Bei der Begrüßung, nachdem Mr. Cupples ihn vorgestellt hatte, betrachteten ihre goldbraun gefleckten Augen ihn freundlich. In der blassen Gefaßtheit, mit der sie ihren Schmerz maskierte, war keine Spur der Emotionen, die sie am Klippenrand wie ein Heiligenschein umgeben hatten. Mit leiser und gleichmäßiger Stimme sagte sie die passenden Worte. Nach einigen an Mr. Cupples gerichteten Sätzen wandte sie den Blick erneut Trent zu.

»Ich hoffe, Sie haben Erfolg«, meinte sie ernsthaft. »Glauben Sie, daß Sie Erfolg haben werden?«

Er entschied sich, während ihre Lippen die Worte formten, und erwiderte: »Ich denke ja, Mrs. Manderson. Wenn ich den Fall so weit abgeschlossen habe, werde ich Sie um eine Unterredung bitten und Ihnen darüber berichten. Es könnte sich als notwendig herausstellen, bevor die Tatsachen veröffentlicht werden.«

Sie sah erstaunt aus, und für einen Augenblick zeigte sich Pein in ihren Augen. »Wenn es nötig ist, dann können Sie das natürlich tun«, versetzte sie.

Trent zögerte, bevor er den nächsten Satz aussprach. Ihm fiel ein, daß die Dame des Hauses den Wunsch geäußert hatte, ihm gegenüber nicht noch einmal die Geschichte wiederholen zu müssen, die sie dem Inspektor bereits erzählt hatte – oder überhaupt befragt zu werden. Ihm war durchaus bewußt, daß er, wenn möglich, gern noch etwas länger ihre Stimme gehört und ihr Gesicht beobachtet hätte; doch die Angelegenheit, die er erwähnen mußte, beunruhigte ihn tatsächlich; es war eine merkwürdige Sache, die nirgends in das Mosaik paßte, innerhalb dessen er inzwischen all die anderen Merkwürdigkeiten des Falles untergebracht hatte. Sehr wahrscheinlich konnte sie es mit einem Satz erklären; daß irgend jemand anders es konnte, war kaum denkbar. Er gab sich einen Ruck.

»Sie waren so freundlich«, sagte er, »mir den Zugang zu Ihrem Haus und alle Möglichkeiten zum Studium dieses Falles zu gewähren, das gibt mir Mut, ein oder zwei Fragen an Sie selbst zu richten – ich denke, es ist nichts, was Sie lieber nicht beantworten würden. Darf ich?«

Sie warf ihm einen müden Blick zu. »Es wäre dumm von mir, mich zu weigern. Fragen Sie, Mr. Trent.«

»Es ist nur dies«, sagte Trent eilig. »Wir wissen, daß Ihr Mann letztens eine ungewöhnlich große Summe Bargeld von seinem Londoner Konto abgehoben hat. Tatsächlich befindet sich dieses Geld im Moment hier im Haus. Haben Sie eine Ahnung, weshalb er das getan haben könnte?«

Sie riß erstaunt die Augen auf. »Ich kann es mir nicht vorstellen«, sagte sie. »Ich wußte nicht, daß er das getan hatte. Ich bin sehr überrascht, davon zu hören.«

»Warum ist das so überraschend?«

»Ich dachte, mein Mann hätte nur wenig Bargeld im Haus. Sonntag abend, kurz bevor er im Automobil wegfuhr, kam er ins Wohnzimmer, wo ich saß. Er schien verärgert über irgend etwas und fragte mich ohne Umschweife, ob ich Banknoten oder Gold habe, die ich ihm bis zum nächsten Tag überlassen könnte. Ich war erstaunt darüber, denn er war nie ohne Geld; er hatte es sich zur Regel gemacht, immer etwa hundert Pfund in Banknoten in einer kleinen Börse bei sich zu führen. Ich schloß mein Schreibpult auf und gab ihm alles, was ich hatte. Es waren annähernd dreißig Pfund.«

»Und er hat Ihnen nicht gesagt, wozu er es brauchte?«

»Nein. Er steckte es in die Tasche und sagte dann, Mr. Marlowe habe ihn zu einer Mondscheinfahrt im Automobil überredet, und er hoffe, er könne danach besser schlafen. Er hatte, wie Sie vielleicht wissen, Schlafschwierigkeiten. Dann verließ er das Haus zusammen mit Mr. Marlowe. Es erschien mir zwar seltsam, daß er am Sonntag abend Geld brauchte, doch ich vergaß es bald wieder. Bis zu diesem Augenblick habe ich nicht mehr daran gedacht.«

»Sicherlich, es war schon merkwürdig«, sagte Trent und starrte in die Ferne. Mr. Cupples begann mit seiner Nichte über die Arrangements für die Verhandlung zu sprechen, und

Trent schlenderte hinüber zu Mr. Marlowe, der auf dem Rasen hin und her ging. Der junge Mann schien erleichtert, über die kommenden Ereignisse des Tages sprechen zu können. Obgleich er immer noch übermüdet und nervös wirkte, schilderte er nicht ohne leisen Humor das wichtigtuerische Gehabe der örtlichen Polizei und die unheilvolle Miene von Dr. Stock. Nach und nach lenkte Trent das Gespräch auf die Probleme um das Verbrechen, und Marlowes Ernst kehrte zurück.

»Bunner hat mir erzählt, was er darüber denkt«, sagte er, als Trent die Theorie des Amerikaners erwähnte. »Ich muß sagen, so ganz überzeugt es mich nicht, denn einige der merkwürdigsten Tatsachen lassen sich dadurch nicht erklären. Aber ich habe lange genug in den Vereinigten Staaten gelebt, um zu wissen, daß solche Vergeltungsschläge, auf heimliche und melodramatische Weise ausgeführt, durchaus nicht unwahrscheinlich sind. Sie sind ein ziemlich charakteristischer Zug gewisser Teile der dortigen Arbeiterbewegung. Amerikaner haben für so etwas einen Sinn und ein Talent. Kennen Sie *Huckleberry Finn*?«

»Kenne ich meinen eigenen Namen?« rief Trent aus.

»Nun, ich glaube, das Amerikanischste an diesem großen Werk ist Tom Sawyers kunstvolle Ausführung eines außergewöhnlich schwierigen und romantischen Planes, wofür er Tage benötigt, nämlich die Organisation der Flucht des Negers Jim, die ganz leicht in zwanzig Minuten zu bewerkstelligen gewesen wäre. Sie wissen, welch ein Faible die Amerikaner für Logen und Bruderschaften haben. Jeder Collegeclub hat seine Geheimzeichen und einen besonderen Händedruck. Ich nehme an, Sie haben schon von der Know-Nothing-Bewegung in der Politik gehört und vom Ku-Klux-Klan. Und sehen Sie sich Brigham Youngs Schundheft-Tyrannei in Utah an, mit echtem Blut. Die Gründer des Mormonenstaates waren reinster amerikanischer Herkunft; und Sie wissen ja, was die alles getan haben. Das ist alles Teil ein und derselben geistigen Tendenz. Die Amerikaner machen sich untereinander darüber lustig. Ich für meinen Teil, ich nehme das sehr ernst.«

»All dies kann eine sehr häßliche Seite haben, sicher«, sagte Trent, »wenn es in Verbindung mit Verbrechen – oder mit Gewalt – oder auch mit reinem Luxus auftritt. Aber ich habe so etwas wie einen heimlichen Respekt für die Zielstrebigkeit, das Leben trotz Zivilisation interessant und lebendig zu gestalten. Um jedoch auf Naheliegenderes zurückzukommen; haben Sie schon mal daran gedacht, daß Mandersons Seelenleben womöglich durch diese Bedrohung, an die Bunner glaubt, durcheinandergeraten sein könnte? Es war doch zum Beispiel recht ungewöhnlich, Sie mitten in der Nacht so einfach auf die Reise zu schicken.«

»Um zehn Uhr, um es genau zu sagen«, entgegnete Marlowe. »Allerdings hätte es mich auch nicht allzu sehr überrascht, wenn er mich wirklich um Mitternacht aus dem Bett geholt hätte. Das paßt alles zu dem, worüber wir eben sprachen. Manderson hatte einen starken Einschlag der nationalen Vorliebe für dramatisches Vorgehen. Er war ziemlich stolz auf seinen wohlverdienten Ruf, Überraschungsschläge anzubringen und seine Ziele mit rücksichtsloser Direktheit zu verfolgen, wobei er sich über jede gegenteilige Überlegung hinwegsetzte. Er hatte plötzlich entschieden, daß er sich mit diesem Mann, Harris, in Verbindung setzen wollte –«

»Wer ist Harris?« unterbrach Trent.

»Das weiß niemand. Sogar Bunner hat noch nie von ihm gehört, und ich kann mir nicht vorstellen, was für ein Geschäft da anstand. Alles, was ich weiß, ist, daß ich letzte Woche, als ich verschiedener Erledigungen wegen in London war, auf Mandersons Anweisung für diesen Mr. George Harris eine Außenkabine für die Überfahrt am Montag buchte. Anscheinend drängte es Manderson plötzlich, von Harris etwas zu erfahren, dessen Inhalt offenbar zu geheim für den Telegraphen war; und da es keine geeignete Eisenbahnverbindung gab, wurde ich losgeschickt – wie Sie ja wissen.«

Trent schaute über die Schulter, um sicherzugehen, daß niemand mithörte, dann sah er den anderen sehr ernst an. »Ich möchte Ihnen etwas sagen«, meinte er leise, »was Sie, glaube ich, nicht wissen. Martin, der Butler, hat ein paar Worte am Ende des Gesprächs aufgeschnappt, das Sie mit Manderson im Obstgarten führten, bevor Sie losfuhren. Er hörte ihn sagen: ›Sollte Harris da sein, ist jede Sekunde wichtig.‹ Nun, Mr. Marlowe, Sie kennen meine Aufgabe. Ich bin hier, um Ermittlungen anzustellen, und Sie dürfen es mir nicht übelnehmen, wenn ich frage, ob Sie auch in Kenntnis dieses Satzes wiederholen, daß Sie nicht wissen, um was für ein Geschäft es sich handelte.«

Marlowe schüttelte den Kopf. »Ich weiß tatsächlich nichts. So leicht fühle ich mich nicht gekränkt, und Ihre Frage erscheint nur angemessen. Den Inhalt jener Unterhaltung habe ich dem Inspektor bereits wiedergegeben. Manderson sagte mir ganz offen, daß er mir nicht mitteilen könne, worum es ging. Ich sollte Harris lediglich ausfindig machen, ihm sagen, daß Manderson zu wissen wünsche, wie die Angelegenheit stehe, und einen Brief oder eine Nachricht von ihm zurückbringen. Harris, so wurde ich weiter instruiert, könne eventuell nicht erscheinen. Wenn er aber komme, dann sei ›jede Sekunde wichtig‹. So, nun wissen Sie ebensoviel wie ich.«

»Dieses Gespräch fand statt, *bevor* er seiner Frau sagte, Sie wollten gemeinsam eine Mondscheinfahrt unternehmen. Warum, so frage ich mich, hat er Ihren Auftrag solcherart umschrieben?«

Der junge Mann machte eine hilflose Geste. »Warum? Da bin ich genauso schlau wie Sie.«

»Warum«, murmelte Trent wie zu sich selbst und schaute abwesend zu Boden, »hat er es geheimgehalten – vor Mrs. Manderson?« Er sah zu Marlowe auf.

»Und vor Martin«, fügte der andere kühl hinzu. »Ihm wurde dasselbe erzählt.«

Mit einer abrupten Kopfbewegung schien Trent das Thema ad acta zu legen. Er zog eine Brieftasche aus dem Jakkett und holte zwei kleine Bogen sauberen, frischen Papiers heraus.

»Schauen Sie sich diese beiden Blätter an, Mr. Marlowe«, sagte er. »Haben Sie die schon mal gesehen? Und haben Sie eine Ahnung, woher sie stammen könnten?« fügte er hinzu, als Marlowe in jede Hand eines nahm und sie neugierig ansah.

»Sie sehen aus wie mit einem Messer oder einer Schere aus einem kleinen Kalender von diesem Jahr herausgetrennt – aus dem Oktober«, bemerkte Marlowe, indem er sie von beiden Seiten betrachtete. »Ich kann nichts Geschriebenes darauf entdecken. Soviel ich weiß, hat niemand hier im Haus so einen Kalender. Was hat es damit auf sich?«

»Kann sein, daß gar nichts dahinter steckt«, meinte Trent vage. »Jeder im Hause könnte natürlich solch ein Büchlein besitzen, ohne daß Sie es je gesehen haben. Aber ich habe auch nicht erwartet, daß Sie die Seiten identifizieren – es hätte mich sogar überrascht, wenn Sie es gekonnt hätten.«

Er hörte auf zu reden, als Mrs. Manderson zu ihnen herüber kam. »Mein Onkel meint, wir sollten jetzt aufbrechen«, sagte sie.

»Ich denke, ich werde mit Mr. Bunner vorausgehen«, sagte Mr. Cupples, der ihr gefolgt war. »Es gibt einige geschäftliche Dinge, die so bald als möglich erledigt werden sollten. Kommst du mit den beiden Herren nach, Mabel? Wir warten dann auf euch.«

Trent wandte sich ihr zu. »Mrs. Manderson wird mich hoffentlich entschuldigen«, sagte er. »Ich bin heute morgen eigentlich gekommen, um mich hier nach einigen Hinweisen umzusehen, von denen ich glaube, sie möglicherweise zu finden. Ich hatte nicht vor, schon jetzt zur – zur Verhandlung zu gehen.«

Sie sah ihn mit einem Ausdruck völliger Offenheit an.

»Selbstverständlich, Mr. Trent. Tun Sie bitte genau das, was Sie für richtig halten. Wir alle bauen auf Sie. Wenn Sie einen Moment warten würden, Mr. Marlowe, ich bin gleich fertig.«

Sie betrat das Haus. Ihr Onkel und der Amerikaner waren bereits auf dem Weg zum Tor.

Trent sah seinem Gesprächspartner in die Augen. »Sie ist eine wunderbare Frau«, meinte er mit gesenkter Stimme.

»Und Sie sagen es, ohne sie zu kennen«, erwiderte Marlowe im gleichen Tonfall. »Sie ist mehr als das.«

Trent sagte nichts dazu. Er blickte über die Felder zum Meer hinüber. Da wurde die Stille durch das Geräusch hastiger Nagelschuhschritte unterbrochen. Ein Stück entfernt auf der Straße kam ein Junge in Sicht, der vom Hotel her auf sie zutrottete. In der Hand hielt er den orangefarbenen, schon von weitem unverkennbaren Umschlag, in dem Telegramme zugestellt wurden. Trent beobachtete mit unbeteiligtem Gesichtsausdruck, wie er auf die beiden anderen traf und an ihnen vorbeiging. Dann wandte er sich an Marlowe. »Ganz nebenbei«, sagte er, »waren Sie in Oxford?«

»Ja«, entgegnete der junge Mann. »Weshalb fragen Sie?«

»Ich wollte nur wissen, ob ich richtig geraten habe. Es gehört zu den Dingen, die man einem Mann oft anmerkt, nicht?«

»Wahrscheinlich«, sagte Marlowe. »Jeder von uns ist auf die eine oder andere Weise geprägt, nehme ich an. Ich hätte auch gesagt, Sie sind Künstler, selbst wenn ich es nicht gewußt hätte.«

»Warum? Muß ich mir die Haare schneiden lassen?«

»O nein! Es ist nur, daß Sie Dinge und Menschen auf eine Weise betrachten, wie ich es bei Künstlern schon häufig beobachtet habe, mit einem Blick, der stetig von Detail zu Detail gleitet, eher mustert als anschaut.«

Der Junge kam atemlos heran. »Telegramm für Sie, Sir«, sagte er zu Trent. »Ist eben angekommen, Sir.«

Mit einer Entschuldigung riß Trent den Umschlag auf, und

beim Lesen leuchteten seine Augen sichtbar auf, daß ein Lächeln Marlowes müde Züge erhellte.

»Müssen erfreuliche Neuigkeiten sein«, murmelte er wie zu sich selbst.

Trent bedachte ihn mit einem Blick, aus dem nichts zu entnehmen war. »Nicht direkt Neuigkeiten«, sagte er. »Nur die Bestätigung, daß ich mit einer weiteren meiner kleinen Vermutungen richtig lag.«

Die Verhandlung

Der Untersuchungsrichter, dem völlig klar war, daß er an diesem einen Tag seines Lebens als Provinzanwalt im Rampenlicht der Weltöffentlichkeit stand, stellte sich als des flüchtigen Ruhmes durchaus würdig heraus. Er war ein großer Mann von jovialem Gemüt mit einer starken Neigung zu den dramatischen Aspekten seines Berufes, und die Nachricht von Mandersons mysteriösem Tod innerhalb seiner Gerichtsbarkeit hatte ihn zum glücklichsten Untersuchungsrichter Englands gemacht. Eine respektable Fähigkeit, Fakten methodisch zu ordnen, wurde verstärkt durch einen überreichen Vorrat an eindrucksvollen Sprachmöglichkeiten, die Geschworene zu Wachs in seinen Händen werden ließen und manchmal eine zweifelhafte Interpretation der Regeln der Beweisführung verschleierte.

Die Verhandlung fand in einem langen, kahlen Raum statt, der – erst kürzlich an das Hotel angebaut – als Ball- oder Konzertsaal gedacht war. Ein Regiment von Reportern hatte die vorderen Sitzreihen eingenommen, und wer als Zeuge geladen war, saß auf Stühlen seitlich des Tisches, hinter dem der Untersuchungsrichter seinen Platz hatte, während ihn die Geschworenen, mit pomadisiertem Haar und in scheinbarer Ungezwungenheit, auf der anderen Seite in einer Doppelreihe flankierten. Den Rest des Raumes hielt ein obskures Publikum besetzt, das in ehrfürchtigem Schweigen den Eröffnungsfeierlichkeiten lauschte. Die Zeitungsleute, für die das nichts Neues war, tuschelten untereinander. Diejenigen, die Trent vom Sehen kannten, versicherten den anderen, daß er nicht im Saale sei.

Die Identität des Toten wurde durch dessen Frau bestätigt,

die als erste in den Zeugenstand trat und die der Untersuchungsrichter nach einigen Fragen über Gesundheit und sonstige Lebensumstände des Verstorbenen anschließend um einen Bericht der letzten Gelegenheit bat, bei der sie ihren Mann lebend gesehen hatte. Der Untersuchungsrichter geleitete Mrs. Manderson mit einer Anteilnahme durch ihre Aussage, die wohl jeder der dunklen Leidensgestalt entgegenbrachte. Bevor sie zu sprechen begann, schlug sie ihren dichten Schleier zurück, und die ungewöhnliche Blässe und ungebrochene Haltung der Dame hinterließen einen einzigartigen Eindruck. Es war kein Eindruck von Härte. Interessante Weiblichkeit war die erste Empfindung, die man in ihrer Gegenwart verspürte. Sie wirkte nicht einmal rätselhaft. Es war nur klar, daß hier die Kraft eines machtvollen Charakters am Werk war, um die durch ihre Situation hervorgerufenen Emotionen zu bändigen. Ein- oder zweimal führte sie während ihrer Aussage das Taschentuch an die Augen, doch ihre Stimme blieb klar und gleichmäßig bis zum Schluß.

Ihr Mann, so sagte sie, sei Sonntag nacht etwa zu seiner üblichen Schlafenszeit in sein Zimmer heraufgekommen. Sein Schlafzimmer sei eigentlich ein Ankleidezimmer, das zu ihrem eigenen gehöre, und durch eine Tür mit diesem verbunden, die normalerweise nachts offen bleibe. Beide, Ankleidezimmer und Schlafzimmer, seien durch weitere Türen vom Flur her zugänglich. Ihr Mann habe stets Wert auf größtmögliche Schlichtheit in der Ausstattung seines Schlafzimmers gelegt und gern in einem kleinen Raum geschlafen. Sie sei nicht wach gewesen, als er kam, doch sei sie wie meist durch das Knipsen des Lichtschalters im Nebenzimmer halb aufgewacht. Sie habe mit ihm gesprochen. Was sie gesagt habe, wisse sie nicht mehr genau, da sie zu dem Zeitpunkt sehr schläfrig gewesen sei; doch ihr sei eingefallen, daß er eine Mondscheinfahrt unternommen hatte und sie glaubte, ihn gefragt zu haben, ob es schön gewesen sei und wie spät es sei. Nach der Uhrzeit habe sie aus dem Gefühl heraus gefragt, erst kurze Zeit geschlafen zu haben und da sie erwartet habe, ihr Mann komme erst später zurück. Er habe ihr geantwortet, es sei halb zwölf, und er habe doch keine Lust zu der Ausfahrt gehabt.

»Sagte er auch, weshalb?« wollte der Untersuchungsrichter wissen.

»Ja«, antwortete Mrs. Manderson, »er erklärte, weshalb. Ich erinnere mich gut daran, weil –« sie hielt inne und schien etwas verwirrt.

»Weil –« drängte der Richter sanft.

»Weil mein Mann in der Regel nicht sehr gesprächig war, wenn es um geschäftliche Angelegenheiten ging«, sagte die Zeugin und hob in einer leisen Andeutung von Trotz das Kinn. »Er glaubte nicht – er glaubte nicht, daß es mich interessieren könnte und sprach im allgemeinen so wenig wie möglich darüber. Deshalb war ich ziemlich überrascht, als er mir sagte, er habe Mr. Marlowe nach Southampton geschickt, um wichtige Informationen von einem Mann einzuholen, der am nächsten Tag nach Paris fahre. Er meinte, Mr. Marlowe könne es gut schaffen, sofern er keinen Unfall habe. Er sagte, er sei ein Stück im Wagen mitgefahren und dann gut anderthalb Kilometer zu Fuß zurückgegangen, und er habe sich danach viel besser gefühlt.«

»Hat er noch etwas gesagt?«

»Nichts, soweit ich mich erinnere«, erwiderte die Zeugin. »Ich war sehr verschlafen und schlief nach einigen Minuten wieder ein. Ich weiß nur noch, daß mein Mann das Licht bei sich ausknipste, und das ist alles. Ich habe ihn nicht mehr lebend wiedergesehen.«

»Und Sie haben während der Nacht nichts gehört?«

»Nein. Ich bin nicht vor dem nächsten Morgen aufgewacht, als meine Zofe mir um sieben den Tee brachte. Sie schloß die Tür zum Zimmer meines Mannes wie sie es immer tat, und ich nahm an, er sei noch im Bett. Er brauchte immer viel Schlaf. Manchmal schlief er bis weit in den Vormittag. Ich frühstückte in meinem eigenen Wohnraum. Es war ungefähr zehn Uhr, als ich hörte, daß man die Leiche meines Mannes gefunden hatte.« Die Zeugin ließ den Kopf sinken und wartete schweigend, daß man sie entließ.

Aber es war noch nicht soweit.

»Mrs. Manderson«, die Stimme des Untersuchungsrichters war voller Mitgefühl, aber ein entschlossener Unterton schwang nun darin mit. »Die Frage, die ich Ihnen stellen werde, muß unter diesen traurigen Umständen schmerzlich für Sie sein; aber es ist meine Pflicht, sie zu stellen. Stimmt es, daß die Beziehung zwischen Ihnen und Ihrem verstorbenen Mann seit einiger Zeit nicht mehr von gegenseitiger Zuneigung und Vertrauen bestimmt wurde? Stimmt es, daß zwischen Ihnen eine Entfremdung eingetreten war?«

Die Dame richtete sich wieder auf und sah den Fragesteller an, das Blut stieg ihr in die Wangen. »Wenn diese Frage notwendig ist«, sagte sie mit kühler Klarheit, »dann werde ich sie beantworten, damit es keine Mißverständnisse gibt. In den letzten Monaten hat das Verhalten meines Mannes mir gegenüber mich mit großer Sorge und Unruhe erfüllt. Er hatte sich verändert, war sehr zurückhaltend geworden und schien voller Mißtrauen. Ich sah ihn viel seltener; er schien das Alleinsein vorzuziehen. Ich habe keinerlei Erklärung für diesen Wandel. Ich versuchte dem entgegenzuwirken; ich glaubte, alles zu tun, was ich mit Rücksicht auf meine Würde tun konnte. Doch es stand etwas zwischen uns, ich wußte nicht, was, und er hat es mir nie gesagt. Mein eigener hartnäckiger Stolz hinderte mich daran, eine direkte Aussprache herbeizuführen, um den Grund zu erfahren; ich bemühte mich lediglich, ihm gegenüber so zu sein wie immer, soweit er das zuließ. Nun werde ich wahrscheinlich nie erfahren, was es war.« Die Zeugin, deren Stimme trotz ihrer Selbstbeherrschung bei den letzten Sätzen geschwankt hatte, zog ihren Schleier herunter und blieb aufrecht und schweigend stehen.

Einer der Geschworenen fragte, nicht ohne offensichtliches Zögern: »Dann hat's also nie so was wie – sagen wir mal – Wortwechsel bei Ihnen und Ihrem Mann gegeben, Ma'am?«

»Niemals.« Das Wort kam tonlos heraus; doch jedermann wurde klar, daß die irrige Annahme, derartiges Benehmen könne zu den Verhaltensweisen einer Frau wie Mrs. Manderson zählen, auf heftigen Unmut gestoßen war.

Waren ihr, wollte der Untersuchungsrichter wissen, irgendwelche anderen Dinge bekannt, die ihrem Mann in letzter Zeit womöglich auf der Seele gelastet hatten?

Mrs. Manderson konnte sich nichts dergleichen vorstellen. Der Vorsitzende gab zu verstehen, die Tortur sei damit beendet, und die verschleierte Dame ging zur Tür. Die allgemeine Aufmerksamkeit folgte ihr einige Augenblicke, richtete sich jedoch dann gespannt auf Martin, der als nächster in den Zeugenstand gerufen wurde.

In diesem Moment erschien Trent in der Tür und bahnte sich einen Weg in den Saal. Er sah aber nicht Martin an. Er verfolgte die wohlausgewogene Gestalt, die durch eine sich öffnende Gasse in der Menge rasch auf ihn zukam, und sein Blick war düster. Während er mit einer leichten Verbeugung die Tür freigab, hörte er, wie Mrs. Manderson ihn leise ansprach und zuckte zusammen. Er folgte ihr ein oder zwei Schritte in die Eingangshalle.

»Ich wollte Sie fragen«, sagte sie mit einer jetzt schwachen und seltsam gebrochenen Stimme, »ob Sie mir ein Stück weit Ihren Arm leihen würden. Meinen Onkel konnte ich in der Nähe der Tür nicht entdecken, und ich habe das Gefühl, ich werde gleich ohnmächtig... an der frischen Luft wird mir sicher besser... Nein, nein; ich kann hier nicht bleiben – bitte, Mr. Trent!« flehte sie, als er zu einem naheliegenden Vorschlag ansetzte. »Ich muß nach Hause.« Ihre Hand umklammerte kurz seinen Arm, als könne sie ihn trotz all ihrer Schwäche von diesem Ort wegziehen; dann lehnte sie sich wieder schwer darauf, und mit dieser Unterstützung und gesenktem Kopf schritt sie langsam aus dem Hotel, den von Eichen beschatteten Weg entlang, auf ›White Gables‹ zu.

Trent ging schweigend neben ihr, seine Gedanken wirbelten und tanzten wild zu einem Chor aus »Narr! Narr!« All das, was allein er wußte, all das, was er bei dieser Geschichte argwöhnte und vermutete, raste in chaotischem Gedränge durch seinen Kopf; doch die Berührung ihrer kraftlosen Hand auf seinem Arm war ihm jede Sekunde bewußt und erfüllte ihn mit einem Jubel, der ihn gleichzeitig erzürnte und befremdete. Hinter einer Maske aus konventioneller Besorgnis verfluchte er sich auch dann noch auf's Heftigste, als er die Dame zum Haus geleitet und gesehen hatte, wie sie sich auf eine Couch im Damenzimmer sinken ließ. Indem sie ihren Schleier zurückschlug, dankte sie ihm ernst und mit einem Ausdruck tiefer Aufrichtigkeit in den Augen. Sie fühle sich schon viel besser, sagte sie, und eine Tasse Tee würde jetzt Wunder wirken. Sie hoffe, ihn nicht von wichtigen Dingen abgehalten zu haben. Und sie schäme sich; sie habe gedacht, sie könne es durchstehen, doch jene letzten Fragen habe sie nicht erwartet. »Ich bin froh, daß Sie mich nicht gehört haben«, meinte sie, nachdem sie ihn ins Bild gesetzt hatte. »Aber natürlich werden Sie alles in den Zeitungen lesen. Es hat mich ziemlich aufgewühlt, darüber sprechen zu müssen«, fügte sie schlicht hinzu, »und die Anstrengung, mir keine Blöße zu geben, hat mich dann restlos erledigt. Und dann zu allem noch diese stierenden Männer an der Tür! Dank Ihnen nochmals, daß Sie mir geholfen haben, als ich Sie darum bat... ich hatte das Gefühl, das könne ich«, meinte sie unvermittelt und mit einem müden kleinen Lächeln; und Trent machte, daß er fortkam; seine Hand bebte noch von der Berührung ihrer kühlen Finger.

Die Zeugenaussagen der Dienerschaft und des Mannes, der die Leiche gefunden hatte, spülten nichts Neues in die Netze der Reporter. Das der Polizei erwies sich als so farblos und löchrig wie meist in diesem Stadium eines Verfahrens. Zu Mr. Bunners größter Befriedigung war seine Aussage die Sensation des Tages und drängte die interessanten Enthüllungen der Ehefrau des Toten über die häuslichen Schwierigkeiten in den Hintergrund. Im Wesentlichen sagte er dem Gericht, was er Trent bereits erzählt hatte. Nicht ein Wort von der Geschichte des jungen Amerikaners ließen die fliegenden Bleistifte aus, und beinah ungekürzt erschien sie in allen wichtigen Zeitungen Großbritanniens und der Vereinigten Staaten.

Die öffentliche Meinung nahm keine Notiz von einer leisen Andeutung der Möglichkeit des Selbstmordes, die der Untersuchungsrichter in Anbetracht der Aussage der Ehefrau beim Schlußwort an die Geschworenen für richtig befunden hatte. Das Gewicht der Aussagen, so betonte er allerdings, sprach gegen eine solche Theorie. Und mit Nachdruck hatte er auf die Tatsache hingewiesen, daß bei der Leiche keine Waffe gefunden worden war.

»Diese Frage, meine Herren, ist natürlich von überragender Wichtigkeit«, hatte er den Geschworenen erklärt. »Sie ist in der Tat der Hauptpunkt, mit dem Sie sich zu befassen haben. Die Leiche haben Sie selbst gesehen. Und Sie haben soeben das Gutachten des medizinischen Sachverständigen gehört; aber ich denke, es könnte nicht schaden, wenn ich Ihnen zur Gedächtnisauffrischung meine Notizen vorlese, soweit sie sich auf diesen Punkt beziehen. Dr. Stock hat Ihnen gesagt – ich werde die medizinischen Fachausdrücke meiden und Ihnen lediglich seine Aussage in schlichtem Englisch wiederholen – der Tod sei seiner Ansicht nach sechs oder acht Stunden vor Auffinden der Leiche eingetreten. Weiterhin, Todesursache sei eine Schußwunde, wobei die Kugel durchs linke Auge eintrat, dieses zerstörte und ihren Weg zur Schädelbasis nahm, welche ebenfalls zerschmettert wurde. Das äußere Erscheinungsbild der ersten Verletzung, so führte er aus, unterstütze insofern nicht die Hypothese der Selbsttötung, als es keine Anzeichen dafür gab, daß die Schußwaffe gegen das Auge gepreßt oder auch nur in seiner unmittelbaren Nähe abgefeuert wurde; gleichzeitig, so hörten wir, sei es jedoch physisch nicht unmöglich, daß der Verstorbene die Waffe aus geringer Entfernung vom Auge eigenhändig abgefeuert habe. Dr. Stock erklärte weiterhin, aus dem Zustand der Leiche sei nicht mit Sicherheit zu erkennen, ob zum Zeitpunkt des Todes ein Kampf stattgefunden habe; die Leiche sei seines Wissens zwischen dem Auffinden und seiner Untersuchung nicht angerührt worden und habe in einer zusammengesunkenen Stellung dagelegen, wie sie durchaus als Folge einer Schußverletzung zustande kommen könne; ferner seien die Kratzer und Prellungen an Handgelenken und Unterarmen erst kürzlich entstanden und seiner Ansicht nach Zeichen von Gewaltanwendung.

Im Zusammenhang damit kann, denke ich, der bemerkenswerten Aussage Mr. Bunners die Bedeutung nicht abgesprochen werden. Es mag einige von Ihnen überrascht haben, daß Risiken der Art, wie sie der Zeuge geschildert hat, in seinem Heimatland von Personen in der Position des Verstorbenen üblicherweise auf sich genommen werden. Andererseits hat mancher von Ihnen vielleicht schon davon gehört, daß die Unzufriedenheit unter der Industriearbeiterschaft Amerikas gelegentlich in einer Art und Weise ausufert, wie wir sie hier in England glücklicherweise nicht kennen. Ich habe den Zeugen zu diesem Punkt ziemlich ausführlich befragt. Gleichzeitig, meine Herren, soll das durchaus nicht heißen, daß ich Mr. Bunners persönliche Mutmaßungen, die Todesursache betreffend, für geeignet halte, von Ihnen bedenkenlos übernommen zu werden. Das ist entschieden nicht der Fall. Seine Aussage wirft jedoch zwei Fragen auf, die Sie bedenken sollten. Erstens: könnte man sagen, der Verstorbene sei in jeder Hinsicht ein Gefährdeter gewesen – ein Mann, der der Gefahr eines Mordanschlages eher ausgesetzt war als ein normaler Mensch? Zweitens: berechtigt der kürzliche Wandel in seinem Verhalten, wie seine Frau ihn schildert, zu der Annahme, seine letzten Tage seien von tiefer Angst überschattet gewesen?

Diese beiden Fragen können Sie, zusammen mit den übrigen Punkten der Beweisaufnahme, rechtmäßigerweise in Ihre Überlegungen zur Urteilsfindung mit einbeziehen.«

Daraufhin bat der Untersuchungsrichter, nachdem er seiner Meinung, Mr. Bunner habe den richtigen Nagel auf den Kopf getroffen, solcherart klar Ausdruck verliehen hatte, die Geschworenen um ihren Spruch.

Eine heiße Spur

»Herein«, rief Trent.

Mr. Cupples betrat den Wohnraum der Hotelsuite. Es war der Abend des Tages, an dem die Geschworenen, ohne ihre Plätze zu verlassen, die erwartete Anklage gegen Unbekannt erhoben hatten. Trent sah hastig hoch und beugte sich dann erneut über eine emaillierte Entwicklerschale, um das, was darin lag, weiter eingehend zu betrachten und im durchs Fenster einfallenden Licht langsam zu schwenken. Er sah sehr blaß aus, und seine Bewegungen wirkten nervös.

»Setz dich aufs Sofa«, riet er Mr. Cupples. »Die Stühle sind ein Gelegenheitskauf und stammen aus der Zeit kurz nach Unterdrückung der spanischen Inquisition. Ein wirklich gutes Negativ ist das«, fuhr er fort, indem er es gegen das Licht hielt und den Kopf dabei kritisch schieflegte. »Genug gewässert, denke ich. Dann wollen wir's mal trocknen lassen und die Unordnung beseitigen.«

Während Trent geschäftig eine Ansammlung von Schalen, Geschirr, Ständern, Schachteln und Flaschen vom Tisch räumte, nahm Mr. Cupples erst eines, dann ein anderes der Objekte in die Hand und betrachtete sie mit unschuldsvoller Neugier.

»Das ist ein Fixiersalzlöser«, erklärte Trent, als Mr. Cupples eine der Flaschen entkorkte und daran roch. »Sehr nützlich, wenn man es mit einem Negativ eilig hat. Ich würde trotzdem nicht davon trinken. Es löst Natriumhypophosphat, aber es würde mich nicht wundern, wenn es auch menschliche Wesen auflöste.« Er fand für die letzten Überreste ein Plätzchen auf dem überfüllten Kaminsims und setzte sich vor Mr. Cupples an den Tisch. »Das Grandiose an so einem Hotelzimmer ist, daß einen keinerlei Schönheit von der Arbeit ablenkt. Es ist einfach kein Ort, um seine Seele baumeln zu lassen. Bist du schon mal hier drin gewesen, Cupples? Ich ja, Hunderte von Malen. Dieses Zimmer verfolgt mich seit Jahren quer durch ganz England. Ich käme mir richtig verloren vor, sollte mir in irgendeinem phantastischen Hotel weitab mal ein anderes zugewiesen werden. Schau dir diese Tischdecke an; die Tintenspritzer sind draufgekommen, als ich dies Zimmer in Halifax hatte. Das Loch im Teppich habe ich reingebrannt, als ich eben diesen Raum in Ipswich bewohnte. Wie ich sehe, hat man immerhin die Verglasung des Gemäldes ›Silbermond am Waldesrand‹ ersetzt, die in Banbury Opfer meines linken Stiefels wurde. Ich kann hier am besten arbeiten. Heute Nachmittag zum Beispiel, nach der Verhandlung, habe ich verschiedene ausgezeichnete Negative entwickelt. Unten ist eine sehr gute Dunkelkammer.«

»Die Verhandlung – dabei fällt mir ein«, sagte Mr. Cupples, der wußte, daß Trent solche Reden im Eifer des Gefechts oft führte und sich fragte, was er wohl vorhatte; »ich bin gekommen, um dir zu danken, mein guter Junge, daß du dich heute vormittag um Mabel gekümmert hast. Ich hatte keine Ahnung, daß sie sich, wie sie sagte, schlecht fühlte; sie schien ziemlich gefaßt, und eigentlich ist sie eine Frau mit so außerordentlicher Selbstbeherrschung, daß ich glaubte, sie sich selbst überlassen und die Beweisaufnahme bis zum Schluß verfolgen zu können, was ich für wichtig hielt. Ein Glücksfall, daß sie einen Freund fand, der ihr beistand, sie ist äußerst dankbar dafür. Inzwischen ist sie wieder ganz sie selbst.«

Trent, die Hände in den Taschen und die Stirn leicht gerunzelt, sagte dazu nichts. »Weißt du was«, meinte er nach einer kurzen Pause, »ich war gerade dabei, zum wirklich interessanten Teil der Sache zu kommen, als du klopftest. Komm, möchtest du ein bißchen hochklassige Polizeiarbeit sehen? Genau das sollte der gute Murch in diesem Augenblick tun. Vielleicht tut er es; ich hoffe aber in drei Teufels Namen nicht.« Er sprang auf und verschwand in seinem Schlafzimmer. Gleich darauf kam er mit einem großen Zeichenbrett wieder, auf dem eine Anzahl verschiedenartigster Gegenstände angeordnet war.

»Zuerst muß ich dich mit diesen kleinen Sachen hier bekanntmachen«, sagte er und legte sie auf dem Tisch aus. »Hier haben wir ein großes, elfenbeinernes Papiermesser; hier zwei Seiten aus einem Kalender – meinem eigenen übrigens; das da ist eine Flasche mit Zahnputzmittel; und hier ein kleines Kästchen aus poliertem Walnußholz. Einige dieser Dinge müssen noch heute dahin zurückgebracht werden, wo sie hingehören, nämlich in ein Schlafzimmer in ›White Gables‹. So einer bin ich – nichts kann mich aufhalten. Ich habe sie heute vormittag ausgeliehen, als alle bei der Verhandlung waren, und ich möchte wetten, einige Leute fänden dies Vorgehen ziemlich merkwürdig, wenn sie davon wüßten. Jetzt bleibt noch ein Gegenstand. Kannst du mir, ohne ihn anzufassen, sagen, was es ist?«

»Gewiß kann ich das«, sagte Mr. Cupples und betrachtete das Ding mit größtem Interesse. »Es ist eine gewöhnliche Glasschale. Sieht aus wie ein Fingerschälchen. Ich sehe nichts Bemerkenswertes daran«, setzte er nach einigen Augenblicken genauester Prüfung hinzu.

»Ich selbst sehe auch nichts weiter«, erwiderte Trent, »und genau da fängt der Spaß an. Nimm mal diese kleine runde Flasche, Cupples, und zieh den Korken raus. Erkennst du den Puder darin? Ich nehme an, du hast schon einige Pfunde davon geschluckt im Lauf der Zeit. Man benutzt ihn für Babies. Kinderpuder nennt man ihn für gewöhnlich – Quecksilber und Kalk. Tolles Zeug. Und nun, während ich die Schale schräg über ein Blatt Papier halte, schütte du bitte etwas Puder aus der Flasche über diesen Teil hier – genau hier... Ausgezeichnet! Sir Edward Henry persönlich hätte nicht besser damit umgehen können. Du hast das schon öfter gemacht, Cupples, das sehe ich. Du bist ein alter Hase.«

»Ganz und gar nicht«, entgegnete Mr. Cupples ernsthaft,

während Trent verstreuten Puder in die Flasche zurückschüttete. »Ich versichere dir, die ganze Sache ist mir völlig rätselhaft. Was hast du denn gemacht?«

»Paß auf, ich bürste den überpuderten Teil der Schale leicht mit dieser Kamelhaarbürste ab. Und nun schau noch einmal hin. Du hast vorher nichts Bemerkenswertes gesehen. Siehst du jetzt etwas?«

Mr. Cupples tat wie geheißen. »Höchst eigenartig!« sagte er. »Ja, da sind zwei große Fingerabdrücke auf der Schale. Sie waren vorhin nicht da.«

»Ich bin Adlerauge der Große«, bemerkte Trent. »Würde es dich interessieren, einen kleinen Vortrag über das Thema gläserne Fingerschalen zu hören? Wenn du eine in die Hand nimmst, hinterläßt du darauf Spuren, die dort Tage oder Monate bleiben können und gewöhnlich so gut wie unsichtbar sind. Mit anderen Worten, du hinterläßt Fingerabdrücke. Die menschliche Hand ist, selbst wenn sie ziemlich sauber ist, niemals ganz trocken, und manchmal, Cupples – in Augenblicken großer Angst zum Beispiel – ist sie in der Tat sehr feucht. Sie hinterläßt dann Abdrücke auf jeder glatten, kühlen Oberfläche, mit der sie in Berührung kommt. Diese Schale wurde vor noch nicht allzu langer Zeit mit ziemlich feuchten Fingern angefaßt.« Er verteilte erneut Puder. »Hier, auf der anderen Seite, siehst du, ist der Daumenabdruck – allesamt sehr gute Abdrücke.« Er sprach, ohne seine Stimme zu heben, doch Mr. Cupples konnte spüren, daß er vor Erregung brannte, als er auf die schwachen grauen Spuren starrte. »Dies hier müßte der Zeigefinger sein. Einem Mann deiner Allgemeinbildung muß ich nicht erst sagen, daß sein Muster aus einem einzigen, spiralförmigen Wirbel mit symmetrisch angeordneten Tastlinien besteht. Das hier, der Abdruck des Mittelfingers, ist eine einfache Schleife mit einem Hauptkern und fünfzehn Bogen. Ich weiß, daß es fünfzehn sind, weil auf diesem Negativ hier, das ich bis ins Detail studiert habe, genau dieselben beiden Abdrücke zu sehen sind. Schau her!« – er hielt eines der Negative ans Licht der untergehenden Sonne und zeigte mit der Spitze des Bleistifts darauf. »Man kann erkennen, daß es dieselben sind. Du siehst die Gabelung dieser Furche. Da ist sie auf dem anderen Abdruck. Und kannst du diese kleine Narbe hier fast im Zentrum erkennen? Da hast du sie auf dem anderen. Es gibt eine Anzahl charakteristischer Linienmerkmale, auf Grund derer ein Experte im Zeugenstand schwören würde, daß die Abdrücke auf der Glasschale und die auf meinem Negativ von derselben Hand stammen.«

»Und wo hast du das aufgenommen? Was soll das alles heißen?« fragte Mr. Cupples mit großen Augen.

»Ich fand sie auf der Innenseite des linken Fensterflügels am Frontfenster in Mrs. Mandersons Schlafzimmer. Da ich das Fenster nicht mitnehmen konnte, habe ich es photographiert, indem ich ein Stück dunkles Papier zu dem Zweck auf die Rückseite der Scheibe heftete. Die Schale stammt aus Mandersons Zimmer. Es ist die, in der nachts seine falschen Zähne lagen. Die Schale konnte ich mitnehmen, also tat ich es.«

»Aber das können nicht Mabels Fingerabdrücke sein.«

»Das möchte ich auch annehmen«, meinte Trent mit Entschiedenheit. »Sie sind doppelt so groß wie jeder Abdruck, den Mrs. Manderson hinterlassen könnte.«

»Dann müssen sie von ihrem Mann stammen.«

»Vielleicht. Wollen wir jetzt mal sehen, ob wir sie noch ein zweites Mal zur Übereinstimmung bringen? Ich denke, ja.« Leise pfeifend und sehr weiß im Gesicht, öffnete Trent ein anderes, gedrungenes Fläschchen, das ein tiefschwarzes Pulver enthielt. »Lampenruß«, erklärte er. »Halt mal ein oder zwei Sekunden ein Stück Papier in der Hand, dann zeigt dir dieses kleine Kerlchen das Muster deiner Finger.« Mit einer Pinzette nahm er behutsam eines der beiden Kalenderblätter auf und reichte es dem anderen zur Inspektion. Keine Abdrücke waren zu sehen. Er schüttete etwas von dem Pulver auf die Oberfläche des Papiers, dann drehte er das Blatt um und bestäubte auch die andere Seite, wonach er das Papier sanft schwenkte, um das lose Pulver abzuschütteln. Schweigend hielt er es schließlich Mr. Cupples hin. Auf der einen Seite erschienen unverkennbar und deutlich in Schwarz dieselben beiden Fingerabdrücke, die er schon auf der Schale und dem Negativ gesehen hatte. Er nahm die Schale hoch und verglich sie. Trent drehte das Blatt Papier um, und auf der Rückseite war das dicke schwarze Ebenbild des Daumenabdrucks von dem Glasgefäß in seiner Hand zu erkennen.

»Derselbe Mann, verstehst du«, sagte Trent mit einem kurzen Lachen. »Ich hatte es geahnt, und jetzt weiß ich es.« Er trat ans Fenster und schaute hinaus. »Jetzt weiß ich es«, wiederholte er leise, wie zu sich selbst. Sein Ton war bitter. Mr. Cupples verstand nichts und starrte ein paar Augenblicke lang auf den bewegungslosen Rücken.

»Ich tappe immer noch völlig im dunkeln«, sagte er kurz darauf. »Von dieser Sache mit den Fingerabdrücken habe ich oft gehört und mich gefragt, wie die Polizei das wohl macht. Das Ganze interessiert mich außerordentlich, ich kann aber beim besten Willen nicht sehen, wie in diesem Fall Mandersons Fingerabdrücke –«

»Es tut mir sehr leid, Cupples«, unterbrach Trent dessen Betrachtung und wandte sich rasch dem Tisch zu. »Als ich diese Ermittlungen aufnahm, hatte ich vor, dich an jedem Schritt teilhaben zu lassen. Denk bitte nicht, ich hätte irgendwelche Zweifel, was deine Diskretion angeht, wenn ich jetzt sage, daß ich über die ganze Sache Stillschweigen bewahren muß, zumindest eine Zeitlang. Nur soviel: ich bin auf eine Tatsache gestoßen, die allzu sehr danach aussieht, als habe sie sehr schmerzliche Konsequenzen, wenn noch jemand davon erfährt.« Er sah seinen Freund mit verdüstertem, hartem Gesicht an und schlug mit der Hand auf den Tisch. »Für mich ist es hier und jetzt schrecklich. Bis zu diesem Augenblick hoffte ich verzweifelt, das Ganze würde sich als Irrtum erweisen. Ich kann mich immer noch in der Annahme täuschen, die auf besagter Tatsache basiert. Das herauszufinden gibt es nur einen Weg, und ich muß alle Kraft zusammennehmen, ihn zu gehen.« Er lächelte plötzlich über Mr. Cupples bestürztes Gesicht. »Gut, gut – ich werde nicht länger Tragödie spielen, und ich erzähle dir alles, sobald ich kann. Weißt du was, das Spielchen mit den Pulverflaschen ist noch nicht mal halb fertig gespielt.«

Er zog einen der geschmähten Stunle an den Tisch und setzte sich, um die breite Elfenbeinklinge des Papiermessers zu testen. Mr. Cupples schluckte seine Verwunderung hinunter, beugte sich mit dem Ausdruck größten Interesses vor, und reichte Trent das Fläschchen mit Lampenruß.

Die Frau des Reichen

Mrs. Manderson stand am Fenster ihres Wohnzimmers in ›White Gables‹ und blickte auf die bewegte Landschaft aus Sprühregen und Dunst hinaus. Das Wetter hatte umgeschlagen, was um diese Zeit im Juni selten vorkommt. Weiße Schwaden drifteten von der trüben See über die Felder herauf; der Himmel hatte sich in ein einheitliches Trauergrau gehüllt und versprühte nadelspitzenfein Feuchtigkeit, die hin und wieder unter verzweifeltem Rauschen gegen die Fensterscheiben trieb. Die Dame schaute mit kummervollem Gesicht in die trübe und abweisende Landschaft. Ein schlimmer Tag für eine trauernde, einsame Frau ohne Lebensinhalt.

Es klopfte, und sie rief: »Herein«, dabei gab sie sich unbewußt einen Ruck, was sie immer dann tat, wenn sie merkte, daß Überdruß an der Welt sie zu übermannen drohte. Mr. Trent sei da, sagte das Mädchen; er bitte sein frühes Kommen zu entschuldigen, doch hoffe er, Mrs. Manderson werde ihn in einer dringenden Angelegenheit empfangen. Mrs. Manderson war bereit, Mr. Trent zu empfangen. Sie ging zu einem Spiegel, betrachtete das olivfarbene Gesicht darin, schüttelte mit einer raschen Grimasse den Kopf über sich selbst und wandte sich, als Trent hereingeführt wurde, der Tür zu.

Sein Erscheinungsbild, so bemerkte sie, war verändert. Auf seinem Gesicht lag der erschöpfte Ausdruck der Schlaflosen, und das leichte Lächeln beständiger guter Laune war einer neuen, zurückhaltenden Miene gewichen, aus der sie mit ihrer raschen Einfühlungsgabe Ungünstiges las.

»Darf ich gleich zur Sache kommen?« sagte er, nachdem sie ihm die Hand gegeben hatte. »Ich müßte eigentlich einen Zug erreichen, der um zwölf Uhr von Bishopsbridge fährt; doch bevor ich diese Sache erledigt habe, die nur Sie angeht, Mrs. Manderson, kann ich nicht fort. Ich habe die halbe Nacht gearbeitet, den Rest nachgedacht; und ich weiß jetzt, was ich tun müßte.«

»Sie sehen erbärmlich müde aus«, meinte sie freundlich. »Wollen Sie sich nicht setzen? Das hier ist ein sehr bequemer Stuhl. Natürlich geht es um diese scheußliche Geschichte und Ihre Arbeit als Berichterstatter. Fragen Sie mich bitte alles, worüber ich Ihnen Ihrer Meinung nach gebührend Auskunft geben könnte, Mr. Trent. Ich weiß, Sie werden es mir nicht schwerer machen, als es Ihre Pflichten hier erfordern. Wenn Sie also sagen, Sie müssen mich aus irgendeinem Grunde sprechen, so bin ich sicher, daß es unumgänglich ist.«

»Mrs. Manderson«, sagte Trent langsam, seine Worte abwägend, »ich werde es Ihnen nicht schwerer machen als nötig, soweit dies in meiner Macht steht. Doch ich muß es Ihnen schwer machen – nur unter uns, so hoffe ich. Und ob Sie mir gebührend Auskunft geben können, darüber entscheiden Sie selbst; aber ich gebe Ihnen mein Ehrenwort: ich werde Sie nur insoweit fragen, als es meine Entscheidung betrifft, bestimmte, schwerwiegende Fakten, die ich im Zusammenhang mit dem Tod Ihres Mannes herausgefunden habe, zu veröffentlichen oder zurückzuhalten. Dinge, die niemand sonst vermutet, noch, so glaube ich, vermuten wird. Was ich entdeckt – ja, meiner Ansicht nach praktisch bewiesen habe – wird für Sie auf jeden Fall ein großer Schock sein. Aber es könnte noch schlimmer sein; und wenn Sie mir Grund zur Annahme geben, daß es so ist, dann werde ich dieses Manuskript hier zurückhalten«, damit legte er einen langen Umschlag auf das Tischchen neben sich, »und nichts von dem, was darin steht, wird je gedruckt. Es enthält, wenn ich Ihnen das sagen darf, eine kurze, private Mitteilung an meinen Chefredakteur, gefolgt von einem langen Bericht zur Veröffentlichung im *Record*. Sie können sich jetzt weigern, überhaupt etwas dazu zu sagen. Wenn Sie das tun, so bin ich meiner Meinung nach meinem Auftraggeber gegenüber verpflichtet, dies heute nach London zu bringen und beim Chefredakteur des *Record* abzuliefern, damit er es nach seinem Dafürhalten verwendet. Aus meiner Sicht, das werden Sie einsehen, steht es mir nicht an, den Inhalt nur aufgrund einer entfernten Möglichkeit, die sich meiner Phantasie darstellt, zu unterdrücken. Sollte ich aber aus Ihrer Reaktion schließen – und nur daraus kann ich es – daß die Möglichkeit, von der ich sprach, fundiert ist, so gibt es für mich als Gentleman und als« – er zögerte auf der Suche nach einer passenden Formulierung – »jemand, der Ihnen wohl gesinnt ist, nur eines. Ich werde diesen Bericht nicht veröffentlichen. In mancher Hinsicht lehne ich es ab, der Polizei zu helfen. Sind Sie mir so weit gefolgt?« fragte er mit einer Spur von Besorgnis in seiner bemühten Kälte; denn ihrem Gesicht war bis auf die Blässe nichts anzusehen, während sie ihn, die Hände vor sich gefaltet und die Schultern in einer Pose steinerner Ruhe zurückgenommen, betrachtete. Sie sah genauso aus wie bei der Verhandlung.

»Ich verstehe sehr gut«, sagte Mrs. Manderson leise. Sie holte tief Luft und fuhr fort: »Ich weiß nicht, was Sie für schreckliche Dinge herausgefunden haben oder welches die Möglichkeiten sein könnten, die Sie erwägen, aber es war gut, es war ehrenwert von Ihnen, deshalb zu mir zu kommen. Würden Sie sich jetzt bitte erklären?«

»Das kann ich nicht«, erwiderte Trent. »Das Geheimnis gehört, wenn nicht Ihnen, dann meiner Zeitung. Stelle ich fest, daß es Ihres ist, sollen Sie mein Manuskript haben, um es zu lesen oder zu vernichten. Glauben Sie mir«, stieß er mit etwas von seiner alten Wärme hervor, »ich verabscheue solche Geheimniskrämerei aus tiefster Seele, aber ich habe das Geheimnis nicht gemacht. Dies ist die peinvollste Stunde meines Lebens, und Sie machen alles noch schlimmer, indem Sie mich nicht wie einen Hund behandeln. Zuerst möchte ich Sie bitten, mir zu sagen«, mit Mühe fand er zu seinem ausdruckslosen Tonfall zurück, »ob es der Wahrheit entspricht, daß Sie, wie Sie bei der Verhandlung aussagten, nicht die geringste

Ahnung hatten, weshalb Ihr verstorbener Mann sein Verhalten Ihnen gegenüber änderte und in den letzten Monaten seines Lebens mißtrauisch und reserviert war.«

Mrs. Mandersons dunkle Brauen hoben sich und ihre Augen blitzten, rasch stand sie von ihrem Stuhl auf. Trent erhob sich gleichzeitig und nahm den Umschlag vom Tisch; aus seiner Haltung ging hervor, daß er die Unterredung für beendet hielt. Doch sie hob die Hand, und mit geröteten Wangen und atemloser Stimme sagte sie: »Ist Ihnen klar, was Sie mich da fragen, Mr. Trent? Sie fragen, ob ich einen Meineid geleistet habe.«

»Ich weiß«, erwiderte er unbewegt; und nach einer Pause fügte er hinzu: »Daß ich nicht gekommen bin, um höfliche Märchen aufrecht zu erhalten, Mrs. Manderson, wußten Sie doch. Die Theorie, unter Eid könne ein unbescholtener Mensch auf keinen Fall Teile der Wahrheit verschweigen, ist ein höfliches Märchen.« Er stand noch immer, als erwarte er Abweisung, doch sie schwieg. Sie trat ans Fenster, und er beobachtete unglücklich das leichte Beben ihrer Schultern, bis es endlich verebbte. Mit abgewandtem Gesicht, das trostlose Wetter draußen betrachtend, begann sie schließlich mit klarer Stimme zu sprechen.

»Mr. Trent«, sagte sie, »Sie wecken Vertrauen in Menschen, und ich habe das Gefühl, bei Ihnen sind Dinge gut aufgehoben, von denen ich nicht möchte, daß sie bekannt werden oder daß man darüber redet. Ich weiß auch, daß Sie einen sehr ernsten Grund für Ihr Vorgehen haben müssen, wenngleich ich ihn nicht kenne. Ich nehme an, es wäre auf gewisse Weise im Dienste der Gerechtigkeit, wenn ich Ihnen auf die eben gestellte Frage die Wahrheit sagte. Um diese Wahrheit zu verstehen, sollten Sie jedoch die Vorgeschichte kennen – ich meine über meine Ehe. Immerhin könnten Ihnen etliche Leute ebensogut sagen wie ich, daß es keine ... besonders glückliche Verbindung war. Ich war erst zwanzig. Ich bewunderte seine Kraft, seinen Mut, seine Sicherheit; er war der einzige starke Mann, den ich je gekannt hatte. Aber ich brauchte nicht sehr lange, um herauszufinden, daß ihm seine Geschäfte wichtiger waren als ich, und ich glaube sogar, schon vorher wurde mir klar, daß ich mir etwas vorgemacht, mich selbst getäuscht hatte, mir unmögliche Dinge versprochen und bewußt meine eigenen Gefühle mißdeutet hatte, weil ich von dem Gedanken geblendet war, mehr Geld zum Ausgeben zu haben, als ein englisches Mädchen sich je erträumt. Dafür verabscheue ich mich schon seit fünf Jahren. Die Gefühle meines Mannes für mich ... nun, darüber kann ich nicht sprechen ... was ich sagen will, ist, daß er daneben immer meinte, ich gehöre zu den Frauen, die einen großartigen Platz in der Gesellschaft einnehmen können, daß ich mich voller Begeisterung in dieses Leben hineinstürzen sollte, um zu einer Art Berühmtheit zu werden, die ihm Ehre einbrachte – das war seine Vorstellung; und diese Vorstellung erhielt er aufrecht, auch als andere Illusionen sich verflüchtigt hatten. Ich war ein Teil seines Ehrgeizes. Die wirklich bittere Enttäuschung für ihn bestand darin, daß ich als gesellschaftliches Aushängeschild versagt habe. Ich glaube, er war weitsichtig genug, um tief in seinem Inneren von Anfang an zu wissen, daß ein Mann wie er, zwanzig Jahre älter als ich, mit enormer Geschäftsverantwortung, die jede Stunde seines Lebens erfüllte, und ohne andere Interessen – ich meine, er muß geahnt haben, daß die Heirat mit einem Mädchen, das wie ich mit Musik und Büchern und unrealistischen Ideen aufgewachsen war, gewöhnt, sich auf ihre Weise zu vergnügen, das Risiko großen Unglücks barg. Aber er hatte tatsächlich darauf gesetzt, als seine Frau würde ich ihm und seiner Stellung in der Welt zur Ehre gereichen; und ich merkte, daß ich das nicht konnte.«

Mrs. Manderson war beim Erzählen in eine weitaus gefühlsbetontere Stimmung geraten, als sie Trent gegenüber bislang gezeigt hatte. Sie sprach freier, und ihre Stimme hatte begonnen zu klingen und einer natürlichen Ausdrucksfülle Raum zu geben, die bisher, so überlegte er, durch Schock und Selbstbeherrschung der letzten Tage gedämpft worden war. Gerade wandte sie sich vom Fenster ab und blickte ihm, als sie weitersprach, ins Gesicht; ihr schönes Antlitz war rosig und lebhaft, die Augen glänzten, ihre Hände bewegten sich in leichten, eindringlichen Gesten, während sie dem Impuls nachgab, lange Unterdrücktes in Worte zu fassen.

»Die Leute«, sagte sie. »Oh, diese Leute! Können Sie sich vorstellen, wie das für jemanden ist, der in einer Welt gelebt hat, wo immer kreative Arbeit im Hintergrund stand, Arbeit mit so etwas wie Würde, wo es Männer und Frauen gab, manche wohlhabend, manche ziemlich arm, mit Berufen oder künstlerischen Neigungen, denen sie nachgingen, mit Idealen und Dingen, an die sie glaubten oder über die sie stritten; können Sie sich vorstellen, was es heißt, aus dieser Welt heraus in eine andere zu geraten, in der man reich sein *muß*, schändlich reich, um überhaupt existieren zu können – wo Geld das einzige ist, was zählt, und das einzige, woran jeder denkt – wo die Männer, die die Millionen verdienen, so ausgelaugt sind von ihrer Arbeit, daß sie sich in ihrer Freizeit nur noch mit Sport beschäftigen können; und die Männer, die nicht arbeiten müssen, sind noch langweiliger als die anderen – und grausam dazu; und die Frauen dienen als Schaustücke und leben für dumme Vergnügungen und dumme Sittenlosigkeiten; können Sie ermessen, wie entsetzlich solch ein Leben ist? Natürlich weiß ich, daß es in diesen Kreisen auch kluge Leute und Leute mit Lebensart gibt, aber sie sind übersättigt und verwöhnt, und so kommt es am Ende auf dasselbe heraus; leer, leer! Oh! Ich übertreibe wahrscheinlich, und ich habe sicher Freunde gewonnen und auch glückliche Zeiten erlebt, aber trotzdem bleibt dieses Gefühl der Leere. Die Saison in New York und London – wie ich sie haßte! Und unsere Hausgesellschaften, und die Kreuzfahrten auf der Yacht, und alles andere – die gleichen Leute, die gleiche Leere.

Und Sie verstehen, nicht wahr, daß mein Mann von alldem nichts ahnen konnte. *Sein* Leben war niemals leer. Es spielte sich nicht in der Gesellschaft ab, und wenn, dann konnte er sich immer mit seinen geschäftlichen Plänen und Problemen beschäftigen. Er argwöhnte nicht im geringsten, was in mir vorging, und ich habe es ihn nie wissen lassen; das konnte ich nicht, es wäre mir ungerecht erschienen. Ich hatte das Gefühl, etwas tun zu müssen, um meine Rolle als seine Frau, die Stellung und Geld mit ihm teilte, zu rechtfertigen; und das einzige, was ich tun konnte, war der Versuch, und immer wieder der Versuch, seinen Vorstellungen über meine gesellschaftlichen Qualitäten zu entsprechen ... ich habe es versucht. Ich habe meine Rolle gespielt, so gut ich konnte. Und es wurde Jahr um Jahr schwerer ... ich war nie, was man eine beliebte Gastgeberin nennt, wie sollte ich auch? Ich war eine Versagerin; aber ich versuchte es weiter ... hin und wieder stahl ich mir Ferien. Und immer hatte ich das Gefühl, meine Seite des Vertrages nicht zu erfüllen – ich weiß, es klingt schrecklich, das so auszudrücken, aber so *war* es –, wenn ich eine meiner alten Schulfreundinnen, die sich Reisen nicht leisten konnte, für ein oder zwei Monate mit nach Italien nahm und wir ganz allein und auf die billigste Weise herumfuhren und dabei glücklich waren; oder wenn ich zu einem längeren Besuch bei guten alten Bekannten nach London fuhr und wir wie in alten Zeiten lebten, wo wir zweimal überlegen mußten, bevor wir uns Theaterkarten leisteten und uns gegenseitig billige Schneiderinnen empfahlen. Solche und ähnliche Unternehmungen gehörten nach meiner Heirat zu den schönsten Zeiten und halfen mir, alles andere zu überstehen. Aber ich spürte, es hätte meinem Mann gar nicht gefallen, zu wissen, wie sehr ich diese Rückkehr in mein altes Leben jede Stunde genoß.

Und schließlich bekam er es, trotz allem, was ich dagegen unternahm, heraus ... Ich glaube, er durchschaute alles, wenn er sich erst einmal damit beschäftigte. Er war stets in der Lage gewesen zu sehen, daß ich seinen Erwartungen als Persönlichkeit in der großen Gesellschaft nicht entsprach, und ich nehme an, er dachte, es sei eher mein Pech als mein Fehler. Aber als ihm – trotz meiner Heuchelei – langsam aufging, daß ich meine

Rolle ohne jegliche Überzeugung spielte, wußte er alles; er erkannte, wie sehr ich den Luxus und die Großartigkeit und die Berge von Geld verabscheute und ihrer überdrüssig war, einfach der Leute wegen, die damit lebten – die dadurch geprägt waren, nehme ich an. Das passierte im vorigen Jahr. Wann oder wie weiß ich nicht. Vielleicht wurde es ihm von irgendwelchen Frauen eingeflüstert – denn *sie* verstanden es natürlich alle. Er sagte mir nichts, und ich glaube, zuerst versuchte er, sein Verhalten mir gegenüber nicht zu ändern; aber solche Dinge tun weh – und es arbeitete in uns beiden. Ich wußte, daß er wußte. Nach einiger Zeit waren wir nur noch höflich und aufmerksam zueinander. Bevor er mich durchschaute, ruhte unser Verhältnis auf einer Grundlage – wie soll ich es Ihnen klarmachen – von intelligenter Kameradschaftlichkeit, könnte man vielleicht sagen. Zwanglos unterhielten wir uns über alles, worüber wir, ohne in die Tiefe zu gehen, diskutieren konnten ... wenn Sie verstehen. Doch das hörte dann auf. Ich merkte, daß die einzig mögliche Basis unseres Zusammenlebens mir unter den Füßen wegglitt. Und schließlich war sie verschwunden.

So ist es gewesen«, endete sie schlicht, »schon Monate vor seinem Tod.« Sie sank in eine Sofaecke beim Fenster, als müsse sie ihren Körper nach einer Anstrengung entspannen. Ein paar Augenblicke schwiegen beide. Trent sortierte hastig ein Wirrwarr von Eindrücken. Die Offenheit von Mrs. Mandersons Erzählung erstaunte ihn. Er war verblüfft über die lebhafte Ausdruckskraft, mit der sie gesprochen hatte. In diesem lebensvollen Wesen, das, von einer plötzlichen Regung fortgerissen, mit der Kraft seiner ganzen Persönlichkeit sprach, sah er die wirkliche Frau nun in einer aktiven Phase, wie er sie durch Zufall schon einmal in einer Phase der Träumerei und des unbefangenen Gefühlsausdrucks erlebt hatte. In beiden war sie der bleichen, beherrschten Hoheit, die sie der Welt zeigte, sehr unähnlich. In seine Verblüffung mischte sich so etwas wie Angst vor ihrer dunklen Schönheit, die von ihrer Erregung zu einem Erscheinungsbild angefacht wurde, das in seinen Augen kaum noch den Sterblichen anzugehören schien. Absurderweise sauste ihm, so beschäftigt er auch mit dem eben Gehörten sein mochte, ein kleines Gedankenknäuel im Kopf herum ... sie war einzigartig nicht ihrer Schönheit wegen, sondern weil diese mit einer Intensität des Naturells gepaart war; in England waren alle schönen Frauen selbstgefällig, und alle feurigen schienen das Beste an ihrer Schönheit verbrannt zu haben; deshalb hatte keine schöne Frau je diesen Zauber auf ihn ausgeübt; ging es um den Verstand, so hatte er stets die hellere Flamme der trüberen vorgezogen, ohne groß auf die Lampe zu achten. »All das ist äußerst fraglich«, sagte sein Verstand; und sein Instinkt antwortete: »Ja, bis auf die Tatsache, daß ich unter einem Zauber stehe«; und ein tieferer Instinkt schrie auf: »Weg damit!« Er zwang seine Gedanken zurück zu ihrer Geschichte und merkte, wie rasch eine kaum zu unterdrückende Überzeugung in ihm wuchs. Es war alles sehr schön, aber es reichte nicht aus.

»Ich fürchte, ich habe Sie dazu verleitet, mehr zu sagen, als Sie wollten oder als ich wissen wollte«, meinte er langsam. »Aber es gibt noch eine grausame Frage, und sie ist der springende Punkt meiner Untersuchung.« Er wappnete sich wie vor einem Sprung in kaltes Wasser. »Mrs. Manderson, können Sie mir versichern, daß die Verhaltensänderung Ihres Mannes Ihnen gegenüber nichts mit John Marlowe zu tun hatte?«

Und was er befürchtet hatte, kam. »Oh!« rief sie in gequältem Ton, das Gesicht aufwärts gewandt, die offenen Hände wie um Gnade bittend ausgestreckt; und dann bedeckten die Hände das glühende Gesicht und sie warf sich zur Seite zwischen die Kissen an ihrem Ellbogen, so daß er nichts sah als die schwere Krone dunklen Haars und ihren von Schluchzern, die ihm das Herz durchbohrten, geschüttelten Leib. Einen Fuß hielt sie, ganz ihrem Jammer ausgeliefert, ungraziös nach innen gedreht. Wie ein hoher Turm, der plötzlich einstürzt, war sie in hilflosem Weinen zusammengebrochen.

Trent stand auf, sein Gesicht war weiß und unbewegt. Mit

unsinniger Umständlichkeit plazierte er seinen Umschlag genau in der Mitte des polierten Tischchens. Er ging zur Tür, zog sie geräuschlos hinter sich zu, und einige Minuten später stapfte er außer Sichtweite von ›White Gables‹ ziellos und blind durch den Regen, seine Seele geschüttelt von der heftigen Anstrengung, den irrwitzigen Impuls abzutöten und niederzutrampeln, der ihn angesichts ihrer Schmach überkommen hatte und danach schrie, sich ihr zu Füßen zu werfen und um Vergebung zu bitten, Worte herauszusprudeln, – er hatte keine Ahnung was für Worte, wußte aber, daß sie ihm schon auf der Zunge gelegen hatten – die seine Selbstachtung für immer zerstören und sogar die wahnsinnige Absicht vernichten würden, welche beinah von ihm Besitz ergriffen hatte, indem er ihr Elend in Abscheu ertränkt, indem er verliebt herumgestammelt hätte vor einer Frau, deren Mann noch nicht einmal unter der Erde war – einer Frau, die einen anderen liebte.

Derart wirkte die Magie ihrer Tränen, daß sie in einem kurzen Augenblick das belebte, was er, wie er tief im Innern wußte, nicht aufkommen lassen durfte. Denn Philip Trent war ein junger Mann, jünger noch im Wesen als an Jahren, und eine Lebensweise, die ihm seinen kühnen Verstand und sein ungestümes Temperament erhielt, hatte ihn schlecht vorbereitet auf ein Ereignis, das in den frühen Jahren des Mannseins für uns alle kommt, meist – wie in diesem Fall, so sagte er sich bitter – zu keinem anderen Zweck, als Tugend und Willenskraft auf die Probe zu stellen.

Bislang unveröffentlicht

Mein lieber Molloy, dies für den Fall, daß ich Sie nicht in Ihrem Büro antreffe. Ich habe herausgefunden, wer Manderson umgebracht hat, wie dieser Bericht zeigen wird. Das war mein Problem, Ihres wird nun die Entscheidung sein, wie er zu verwenden ist. Er belastet eindeutig eine unverdächtigte Person und bezichtigt sie praktisch des Mordes, deshalb nehme ich nicht an, daß Sie ihn vor einer Festnahme veröffentlichen werden, und soweit ich weiß, ist es gegen das Gesetz, es danach zu tun, bevor nicht eine Verhandlung stattgefunden hat und der Betreffende für schuldig befunden wurde. Sie können beschließen, ihn dann zu bringen; und Sie könnten möglicherweise vorher auf die eine oder andere Weise Gebrauch von den Fakten machen, die ich darlege. Das liegt bei Ihnen. Würden Sie sich in der Zwischenzeit mit Scotland Yard in Verbindung setzen und ihnen von dem, was ich geschrieben habe, Kenntnis geben? Ich bin mit der Sache Manderson fertig, und ich wünschte zu Gott, ich hätte die Finger davon gelassen. Hier also mein Bericht. P. T.

Marlstone, den 16. Juni

Ich beginne diesen Bericht über den Manderson-Mord, meinen dritten und wahrscheinlich letzten für den *Record*, mit widersprüchlichen Gefühlen. Ich bin ungeheuer erleichtert, denn in beiden vorangegangenen Berichten mußte ich im Interesse der Gerechtigkeit von mir festgestellte Fakten zurückhalten, die, wären sie zu jenem Zeitpunkt veröffentlicht worden, dafür gesorgt hätten, daß eine bestimmte Person aufmerksam wurde und womöglich hätte fliehen können; denn wir haben es mit einem Mann von ungewöhnlicher Dreistigkeit und Findigkeit zu tun. Diese Tatsachen werde ich nun darlegen. Doch ich muß bekennen, die Geschichte aus Verrat und pervertierter Gerissenheit, über die ich zu berichten habe, gefällt mir nicht im mindesten. Sie hinterläßt einen üblen Nachgeschmack, den Geruch von etwas Widerwärtigem in dem abgründigeren Rätsel des Motivs, das dem Rätsel des eigentlichen Verbrechens unterliegt, welches ich glaube gelöst zu haben.

Der Leser wird sich erinnern, daß ich in meinem ersten Bericht die Situation beschrieben habe, wie sie sich mir bei der Ankunft hier am frühen Dienstag vormittag darstellte. Ich habe erzählt, wie und in welchem Zustand die Leiche gefunden wurde, habe mich über die völlige Rätselhaftigkeit ausgelassen, die den Fall umgibt, und ein oder zwei hier umgehende Theorien dazu erwähnt. Weiterhin habe ich die häusliche Umgebung des Toten beleuchtet und eine ziemlich detaillierte Beschreibung seiner Handlungen am Vorabend seines Todes gegeben. Dabei wies ich auch auf eine Kleinigkeit hin, die bedeutungsvoll erschienen sein mag oder nicht: daß nämlich seit dem Zeitpunkt, zu dem er zuletzt lebend gesehen wurde, ein Quantum Whisky, viel größer, als Manderson es für gewöhnlich trank, aus der Karaffe in seinem Zimmer verschwunden war. Am folgenden Tag, dem Tag nach der Vorverhandlung, telegraphierte ich nur wenig mehr als eine Zusammenfassung der Vorgänge bei Gericht, über die von anderen Mitarbeitern des *Record* auf meine Bitte hin ein wortgetreuer Bericht verfaßt wurde. Dieser Tag ist, während ich diese Zeilen schreibe, noch nicht vorüber; und ich habe nun eine Untersuchung abgeschlossen, die mich direkt zu dem Mann führt, der aufgerufen ist, sich von der Schuld am Tode Mandersons reinzuwaschen.

Abgesehen von dem Rätsel im Mittelpunkt, warum Manderson lange vor seiner üblichen Zeit aufstand und hinausging, seinen Mörder zu treffen, gab es zwei kleinere Merkwürdigkeiten in dieser Sache, die wahrscheinlich Tausenden auffielen, welche die Zeitungsberichte verfolgt haben. Dinge, die von Anbeginn offenbar waren. Das erste: obgleich die Leiche keine dreihundert Meter vom Haus entfernt gefunden wurde, erklärten alle Hausbewohner, in der Nacht keinen Schrei oder sonst ein Geräusch gehört zu haben. Manderson war nicht geknebelt worden; die Verletzungen an seinen Handgelenken deuteten auf einen Kampf mit seinem Angreifer hin; und es muß mindestens ein Schuß gefallen sein. (Ich sage mindestens einer, da in Mordfällen mit Handfeuerwaffen, besonders, wenn ein Kampf vorausgegangen ist, der Täter sein Opfer für gewöhnlich mindestens einmal verfehlt.) Dies erschien mir um so bemerkenswerter, als Martin, der Butler, einen leichten Schlaf hat, sehr gut hört, und sein Schlafzimmerfenster beinah direkt auf den Schuppen geht, bei dem die Leiche gefunden wurde.

Die zweite kleine Merkwürdigkeit neben der Ausgangssituation war, daß Manderson sein Gebiß neben seinem Bett zurückließ. Es sah aus, als sei er aufgestanden, habe sich vollständig angezogen, bis hin zu Krawatte und Uhr mit Kette, und sei hinausgegangen, ohne daran zu denken, sein Gebiß einzusetzen, das er seit Jahren täglich im Mund trug, und das alle sichtbaren Zähne des Oberkiefers enthielt. Er war ganz offensichtlich nicht in wilder Eile, und selbst wenn, so hätte er aller Wahrscheinlichkeit nach alles mögliche vergessen, aber nicht seine Zahnprothese. Jeder, der solch einen Zahnersatz trägt, wird bestätigen, daß das Einsetzen beim Aufstehen bald zur Routine wird. Sprechen und essen, ganz zu schweigen vom Aussehen, hängen davon ab.

Keine dieser sonderbaren Einzelheiten schien jedoch im Augenblick zu etwas zu führen. Sie weckten lediglich den Verdacht in mir, daß etwas im Schatten lauerte, etwas, das die bereits rätselhafte Frage, wie, warum und durch wen Manderson zu Tode kam, noch mysteriöser erscheinen ließ.

Indem ich dies vorausschicke, komme ich nun zu der Entdeckung, die mich in den ersten paar Stunden meiner Nachforschungen auf die Spur brachte, für deren Verwischung so viel Genialität aufgewendet worden war.

Mandersons Schlafzimmer habe ich bereits beschrieben, die strenge Einfachheit der Möblierung, die so seltsam mit der Vielzahl von Kleidungsstücken und Schuhen kontrastierte, und die Art der Verbindung zu Mrs. Mandersons Zimmer. Auf dem oberen der beiden langen Regalbretter mit Schuhen fand ich das Paar Lacklederschuhe, das Manderson am Abend vor seinem Tod getragen hatte. Ich hatte mir die Reihe angesehen, ohne dabei daran zu denken, daß sie mir einen Hinweis geben könnte, sondern lediglich, weil ich Schuhkenner bin und diese Schuhe allesamt feinste Handarbeit waren. Doch eine Eigentümlichkeit an diesem besonderen Paar erregte sogleich meine Aufmerksamkeit. Es waren sehr leichte Abendschuhe zum Schnüren, mit hauchdünner Sohle, ohne Kappe und wie alle anderen wunderbar gearbeitet. Diese Schuhe waren alt und oft getragen, doch sorgfältig geputzt, und auf ihren Spannern neben allen anderen sahen sie ganz unauffällig aus. Was mir ins Auge fiel, war ein leichter Riß in dem Teil, den man als Oberleder bezeichnet – eine Bruchstelle an der Stelle, wo die beiden geschnürten Teile angesetzt sind. Hier entsteht gewöhnlich Spannung, wenn man einen enganliegenden Schuh dieser Art anzieht, und gewöhnlich wird dem durch eine besonders haltbare Naht entgegengewirkt. An beiden Schuhe, die ich hier vor mir hatte, war diese Naht gedehnt und das Leder darunter hatte nachgegeben. Die Bruchstelle war winzig, kaum vier Millimeter lang, und die gerissenen Kanten hatten sich beim Nachlassen der Dehnung wieder aneinandergelegt, so daß, wer nicht gerade ein Kenner von Schuhleder ist, nichts bemerkt hätte. Und noch weniger sichtbar, es sei denn, man suchte danach, war eine leichte Dehnung der Verbindungsnaht zwischen dem oberen Teil und der Sohle. Am großen Zeh und an der Außenseite jedes Schuhs wurde bei näherem Hinsehen diese Naht sichtbar.

Diese Hinweise konnten natürlich nur eines bedeuten – die

Schuhe waren von jemandem getragen worden, dem sie zu klein waren.

Nun sah man auf einen Blick, daß Manderson stets äußerst wohlbeschuht war und penibel, vielleicht auch etwas eitel, was seine kleinen und zierlichen Füße anbelangte. Nicht einer der anderen Schuhe in der Sammlung zeigte, wie ich bald feststellen konnte, ähnliche Spuren; sie hatten nicht einem Mann gehört, der sich in zu kleine Schuhe zwängt. Jemand, der nicht Manderson war, hatte diese Schuhe angehabt, und das erst kürzlich; die Kanten der Risse waren ziemlich frisch.

Die Möglichkeit, ein anderer könne sie nach Mandersons Tod getragen haben, kam nicht in Betracht; die Leiche war erst vor sechsundzwanzig Stunden gefunden worden, als ich mir die Schuhe ansah; außerdem, weshalb sollte jemand sie anziehen? Die Möglichkeit, daß jemand sich zu Mandersons Lebzeiten Schuhe von ihm ausgeliehen und dabei verdorben hatte, schien ebenso unwahrscheinlich. Bei der Menge hätte er wohl kaum gerade dieses Paar ausgewählt. Außerdem waren die einzigen Männer im Hause der Butler und die beiden Sekretäre. Doch ich möchte nicht behaupten, der Erwägung dieser Möglichkeiten den gebührenden Raum gegeben zu haben, denn meine Gedanken überstürzten sich, und ich habe immer wieder festgestellt, daß es besser ist, ihnen in solchen Fällen ihren Willen zu lassen. Seit ich am Morgen in Marlstone aus der Eisenbahn gestiegen war, versank ich kniehoch in Details des Falles Manderson; die Sache ging mir unablässig im Kopf herum. Und plötzlich war der Augenblick gekommen, da der Dämon erwacht und herumzustreifen beginnt.

Sagen wir es weniger blumig. Schließlich ist es ein psychologisches Phänomen, das jedem vertraut sein dürfte, dessen Beruf oder Neigung ihn mit komplizierten Sachverhalten solcher Art in Berührung bringt. Rasch und spontan scheinen die Gedanken, sofern man durch Zufall oder Bemühen in einem System verblüffender Umstände auf eine entscheidende Tatsache stößt, nichts Eiligeres zu tun zu haben, als sich in bezug auf diese Tatsache neu zu formieren, so daß sie plötzlich umgruppiert sind, bevor man selbst bewußt die Bedeutung seiner Entdeckung begriffen hat. In dem vorliegenden Fall hatte mein Gehirn kaum den Gedanken formuliert: »Jemand, aber nicht Manderson, hat diese Schuhe getragen«, als ein Schwarm neuer Ideen mir durch den Kopf flog, alle mit derselben Tendenz und alle auf diese neue Erkenntnis gerichtet. Niemals trank Manderson abends derart viel Whisky. Er war niemals so unkorrekt gekleidet, wie man die Leiche gefunden hatte, mit in den Ärmeln hochgerutschten Manschetten und ungleich geschnürten Schuhen; es paßte nicht zu ihm, sich nach dem Aufstehen nicht zu waschen und Hemd, Kragen und die Unterwäsche vom Vorabend anzuziehen; und ebensowenig paßte es zu ihm, seine Uhr in die Westentasche zu stecken, die nicht speziell dafür mit Leder gefüttert war. (In meinem ersten Bericht habe ich all diese Punkte erwähnt, doch weder ich noch sonst jemand fand sie bei der Untersuchung der Leiche bemerkenswert.) Es war unter der herrschenden häuslichen Situation sehr befremdlich, daß Manderson seiner Frau gegenüber so mitteilsam war, besonders vor dem Zubettgehen, wo er selten überhaupt mit ihr redete. Es war außergewöhnlich, daß Manderson sein Schlafzimmer ohne seine falschen Zähne verließ.

All diese Gedanken, wie ich schon sagte, drängten sich nun in meinem Hirn zusammen, aus verschiedensten Ecken der Erinnerung an Gespräche vom Vormittag und an meine Beobachtungen hergezogen. Das geschah in weitaus kürzerer Zeit, als man zum Lesen dieser Zeilen benötigt, wie sie hier stehen, nämlich während ich die Schuhe umdrehte und meine eigene Gewißheit im springenden Punkt bestätigt fand. Und doch, wenn ich mich der endgültigen Überlegung stellte, die so plötzlich und unbestätigt aufgetaucht war – *»Es war nicht Manderson, der in jener Nacht im Haus war«* – so erschien sie auf den ersten Blick völlig absurd. Es war ganz sicher Manderson, der im Hause zu Abend gegessen hatte und mit Marlowe im Wagen weggefahren war. Er war aus der Nähe gesehen worden. Aber war es auch Manderson, der um zehn Uhr zurückkehrte? Diese Frage erschien gleichfalls ziemlich absurd. Doch ich konnte sie nicht einfach ignorieren. Mir schien, als erhelle langsam ein ferner Lichtschimmer die Weite meines Gehirns, wie Morgengrauen eine Landschaft, und als wolle gleich die Sonne aufgehen. Ich nahm mir vor, die Punkte, die eben aufgetaucht waren, einen nach dem anderen zu überdenken, um wenn möglich herauszufinden, weshalb ein Mann, als Manderson verkleidet, all die Dinge getan haben könnte, die Manderson nicht getan hätte.

Ich mußte nicht lange nach dem Motiv suchen, das einen Mann dazu bewegt haben könnte, seine Füße in Mandersons schmale Schuhe zu zwängen. Die Polizei versteht sich ausgezeichnet auf das Lesen von Fußspuren. Aber der Mann legte nicht nur Wert darauf, keine eigenen Fußabdrücke zu hinterlassen, er legte Wert darauf, daß es Mandersons waren, wenn überhaupt welche; sein ganzer Plan mußte, wenn meine Annahme stimmte, darauf ausgerichtet sein, glauben zu machen, Manderson sei in der fraglichen Nacht im Hause gewesen. Mehr noch, der Plan erschöpfte sich nicht im Hinterlassen von Abdrücken. Der Mann war darauf bedacht, die Schuhe selbst dazulassen, und er tat es auch. Das Hausmädchen fand sie vor der Schlafzimmertür, wo Manderson sie immer hinstellte, putzte sie und brachte sie im Laufe des Vormittags, nachdem man die Leiche entdeckt hatte, wieder ins Schuhregal.

Als ich unter diesem neuen Gesichtspunkt das Zurücklassen der Zahnprothese überdachte, bot sich sofort eine Erklärung dessen an, was mir als der verrückteste Teil der Geschichte erschienen war. Eine Zahnprothese ist nicht untrennbar mit ihrem Träger verbunden. War meine Vermutung richtig, so hatte der Unbekannte sie mit ins Haus gebracht und im Schlafzimmer deponiert in derselben Absicht, in der er die Schuhe zurückbrachte: um Zweifel daran auszuschließen, daß Manderson im Haus gewesen und zu Bett gegangen war. Das führte mich zu dem Schluß: *Manderson war tot, bevor der falsche Manderson ins Haus kam*, und andere Hinweise bestätigten dies.

Zum Beispiel die Kleidung, die ich mir nun, in Anbetracht der neuen Lage, nochmals vornahm. Gingen meine Überlegungen in die richtige Richtung, so war der Unbekannte in Mandersons Schuhen ganz sicher auch im Besitz seiner Hose, seiner Weste und seines Jagdrocks gewesen. Sie lagen da vor meinen Augen im Schlafzimmer; und Martin hatte den Rock – den man kaum verwechseln konnte – an dem Mann gesehen, der in der Bibliothek telephonierte. Damit wurde klar (immer davon ausgehend, daß ich mich in meinen Vermutungen nicht irrte), daß dieses unverwechselbare Kleidungsstück ein Hauptteil im Plan des Unbekannten war. Er wußte, Martin würde ihn auf den ersten Blick für Manderson halten.

Und hier wurde mein Gedankengang durch etwas unterbrochen, das mir zuvor entgangen war. So stark war der Einfluß der unbestrittenen Annahme, Manderson habe die Nacht im Haus verbracht, daß weder ich noch meines Wissens sonst jemand es bemerkt hatte. *Weder Martin hatte das Gesicht des Mannes gesehen; noch Mrs. Manderson.*

Mrs. Manderson (ihrer Aussage bei der Verhandlung nach zu urteilen, von der, wie ich bereits erwähnte, mir der vollständige Bericht eines Stenographen des *Record* vorlag) hatte den Mann überhaupt nicht gesehen. Das konnte sie auch kaum, wie ich gleich aufzeigen werde. Sie hatte lediglich im Halbschlaf mit ihm gesprochen und damit eine Unterhaltung wieder aufgenommen, die sie etwa eine Stunde zuvor mit ihrem Mann geführt hatte. Martin konnte, so verstand ich, nur den Rücken des Mannes gesehen haben, wie er vorgebeugt am Telephon saß; ohne Zweifel eine typische Haltung, die hier imitiert wurde. Und der Mann hatte einen Hut aufgehabt, Mandersons breitkrempigen Hut! An Hinterkopf und Nacken findet sich allzu viel Charakteristisches. Nun, der Unbekannte mußte sich, vorausgesetzt, er hatte ungefähr Mandersons Figur, tatsächlich nicht verkleiden; er brauchte nur das Jackett, den Hut und seine schauspielerischen Fähigkeiten.

Hier hielt ich inne, um über die Kaltblütigkeit und Findigkeit des Mannes nachzudenken. Die Sache war, wie ich langsam merkte, ganz sicher und einfach, solange nur seine Verstellungskunst gut genug war und seine Nerven mitmachten. Waren diese beiden Punkte sichergestellt, konnte nur ein völlig unwahrscheinlicher Zwischenfall ihn verraten.

Doch zurück zu meinen Überlegungen, während ich, die verräterischen Schuhe vor mir, im Schlafzimmer des toten Mannes saß. Der Grund für das Betreten des Hauses über die Terrasse statt durch die Eingangstür wird inzwischen jedem, der dies liest, klar sein. Beim Hereinkommen durch die Vordertür wäre der Mann so gut wie sicher von dem scharfohrigen Martin in seinem Zimmer gegenüber der Eingangshalle gehört, womöglich sogar gesehen worden.

Dann war da das Problem mit dem Whisky. Ich hatte ihm nicht allzu viel Bedeutung beigemessen; Whisky verschwindet in einem Haushalt mit acht oder neun Personen gelegentlich auf die merkwürdigste Weise; aber es war eigenartig, daß er gerade an diesem Abend auf diese Weise verschwand. Martin war ganz offensichtlich ziemlich verblüfft von dieser Tatsache. Jetzt erschien es mir nur natürlich, daß ein Mann – der aller Wahrscheinlichkeit nach gerade eine Bluttat hinter sich hat, eine Leiche entkleiden mußte und einen verzweifelten Part noch vor sich sieht – die wohlgefüllte Whiskykaraffe wie einen Freund betrachtete. Kein Zweifel, er nahm einen Drink, bevor er nach Martin klingelte; und nachdem er seinen Trick mit Ruhe und Erfolg hinter sich gebracht hatte, trank er vermutlich noch etwas.

Aber er wußte, wann er aufhören mußte. Der schlimmste Teil seiner Unternehmung lag noch vor ihm: der Teil nämlich – der offensichtlich, aus welchen Gründen auch immer, von so immenser Wichtigkeit für ihn war, – sich in Mandersons Zimmer einzuschließen und dort ein überzeugendes Bild vorzubereiten, das wirkte, als sei Manderson dagewesen; und immer mit dem Risiko – sehr gering, wie er zweifellos wußte, doch wie enervierend! – daß die Frau auf der anderen Seite der halboffenen Tür aufwachte und ihn entdeckte. Sicher, wenn er sich außerhalb des begrenzten Blickfeldes hielt, das sie von ihrem Bett aus hat, so konnte sie ihn nur sehen, indem sie aufstand und zur Tür ging. Ihr Bett steht mit dem Kopfende zur Wand etwas hinter der Verbindungstür, und außer einem Schrank neben dem oberen Teil des Bettes ist nichts von Mandersons Zimmer zu sehen. Darüber hinaus konnte der Mann, da er mit den Gepflogenheiten des Hauses vertraut war, ziemlich sicher davon ausgehen, daß Mrs. Manderson schlief. Ein weiterer Punkt in seinen Überlegungen könnte nach meinem Dafürhalten die Entfremdung zwischen den Eheleuten gewesen sein, die sie zwar zu kaschieren versuchten, unter anderem auch, indem sie weiterhin in angrenzenden Räumen schliefen, die jedoch allen, die mit ihnen zu tun hatten, bekannt war. Deshalb konnte er davon ausgehen, daß Mrs. Manderson, selbst wenn sie ihn hörte, keine Notiz von der vermeintlichen Anwesenheit ihres Mannes nehmen würde.

Indem ich nun meine Hypothese weiterspann, folgte ich dem Unbekannten nach oben ins Schlafzimmer und sah ihn das tun, was er sich vorgenommen hatte. Mir stockte der Atem, als ich an den abscheulichen Schock dachte, der ihn beim Hören des Lautes durchzuckt haben muß, den er am allermeisten fürchtete: die schläfrige Stimme aus dem Nebenzimmer.

Was Mrs. Manderson tatsächlich zu ihm sagte, daran konnte sie sich bei der Verhandlung nicht mehr erinnern. Sie glaubt, ihren vermeintlichen Mann gefragt zu haben, ob sein Ausflug im Automobil schön war. Und was tut nun der Unbekannte? Hier kommen wir, denke ich, zu einem außerordentlich bedeutungsvollen Punkt. Er antwortet der Dame nicht nur mit Mandersons Stimme – und das, so stelle ich mir vor, erstarrt vor dem Frisiertisch stehend und auf das wilde Pochen seines eigenen Herzens lauschend – er macht auch noch freiwillig eine erklärende Bemerkung. Er sagt, daß er, einem plötzlichen Impuls folgend, Marlowe mit dem Wagen nach Southampton geschickt habe; daß dies geschehen sei, um wichtige Informationen von einem Mann zu bekommen, der am Vormittag den Dampfer nach Frankreich nehme. Weshalb diese Einzelheiten von einem Mann, der schon so lange seiner Frau gegenüber wenig mitteilsam war, und dann auch noch in einer Sache, die sie wahrscheinlich kaum interessierte? Weshalb diese Einzelheiten *über Marlowe*?

Nachdem meine Geschichte nun soweit gediehen ist, stelle ich die folgenden endgültigen Behauptungen auf: Manderson wurde irgendwann zwischen zehn Uhr, als das Auto abfuhr, und elf Uhr erschossen – wahrscheinlich ein gutes Stück vom Haus entfernt, da kein Schuß zu hören war; die Leiche wurde zurückgebracht, beim Schuppen niedergelegt und teilweise entkleidet; gegen elf Uhr betrat ein Mann in Mandersons Schuhen und Jacke die Bibliothek vom Garten her; er hatte Mandersons schwarze Hose, Weste und dessen Automantel bei sich, ebenso die Zahnprothese, die er Manderson aus dem Mund genommen hatte, und die Mordwaffe; er versteckte diese Gegenstände, läutete nach dem Butler und setzte sich, den Hut auf dem Kopf und den Rücken zur Tür, ans Telephon; während Martin sich im Zimmer aufhielt, war er die ganze Zeit über mit Telephonieren beschäftigt; beim Hinaufgehen zu den Schlafräumen schlich er in Marlowes Zimmer und legte den Revolver, mit dem das Verbrechen begangen wurde – Marlowes Revolver – in das Etui auf dem Kaminsims zurück, dem er entnommen worden war; dann ging er in Mandersons Zimmer, stellte Mandersons Schuhe vor der Tür ab, warf Mandersons Kleidungsstücke auf einen Stuhl, legte die Zahnprothese in die Schale neben dem Bett und nahm einen Anzug, ein Paar Schuhe und eine Krawatte aus den vorhandenen Sachen im Schlafzimmer.

Hier werde ich meine Darstellung vom Vorgehen dieses

Mannes unterbrechen, um eine Frage aufzuwerfen, für die der Weg jetzt genügend geebnet ist: –

Wer war der falsche Manderson?

In Anbetracht dessen, was mir über diese Person bekannt ist oder als so gut wie sicher angenommen werden kann, komme ich zu den anschließenden fünf Folgerungen:

1. Er stand in enger Beziehung zu dem Toten. In seiner Verhaltensweise Martin gegenüber und im Gespräch mit Mrs. Manderson beging er keinen Fehler.

2. Seine Gestalt ähnelte der Mandersons, besonders in der Größe und der Schulterbreite, die im wesentlichen das Charakteristische der Rückseite eines Sitzenden ausmachen, solange der Kopf bedeckt und der Körper lose bekleidet ist. Aber seine Füße waren größer, wenn auch nicht erheblich größer, als Mandersons.

3. Er hatte eine beachtliche Begabung für Nachahmung und Schauspielerei – zudem wahrscheinlich einige Erfahrung darin.

4. Die Gepflogenheiten im Haushalt der Mandersons waren ihm genauestens bekannt.

5. Es war lebenswichtig für ihn, den Eindruck zu erwecken, Manderson sei am Sonntag bis nach Mitternacht am Leben und im Hause gewesen.

Soviel hielt ich für sicher oder nahezu sicher. So weit konnte ich sehen. Und das war weit genug.

Ich fahre nun fort, indem ich in derselben Reihenfolge wie bei obigen, numerierten Absätzen sachdienliche Tatsachen, betreffend Mr. John Marlowe wiedergebe, soweit ich in der Lage war, sie von ihm und anderen in Erfahrung zu bringen: –

1. Er war seit fast vier Jahren Mr. Mandersons Privatsekretär und eng vertraut mit ihm.

2. Die beiden Männer waren beinah gleich groß, ungefähr einen Meter achtzig; beide waren kräftig gebaut und hatten

breite Schultern. Marlowe, um die zwanzig Jahre jünger, war vielleicht im Ganzen etwas zierlicher, obwohl Manderson ein Mann in guter physischer Verfassung war. Marlowes Schuhe (von denen ich verschiedene Paare untersucht habe) sind, grob geschätzt, der Länge wie der Breite nach eine Nummer größer als Mandersons.

3. Am Nachmittag des ersten Tages meiner Ermittlungen, und nachdem ich zu den bereits im einzelnen dargestellten Resultaten gelangt war, wandte ich mich an einen guten Freund, Mitglied eines College in Oxford und sehr theaterinteressiert, und schickte ihm ein Telegramm mit folgendem Text:

> *Bitte telegraphisch um Auskunft über John Marlowes Verbindung zu Theatergruppen in Oxford irgendwann in vergangenen zehn Jahren sehr dringend und vertraulich*

Mein Freund antwortete mit dem folgenden Telegramm, das mich am nächsten Morgen (dem Morgen der Vorverhandlung) erreichte: –

> *Marlowe drei Jahre Mitglied Studentenbühne und 19.. Vorsitzender spielte Bardolph Cleon und Mercutio hervorragender Charakterdarsteller auch Imitator große Nachfrage im Rauchclub war Held irgendeines historischen Ulks*

Anlaß für mein Telegramm, das diese hilfreiche Antwort brachte, war ein Photo auf dem Kaminsims in Marlowes Zimmer gewesen, auf dem er mit zwei anderen in Kostümen der drei Gefolgsmänner Falstaffs zu sehen war; das Bild trug eine Zitatunterschrift aus *Die lustigen Weiber* und den Firmeneindruck eines Photographen in Oxford.

4. Während seiner Dienste bei Manderson lebte Marlowe

wie ein Familienmitglied im Hause. Niemand sonst, die Dienstboten ausgenommen, hatte wie er die Möglichkeit, das häusliche Leben der Mandersons in allen Einzelheiten kennenzulernen.

5. Ich stellte zweifelsfrei fest, daß Marlowe an jenem Montag früh um sechs Uhr dreißig in einem Hotel in Southampton angekommen war und dort den Auftrag ausgeführt hatte, mit dem ihn sein Dienstherr, laut seiner Aussage und laut der Bemerkung, die der falsche Mr. Manderson im Schlafzimmer zu Mrs. Manderson machte, betraut hatte. Danach war er im Wagen nach Marlstone zurückgefahren, wo er angesichts der Nachricht über den Mord großes Erstaunen und Entsetzen gezeigt hatte.

Dies sind meiner Ansicht nach die relevanten Fakten über Marlowe. Wir sollten uns nun Faktum Nummer fünf (wie oben ausgeführt) in Beziehung zu Folgerung Nummer fünf über den falschen Manderson vornehmen.

Ich würde nun zuerst die Aufmerksamkeit auf eine wichtige Tatsache lenken. *Die einzige Person, die angab, Manderson habe Southampton erwähnt, bevor er im Auto losfuhr, war Marlowe.* Seiner Aussage nach – bis zu einem gewissen Grad durch das, was der Butler mithörte, bestätigt – wurde diese Reise in einem Gespräch unter vier Augen vor ihrer Abfahrt arrangiert, und auf meine Frage konnte er nicht sagen, weshalb Manderson sein Vorhaben geheimhalten wollte, indem er vorgab, mit Marlowe eine Mondscheinfahrt unternehmen zu wollen. Dieser Punkt erregte jedoch keine Aufmerksamkeit. Marlowe hatte durch seine Anwesenheit in Southampton um sechs Uhr dreißig ein absolut hieb- und stichfestes Alibi; niemand brachte ihn mit einem Mord in Verbindung, der nach zwölf Uhr dreißig begangen worden sein mußte – die Zeit, zu der Martin, der Butler, ins Bett gegangen war. Aber es war der Manderson, der nach der Ausfahrt zurückkam, welcher völlig gegen seine sonstigen Gepflogenheiten zwei Personen gegenüber den Namen Southampton erwähnte. *Er ging sogar so weit, ein Hotel in Southampton anzurufen und Fragen zu stellen, die Marlowes Geschichte über seinen Auftrag untermauerten.* Das war das Telephonat, mit dem er beschäftigt war, solange Martin sich in der Bibliothek aufhielt.

Nehmen wir uns nun das Alibi vor. Wenn Manderson in jener Nacht im Hause war und es bis einige Zeit nach zwölf Uhr dreißig nicht verließ, dann konnte Marlowe unmöglich direkt seine Hand bei dem Mord im Spiel haben. Das ist eine Frage der Entfernung zwischen Marlstone und Southampton. Hätte er Marlstone zum angegebenen Zeitpunkt – nämlich zwischen zehn Uhr und zehn Uhr dreißig – in Mandersons Auftrag verlassen, so hätte er den Weg leicht in der Zeit schaffen können. Doch es wäre rein technisch unmöglich für das Automobil – einen 15 PS Vierzylinder Northumberland, ein durchschnittlicher, mittelstarker Wagen – bis um halb sieben in Southampton zu sein, wenn es in Marlstone nicht spätestens um Mitternacht losfuhr. Autofahrer, die sich eine Straßenkarte vornehmen und die nötigen Kalkulationen anstellen, wie ich es an jenem Tag in Mandersons Bibliothek tat, werden mit mir darin übereinstimmen, daß es angesichts der Tatsachen, wie sie erschienen, absolut keine Handhabe gegen Marlowe gab.

Doch selbst wenn es nicht so war, wie es sich darstellte; wenn Manderson schon um elf Uhr tot war, und wenn Marlowe ihn um diese Zeit in ›White Gables‹ verkörperte; wenn Marlowe in Mandersons Schlafzimmer ging – wie kann all das mit seinem Auftauchen in Southampton am nächsten Morgen in Einklang gebracht werden? *Er mußte ungesehen und ungehört aus dem Haus kommen und um Mitternacht mit dem Wagen unterwegs sein.* Und Martin, Martin mit dem exzellenten Gehör, saß bis zwölf Uhr dreißig in seinem Zimmer unten und horchte bei offener Tür aufs Telephonklingeln. Praktisch bewachte er den Fuß der Treppe, den einzigen Weg vom Schlaftrakt nach draußen.

Mit diesem Problem kommen wir zur letzten und entscheidenden Phase meiner Ermittlungen. Die vorangegangenen Punkte klar im Gedächtnis, verbrachte ich den Rest des Tages vor der Verhandlung im Gespräch mit verschiedenen Personen und mit der Überprüfung meiner Beweiskette, wobei ich Glied für Glied testete. Ich konnte nur die eine Schwachstelle entdecken, die mit Martins Aufsitzen bis zwölf Uhr dreißig zusammenzuhängen schien; und da es sicher Teil des Schwindels zur Untermauerung von Marlowes Alibi war, daß man ihn darum gebeten hatte, mußte es logischerweise irgendwo eine Erklärung dafür geben. Wenn ich diese Erklärung nicht fand, war meine ganze Theorie wertlos. Ich mußte nachweisen können, daß der Mann, der sich in Mandersons Schlafzimmer einschloß, zu dem Zeitpunkt, als Martin ins Bett ging, ebensogut Meilen entfernt auf der Straße nach Southampton sein konnte.

Ich hatte jedoch – wie mittlerweile vielleicht auch der Leser dieser Zeilen, sofern ich mich klar ausgedrückt habe – schon eine recht brauchbare Vorstellung davon, auf welche Weise der falsche Manderson seine Flucht vor Mitternacht bewerkstelligt hatte. Doch was ich nun zu tun vorhatte, sollte möglichst nicht bekannt werden. Hätte ich es darauf ankommen lassen, bei der Arbeit beobachtet zu werden, so wäre kaum mehr zu verheimlichen gewesen, in welche Richtung mein Verdacht ging. Ich beschloß also, kein Risiko einzugehen und bis zum nächsten Tag zu warten, während die Eröffnungsprozedur der Verhandlung ihren Lauf nahm. Wie ich wußte, fand sie im Hotel statt, und ich rechnete damit, ›White Gables‹ dann, wenigstens soweit es seine wichtigsten Bewohner anging, für mich allein zu haben.

So geschah es tatsächlich. Als das Verfahren im Hotel begonnen hatte, steckte ich schon mitten in der Arbeit in ›White Gables‹. Ich hatte eine Kamera bei mir. Bei meiner Suche nach bestimmten Hinweisen verfuhr ich nach Grundsätzen, welche der Polizei wohlbekannt sind und dort ebenso praktiziert werden wie von mir selbst. Ohne mein Vorgehen näher beschreiben zu wollen, kann ich gleich sagen, daß ich folgende Fingerabdrücke fand und abfotografieren konnte: zwei frische Abdrücke, groß und sehr deutlich, an der polierten Vorderseite der obersten Schublade einer Kommode in Mandersons Schlafzimmer; fünf weitere (neben einer Anzahl kleinerer und älterer von anderer Hand) auf den Scheiben der Balkontür in Mrs. Mandersons Schlafzimmer, eine Tür, die nachts bei vorgezogenem Vorhang stets offenstand; sowie drei auf der Glasschale, in der Mandersons Zahnprothese gelegen hatte.

Die Schale nahm ich mit. Ebenso einige ausgewählte Gegenstände aus Marlowes Schlafzimmer, welche die deutlichsten von unzähligen Fingerabdrücken trugen, die man stets auf Toilettenartikeln des täglichen Gebrauchs findet. In meinem Besitz befanden sich, auf Blättern, die ich aus meinem Taschenkalender geschnitten hatte, bereits einige hervorragende Abdrücke Marlowes. Er hatte sie, ohne es zu wissen, in meiner Gegenwart gemacht, als ich ihm die Blätter zeigte und fragte, ob er sie kenne; die wenigen Sekunden, während deren er sie hielt, genügten, Abdrücke zu hinterlassen, die ich hinterher entwickeln konnte.

Um sechs Uhr abends, zwei Stunden nachdem die Geschworenen ihre Anklage gegen einen oder mehrere Unbekannte erhoben hatten, war ich mit meiner Arbeit fertig und in der Lage zu erklären, daß zwei der fünf großen Abdrücke auf der Türscheibe und die drei auf der Schale von der linken Hand Marlowes stammten, die übrigen drei auf der Scheibe und die beiden auf der Kommodenschublade von seiner rechten.

Um acht Uhr hatte ich in den Geschäftsräumen der Firma H. T. Copper, seines Zeichens Fotograf in Bishopsbridge, und mit seiner Hilfe ein Dutzend Vergrößerungen der Fingerabdrücke Marlowes angefertigt, die klar die Übereinstimmung mit jenen zeigten, die er unwissentlich in meiner Gegenwart machte, und mit jenen, die sich auf den Gegenständen aus seinem Schlafzimmer fanden sowie mit denen, die ich wie beschrieben gefunden hatte. Damit war bewiesen, daß Marlowe kürzlich in Mandersons Schlafzimmer gewesen war, wo er normalerweise nichts zu suchen hatte, und in Mrs. Mandersons, wo er noch weniger zu suchen hatte. Ich hoffe, die Reproduktion der Fingerabdrücke innerhalb dieses Berichtes wird möglich sein.

Um neun Uhr war ich wieder in meinem Hotelzimmer und setzte mich hin, um die Arbeit an diesem Manuskript zu beginnen. Ich hatte meine Geschichte vollständig.

Ich schließe sie nun mit folgenden weiteren Thesen ab: der falsche Manderson sagte in der Mordnacht von Mandersons Schlafzimmer aus zu Mrs. Manderson, wie vorher bereits zu Martin, Marlowe sei auf dem Weg nach Southampton; nachdem er seine Vorkehrungen getroffen hatte, löschte er das Licht und legte sich in Kleidern ins Bett; sodann wartete er, bis er sicher sein konnte, daß Mrs. Manderson wieder eingeschlafen war; dann stand er auf und schlich vorsichtig auf Strümpfen durch Mrs. Mandersons Schlafzimmer, unter dem Arm ein Bündel mit Kleidern und Schuhen für die Leiche; er trat hinter den Vorhang, stieß die Balkontür etwas weiter auf, kletterte über das eiserne Geländer auf dem Balkon und ließ sich daran hinunter, bis nur noch ein geringer Abstand ihn von dem weichen Rasen trennte.

All das kann durchaus innerhalb einer halben Stunde nach Erreichen von Mandersons Schlafzimmer geschehen sein, welches er laut Martin gegen halb zwölf betrat.

Was folgte, mögen Ihre Leser und die Behörden sich selbst zusammenreimen. Die Leiche wurde am nächsten Morgen aufgefunden – allerdings ziemlich nachlässig bekleidet. Marlowe erschien um halb sieben mit dem Wagen in Southampton.

Ich schreibe die letzten Zeilen dieses Berichtes in meinem Wohnraum im Hotel in Marlstone. Es ist vier Uhr früh. Ich werden den Mittagszug von Bishopsbridge nach London nehmen und Ihnen sofort nach meiner Ankunft dieses Manuskript aushändigen. Ich möchte Sie bitten, die Mordkommission von seinem Inhalt in Kenntnis zu setzen.

PHILIP TRENT

Üble Tage

»Anbei schicke ich Ihnen den Scheck für meine Tätigkeit im Zusammenhang mit dem Fall Manderson zurück«, schrieb Trent an Sir James Molloy von München aus, wohin er sich unverzüglich nach Ablieferung seines Manuskriptes in der Redaktion des *Record* begeben hatte. »Was ich geliefert habe, war nicht ein Zehntel des Betrages wert, doch ich hätte keine Skrupel gehabt, ihn einzustecken, hätte ich mir nicht vorgenommen – warum, spielt keine Rolle – für diese ganze Geschichte kein Geld anzunehmen. Sofern es keine Bedenken gibt, wäre es mir lieb, wenn Sie Ihr normales Zeilenhonorar dafür zahlten und den Betrag irgendeiner wohltätigen Organisation zukommen ließen, die sich nicht dem Grundsatz verschrieben hat, Leute herumzukommandieren, falls Sie so etwas kennen. Ich bin hierhergefahren, um einige alte Freunde zu besuchen und meine Gedanken zu ordnen; dabei hat sich herauskristallisiert, daß ich für eine Zeitlang eine Beschäftigung mit etwas Bewegung brauche. Ich habe festgestellt, daß ich überhaupt nicht malen kann: ich könnte nicht einmal einen Zaun anmalen. Würden Sie es irgendwo mit mir als Korrespondent versuchen? Wenn Sie mir ein gutes Abenteuer bieten, werde ich Ihnen gute Berichte schicken. Danach könnte ich mich niederlassen und arbeiten.«

Sir James beauftragte ihn telegraphisch, sich unverzüglich nach Kurland und Livland zu begeben, wo die Luft einmal mehr sehr bleihaltig war und Stadt und Land in einer Revolte flammten. Es war ein unruhiger Auftrag, und zwei Monate lang setzte Trent auf sein Glück. Damit fuhr er nicht schlechter als sonst. Als einziger Korrespondent sah er, wie General Dragilew von einem achtzehnjährigen Mädchen auf der Straße in

Volmar getötet wurde. Er sah Verbrennungen, Lynchjustiz, Massenerschießungen, Hinrichtungen durch den Strang, und täglich ekelte ihn aufs neue vor all diesem Schwachsinn, der einer Willkürherrschaft entsprang. So manche Nacht legte er sich inmitten der Gefahr zum Schlafen. So manchen Tag blieb er hungrig. Doch kein Abend oder Morgen, an dem er nicht das Gesicht der Frau vor sich sah, die er so hoffnungslos liebte.

Er entdeckte einen unglücklichen Stolz auf die anhaltende Kraft dieser Zuneigung in sich. Sie interessierte ihn als Phänomen; sie erstaunte und erhellte ihn. Nie zuvor war ihm derartiges widerfahren. Und vieles, was ihm in den überlieferten Erfahrungen der Menschheit zweifelhaft erschienen war, bestätigte sich nun.

Nicht, daß er mit seinen zweiunddreißig Jahren hätte vorgeben können, die Welt der Gefühle nicht zu kennen. Über diese Erfahrungen sei nur soviel gesagt, daß er sie unvermittelt und unbezahlt gemacht hatte und keine unerträglichen Erinnerungen zurückgeblieben waren; doch obgleich in die Realitäten des Sexus eingeführt, beunruhigte ihn noch immer dessen undurchschaubare Entstehungsgeschichte. Er war erfüllt von einer seltsamen Ehrfurcht vor gewissen weiblichen Schwächen und einer sehr natürlichen Angst vor gewissen weiblichen Stärken. Er hielt eine recht laue Hoffnung aufrecht, daß etwas in ihm darauf wartete, geweckt zu werden, und daß er den Ruf, so er je käme, zur rechten Zeit hören würde, ohne sich darum zu bemühen.

Doch die Möglichkeit, daß – sollte sich dies eines Tages bestätigen – die Wahrheit in düsterer Gestalt erscheinen könne, hatte er nicht bedacht. Zwei Dinge hatten ihn in der Angelegenheit seiner Gefühle für Mabel Manderson völlig überraschend getroffen: die aberwitzige und übermächtige Plötzlichkeit ihres Aufkommens und ihre völlige Aussichtslosigkeit. Früher hatte er die Permanenz unerwiderter Leidenschaft gern als pubertäre Illusion belächelt. Jetzt wußte er, daß er unrecht gehabt hatte, und das war eine bittere Erkenntnis.

In seiner Phantasie tauchte die Frau stets in jener Situation auf, in der er sie zum ersten Mal gesehen hatte, mit derselben Geste, bei der er sie überrascht hatte, als er unbeobachtet am Klippenrand über ihr vorbeiging; diese große Geste leidenschaftlicher Freude an ihrer neuen Freiheit, die ihm deutlicher als alle Worte gesagt hatte, daß ihre Witwenschaft die Erlösung von einer Qual bedeutete, und die mit furchtbarer Eindringlichkeit seinen bereits vorhandenen Verdacht bestätigte, daß sie der Passierschein zum Glück mit einem Mann war, den sie liebte. Er konnte nicht mit Sicherheit sagen, wann ihn dieser Verdacht zum ersten Mal beschlichen hatte. Der Grundstein zu dem Gedanken mußte bei seinem ersten Zusammentreffen mit Marlowe gelegt worden sein; er mußte unwillkürlich registriert haben, daß solch offenkundige Kraft und Grazie zusammen mit dem Aussehen und Auftreten des hochgewachsenen jungen Mannes jeder Frau Eindruck machen konnten. Und in den Tiefen seines Unterbewußtseins mußte er diese Eindrücke verknüpft haben mit dem, was Mr. Cupples ihm von der Ehe der Mandersons erzählt hatte. Ganz sicher war es für ihn eine feststehende Tatsache gewesen, als er begann, sich – nachdem die Identität des Mörders für ihn feststand – nach einem Motiv für das Verbrechen umzusehen. Motiv, Motiv! Wie verzweifelt hatte er nach einem anderen gesucht und dem grimmen Gedanken den Rücken zugedreht, Marlowe habe – von Leidenschaft besessen wie er selbst und womöglich durch intime Kenntnis von Einzelheiten über das Unglück der Ehefrau zur Raserei gebracht – ein Blatt aus dem Buche Bothwell* gerissen, das schwärzeste. Doch bei all seinen Nachforschungen damals, bei allem Brüten über die Sache späterhin, war er auf nichts gestoßen, das Marlowe zu solch einer Tat bewogen haben konnte – nichts bis auf diese Versuchung, deren volles Ausmaß er nicht ermessen konnte, die aber, so sie existiert hatte, heftig auf einen kühnen Geist gewirkt haben mußte, in dem Skrupel

* Earl of Bothwell, dritter Gemahl Maria Stuarts und Mörder ihres zweiten (A. d. Ü.)

wie gelähmt waren. Wenn er seinem Urteilsvermögen trauen konnte, so war der junge Mann weder wahnsinnig noch von Natur aus böse. Doch das konnte ihn nicht reinwaschen. Mord wegen einer Frau war kein seltenes Verbrechen, bei Gott nicht! Wenngleich die Antriebsschwäche der gehobenen Gesellschaftsschichten und ihr Respekt vor den Aufklärungsmöglichkeiten der modernen Kriminalistik es hatte selten werden lassen, so lag es doch immer noch im Bereich des Möglichen. Es brauchte nur einen gleichermaßen wagemutigen wie intelligenten Mann, dessen Seele trunken war von den Dämpfen einer vergiftenden Liebschaft, um solch eine Tat zu planen und auszuführen.

Mit gepeinigtem Herzen hatte er tausendmal versucht, sich das Grauen auszureden, Mabel Manderson habe womöglich von dem Plan gegen das Leben ihres Mannes gewußt. Daß ihr nach der Tat die volle Wahrheit bewußt war, stand außer Zweifel; ihr unvergeßlicher Zusammenbruch in seiner Gegenwart nach der plötzlichen und unverblümten Frage nach Marlowe hatte seine letzte Hoffnung hinweggeschwemmt, es möge keine Liebe zwischen dem Paar geben, mehr noch, er schien sogar Furcht vor Entdeckung zu signalisieren. Auf jeden Fall wußte sie die Wahrheit nach der Lektüre seines Manuskriptes, und es war sicher, daß seitdem kein öffentlicher Verdacht auf Marlowe gefallen war. Sie hatte demnach das Manuskript vernichtet und ihn beim Wort genommen, das Geheimnis zu wahren, welches das Leben ihres Geliebten bedrohte.

Doch der monströse Gedanke, sie habe womöglich gewußt, daß Mord in der Luft lag und schuldhaft geschwiegen, ließ Trent nicht los. Vielleicht hatte sie etwas geahnt, einen Verdacht gehabt; war es denkbar, daß sie sich des ganzen Komplotts bewußt war, das sie da stillschweigend unterstützte? Es ging ihm nicht aus dem Sinn, daß sein erster Verdacht, Marlowes Motiv in dem Verbrechen betreffend, dadurch geweckt wurde, daß er durchs Schlafzimmer der Dame entkam. Damals, bevor er sie kennengelernt hatte, war er nur allzu bereit gewesen, ihr gleichermaßen Schuld wie Beihilfe zuzutrauen. Er hatte sich eine leidenschaftliche *hystérique* vorgestellt, gnadenlos wie eine Katze in ihrem Haß und ihrer Liebe; eine fanatische Gehilfin, womöglich gar der *spiritus rector* des Verbrechens.

Dann hatte er sie gesehen, mit ihr gesprochen, hatte ihr in ihrer Schwäche geholfen; und von ihrem ersten Zusammentreffen an waren ihm solche Verdächtigungen als schändlichste Infamie erschienen. Er hatte ihre Augen, ihren Mund gesehen; er hatte die Aura dieser Frau geatmet. Trent gehörte zu jenen, die glauben, das wahrhaft Böse in der Luft erschnuppern zu können. In ihrer Gegenwart hatte er eine innere Sicherheit ihrer absoluten Herzensgüte verspürt; und es sprach nicht dagegen, daß sie sich an jenem Tag auf den Klippen einen Augenblick lang dem Gefühl der Erleichterung über das Ende ihrer Knechtschaft hingegeben hatte, der Jahre ausgehungerten Gefühls und unerfüllter Mutterschaft. Daß sie sich in ihrer Not Marlowe zugewandt hatte, glaubte er; daß sie jedoch von seinem todbringenden Vorhaben gewußt hatte, das glaubte er nicht.

Und doch, die gräßlichen Zweifel kamen jeden Morgen und Abend wieder, und er rief sich ins Gedächtnis, daß Marlowe seine Vorkehrungen im Schlafzimmer des Ermordeten beinah in ihrer Gegenwart traf, daß er das Fenster ihres eigenen Zimmers zum Verlassen des Hauses benutzte. Hatte er seine Schlauheit vergessen und das Risiko auf sich genommen, ihr da alles zu sagen? Oder hatte er, was Trent für wahrscheinlicher hielt, seine Rolle weiter gespielt und sich fortgestohlen, während sie schlief? Er glaubte nicht, daß sie von der Maskerade gewußt hatte, als sie ihre Aussage bei der Verhandlung machte; das las sich wie eine aufrichtige Aussage. Oder – er konnte die Frage nicht zum Schweigen bringen, obgleich er sich dafür verachtete – hatte sie wachgelegen in Erwartung der Schritte und des Flüsterns, das ihr sagte, es sei vollbracht? Bei all den verderbten Möglichkeiten menschlicher Natur, war es denkbar, daß gleichermaßen schwarze Rücksichtslosigkeit wie pechschwarzer Verrat in dieser guten und sanften Hülle schlummerten?

Diese Gedanken ließen ihn kaum einmal los, wenn er allein war.

Trent versorgte Sir James gut, verdiente sich sein Honorar sechs Monate lang, und kehrte dann nach Paris zurück, wo er sich in besserer Verfassung erneut seiner Arbeit zuwandte. Seine Schaffenskraft war wieder erwacht, und er begann, glücklicher als er erwartet hatte, inmitten eines merkwürdig zusammengewürfelten Freundeskreises zu leben: Franzosen, Engländern, Amerikanern, Künstlern, Poeten, Journalisten, Polizisten, Hotelbesitzern, Soldaten, Anwälten, Geschäftsleuten und anderen. Seine alte Fähigkeit des mitfühlenden Interesses an seinen Mitmenschen gewann ihm, genau wie in seiner Studentenzeit, Privilegien, wie sie einem Briten nicht oft zuteil wurden. Wieder kam er in den Genuß der seltenen Erfahrung, in den Schoß einer französischen Familie aufgenommen zu werden. *Les jeunes* schenkten ihm ihr Vertrauen, und er fand sie ebenso überzeugt davon, die Geheimnisse von Kunst und Leben eingefangen zu haben, wie die abgetretenen *jeunes* von vor zehn Jahren auch.

Der ›Schoß‹ der französischen Familie ähnelte denjenigen, die er in der Vergangenheit gekannt hatte bis hin zu Tapetenmustern und Möbeln. Aber die *jeunes* waren, wie er mit Bedauern feststellte, völlig anders als ihre Vorgänger. Sie waren so viel oberflächlicher und kindischer, so viel weniger wirklich klug. Die Geheimnisse, welche sie dem Universum abrangen, waren nicht solch wichtige und interessante Geheimnisse, wie es die der alten *jeunes* gewesen waren. Dies glaubte und beklagte er, bis er eines Tages in einem Restaurant zufällig neben einen allzu beleibten Mann zu sitzen kam, den er trotz der Verwüstungen durchs Wohlleben als einen der *jeunes* aus seiner Zeit wiedererkannte. Dieser hatte sich und drei oder vier andere gern als die »Eremiten des Neuen Parnaß« bezeichnet. Er und seine Anhänger hatten vor Cafés und sonstwo mehr geredet, als es Eremiten in der Regel tun; aber sei's drum, schließlich hatten sie sich ja selbst dazu ernannt, Regeln aufzuheben. Sie proklamierten vor allem das freie Versmaß. Dieser »Eremit des Neuen Parnaß« saß jetzt hochdekoriert im Innenministerium und erklärte Trent, was Frankreich am dringendsten brauche, sei eine eiserne Hand. Er konnte exakt beziffern, was für gewisse landesverräterische Betätigungen bezahlt wurde, wovon Trent nie zuvor gehört hatte.

Auf diese Weise wurde ihm die Erkenntnis zuteil, daß er selbst es war, der sich verändert hatte, ebenso wie sein Freund aus der Verwaltung, daß *les jeunes* jedoch die gleichen geblieben waren. Trotzdem fiel es ihm schwer zu sagen, was genau er verloren hatte, das so sehr ins Gewicht fiel; es sei denn, tatsächlich etwas so Simples wie seinen Überschwang.

Eines Morgens im Juni, als er gerade die Rue des Martyrs hinaufging, sah er eine ihm bekannte Gestalt auf sich zukommen. Rasch schaute er um sich, denn der Gedanke, Mr. Bunner wiederzutreffen, war ihm unerträglich. Seit einiger Zeit hatte er gemerkt, daß seine Wunde unter dem Einfluß seiner derzeitigen kreativen Arbeit zu heilen begann; er dachte nicht mehr so häufig und mit weniger Qualen an die Frau, die er liebte. Er wollte die Erinnerung an jene drei Tage nicht wiederaufleben lassen.

Doch die schnurgerade, enge Gasse bot keinen Schutz, und der Amerikaner erkannte ihn fast augenblicklich.

Seine ungekünstelte Herzlichkeit beschämte Trent, denn er mochte den Mann. Sie saßen lange bei einem gemeinsamen Mahl, und Mr. Bunner erzählte. Trent hörte ihm, nachdem er nicht mehr zurück konnte, mit aufrichtigem Vergnügen zu und steuerte hie und da eine Frage oder Bemerkung bei. Neben der Sympathie für sein Gegenüber genoß er dessen Konversation mit ihren stets neuen verbalen Überraschungen um ihrer selbst willen.

Mr. Bunner lebte offenbar als Hauptagent der Firma Manderson für Kontinentaleuropa in Paris und war mit seiner Position und seinen Aussichten völlig zufrieden. Darüber sprach er etwa zwanzig Minuten. Als dieses Thema erschöpft war, erzählte er Trent, der gestand, schon seit über einem Jahr aus England fort zu sein, daß Marlowe kurz nach Mandersons Tod in die Firma seines Vaters eingetreten sei, diese inzwischen wieder zum florieren gebracht habe und sie nun schon beinahe führe. Sie hatten ihre Bekanntschaft aufrecht erhalten und planten sogar einen gemeinsamen Sommerurlaub. Mr. Bunner sprach mit großzügiger Bewunderung von den geschäftlichen Talenten seines Freundes. »John Marlowe weiß durchaus, was sein Kopf wert ist«, erklärte er. »Und wenn er größere Erfahrung hätte, käme ich nicht gern mit ihm ins Gehege. Er könnte mir jederzeit das Wasser abgraben.«

Während der Amerikaner weiterredete, hörte Trent mit wachsender Verwirrung zu. Es wurde immer deutlicher, daß etwas an seiner Einschätzung der Lage ganz und gar nicht stimmte; die Hauptperson wurde mit keinem Wort erwähnt. Gleich darauf erzählte Mr. Bunner von Marlowes Verlobung mit einem irischen Mädchen, dessen Vorzüge er mit unverbildetem Enthusiasmus rühmte.

Trent krampfte unter dem Tisch heftig die Hände zusammen. Was konnte geschehen sein? Seine Vorstellungen verschoben sich und gerieten ins Wanken. Schließlich überwand er sich, und stellte eine direkte Frage.

Mr. Bunner war nicht umfassend informiert. Er wußte, daß Mrs. Manderson England sofort nach Ordnung der Angelegenheiten ihres Mannes verlassen und eine Zeitlang in Italien gelebt hatte. Sie war erst kürzlich nach London zurückgekehrt, wo sie entschied, nicht das Haus in Marlstone zu bewohnen, sondern ein kleineres in der Gegend von Hampstead zu kaufen; ebenso eins auf dem Lande, soweit er unterrichtet war. Es hieß, sie lasse sich nur selten in der Gesellschaft blicken. »Und all die schönen, harten Dollars, die bloß drauf warten, daß jemand sie unter die Leute bringt«, sagte Mr. Bunner mit so etwas wie Pathos in der Stimme. »Liebe Güte, sie hat Geld wie Heu – sie könnte die Kühe damit füttern – und nichts tut sich. Der alte Knabe hat ihr mehr als die Hälfte seiner Bündelchen hinterlassen. Und denken Sie nur an die Rolle, die sie in der Welt spielen könnte. Sie ist schön, und sie ist noch dazu die beste Frau, der ich je begegnet bin. Aber sie konnte sich offenbar nie angewöhnen, Geld so auszugeben, wie man es ausgeben sollte.«

Mr. Bunners Worte wurden zunehmend zum Selbstgespräch: Trents ganze Aufmerksamkeit war von seinen Gedanken in Anspruch genommen. Er schützte schließlich Geschäfte vor, und die beiden Männer verabschiedeten sich herzlich. Eine halbe Stunde später war Trent in seinem Studio damit beschäftigt, eilig und mechanisch ›aufzuräumen‹. Er wollte wissen, was geschehen war; irgendwie mußte er es herausfinden. Unter gar keinen Umständen konnte er sich an sie selbst wenden, das war ihm klar; damit würde er die ganze Schmach ihres letzten Zusammentreffens wieder heraufbeschwören; es war ohnehin kaum wahrscheinlich, daß er sie auch nur zu Gesicht bekam. Aber er mußte es wissen!... Cupples war in London, Marlowe war dort... Und überhaupt, er hatte Paris ohnehin satt.

Solche Gedanken kamen und gingen; und darunter dehnten sich sämtliche Fasern des unsichtbaren Bandes, das gnadenlos an seinem Herzen zerrte und das er in Momenten, wo er dessen Existenz nicht leugnen konnte, bitterlich verfluchte. Diese Torheit, diese unsinnige, bedauernswerte Torheit!

Innerhalb von vierundzwanzig Stunden waren seine schwächlichen Wurzeln in Paris herausgerissen. Über eine bleierne See hinweg blickte er auf die schimmernde Festungsmauer der Felsen von Dover.

Aber obwohl er sich innerhalb des Chaos, das in seinem Innern tobte, instinktiv die Umrisse eines gesetzten Zieles abgesteckt hatte, sah er sich gleich zu Beginn Schwierigkeiten gegenüber.

Er hatte entschieden, daß er zuerst Mr. Cupples sprechen mußte, der in der Lage war, ihm wesentlich mehr zu sagen als der Amerikaner. Doch Mr. Cupples war auf Reisen und wurde nicht vor Ablauf eines Monats zurückerwartet; und Trent sah keinen vernünftigen Vorwand, seine Rückkehr zu beschleunigen. Marlowe wollte er nicht gegenübertreten, bis er nicht zumindest versucht hatte, die Lage zu sondieren. Er zwang sich, nicht noch die krönende Torheit zu begehen, Mrs. Mandersons Haus in Hampstead aufzusuchen; er konnte es nicht betreten, und die Vorstellung, möglicherweise von ihr dabei beobachtet zu werden, wie er in der Gegend herumstrich, trieb ihm das Blut ins Gesicht.

Er wohnte in einem Hotel, nahm sich ein Studio, und während er auf Mr. Cupples' Rückkehr wartete, machte er den vergeblichen Versuch, sich durch Arbeit abzulenken.

Nach einer Woche hatte er eine Idee, die er mit größter Eile in die Tat umsetzte. Sie hatte bei ihrer letzten Begegnung etwas von einer Vorliebe für Musik erwähnt. Trent ging an diesem Abend, und von da an regelmäßig, in die Oper. Vielleicht sah er sie; und sollte sie – trotz seiner Vorsicht – ihn bemerken, so konnten sie vorgeben, sich nicht wahrzunehmen – jeder konnte zufällig einmal in der Oper sein.

So ging er Abend für Abend allein hin, schob sich, so rasch es angemessen erschien, durch die Menge im Vestibül; und allabendlich verließ er die Oper in dem Wissen, daß sie nicht dagewesen war. Es wurde zu einer Gewohnheit, die ihm bei aller schuldbewußten Erregung seiner Suche etwas wie Befriedigung gewährte; denn auch er liebte Musik, und solange ihr Zauber währte, konnte ihm nichts anderes solchen Frieden vermitteln.

Eines Abends, als er gerade ankam und durch die glanzvolle Menge eilte, fühlte er eine Berührung am Arm. Eine unglaubliche Gewißheit durchströmte ihn dabei, und er drehte sich um.

Sie war es: so viel strahlender ohne den Gram und die Angst, strahlend durch ihr Lächeln und durch den Reiz der Abendgarderobe, daß er kein Wort hervorbrachte. Auch sie atmete etwas rascher, und als sie ihn begrüßte, lag in ihren Augen und auf ihren Wangen so etwas wie eine Herausforderung.

Sie sagte nicht viel. »Ich möchte keinen Ton des *Tristan* versäumen«, meinte sie, »und das sollten Sie auch nicht. Kommen Sie doch in der Pause zu mir.« Sie nannte ihm die Nummer ihrer Loge.

Eruption

Die folgenden beiden Monate in Trents Leben waren eine Zeit, an die er später nie ohne Schaudern zurückdachte. Ein halbes Dutzend Mal traf er mit Mrs. Manderson zusammen, und jedes Mal verwirrte und beunruhigte ihn ihre kühle Freundlichkeit, ein hübsch ausgewogenes Mittel zwischen bloßer Bekanntschaft und der ersten Stufe zu einer Freundschaft. In der Oper hatte er sie zu seiner weiteren Verwunderung in Begleitung einer gewissen Mrs. Wallace angetroffen, einer munteren Matrone, die er schon aus seiner Kindheit kannte. Mrs. Manderson war offenbar seit ihrer Rückkehr aus Italien in dieselben Kreise geraten, denen er durch Lebensart und Neigung angehörte. Es käme daher, erklärte sie, daß sie ihre Zelte in deren Jagdgründen aufgeschlagen habe; einige seiner Freunde waren ihre nächsten Nachbarn. Er hatte eine schwache, aber scheußliche Erinnerung daran, daß er bei jener Gelegenheit nicht er selbst gewesen war; unsicher, verlegen, mit brennendem Gesicht, hatte er sich voll idiotischer Geschwätzigkeit über seine Abenteuer in den baltischen Provinzen ausgelassen und dabei von Zeit zu Zeit bemerkt, daß er sich fast ausschließlich Mrs. Wallace zuwandte. Mrs. Manderson schien, als er sich zu ihnen gesellte, den Anflug von Gemütsbewegung, mit der sie ihn im Vestibül angehalten hatte, völlig überwunden zu haben. Sie hatte über ihre Reisen geplaudert, ihre Ansiedlung in London und über gemeinsame Bekannte.

Bis zum Ende der Vorstellung, das er in ihrer Loge hörte, hatte er, hinter ihr sitzend, nichts anderes wahrgenommen als das Rund ihrer Wange im Profil, die Fülle ihres Haars, die Linien ihrer Schulter und ihres Arms, ihre Hand auf dem Polster. Ihr dunkles Haar war ihm zuletzt wie ein unermeßlicher, undurchdringlicher Zauberwald erschienen, der ihn zu einem verhängnisvollen Abenteuer lockte... Zum Schluß war er blaß und in sich gekehrt gewesen und hatte sich ziemlich förmlich von den Damen verabschiedet.

Bei ihrem nächsten Zusammentreffen – in einem Landhaus, wo sie beide zu Gast waren – und bei den darauffolgenden Gelegenheiten hatte er sich in der Hand. Er tat es ihr gleich und hatte sich, so glaubte er, angepaßt, anständig, den Umständen entsprechend –

Diese Umstände hießen für ihn, daß er in einer Seelenqual aus Befremden, Gewissensbissen und Sehnsucht lebte. Er konnte mit ihrer Haltung nichts, absolut nichts anfangen. Daß sie sein Manuskript gelesen und den Verdacht verstanden hatte, der aus seiner letzten Frage damals in ›White Gables‹ sprach, stand außer Zweifel. Doch wie konnte sie ihn dann ebenso freundlich und offen behandeln wie all jene, die sie nicht gekränkt hatten?

Denn soviel war ihm ganz intuitiv klar: eine Kränkung hatte stattgefunden, und sie hatte sie verspürt, auch wenn sie in ihrem äußeren Verhalten ihm gegenüber keine noch so geringen Anzeichen dafür zeigte. Ein paarmal hatte ihn bei den seltenen und kurzen Gelegenheiten, wo sie allein zusammenstanden, die gleiche Intuition gewarnt, daß sie drauf und dran war, dieses Thema anzuschneiden; und jedes Mal war es ihm mit aus Furcht geborenem Geschick gelungen, das Gespräch in andere Bahnen zu lenken. Er faßte zwei Entschlüsse. Der erste besagte, daß er fortgehen und fortbleiben würde, sobald er eine Auftragsarbeit beendet hatte, die ihn an London band. Die Belastung war ihm zu groß. Er brannte nicht länger darauf, die Wahrheit zu erfahren; um seine feste innere Überzeugung bestätigt zu finden, brauchte er nichts als den Glauben, daß er alles verdorben, die Situation falsch ausgelegt, ihre Tränen mißinterpretiert und sich selbst als verleumderischen Trottel abgestempelt hatte. Er spekulierte nicht mehr über Marlowes Motiv für den Mord an Manderson. Mr. Cupples kehrte nach

London zurück, doch Trent stellte ihm keine Fragen. Er wußte nun, daß jene Worte stimmten – Trent erinnerte sich ihrer des Nachdrucks wegen, mit dem sie ausgesprochen wurden – »So lange sie sich an ihn gebunden fühlte ... hätte keine Macht der Erde sie überreden können.« Er traf Mrs. Manderson beim Dinner in dem großen, gruftähnlichen Haus ihres Onkels in Bloomsbury und unterhielt sich dort den größten Teil des Abends mit einem Archäologieprofessor aus Berlin.

Der zweite Entschluß war, nicht mit ihr allein zu sein.

Doch als sie ihm einige Tage später schrieb und ihn für den folgenden Nachmittag zu sich bat, machte er keine Anstalten, sich zu entschuldigen. Dies war eine offizielle Herausforderung.

Während des Rituals der Teestunde und einige Zeit danach stimmte sie mit solch natürlicher Leichtigkeit in seine etwas fieberhafte Konversation über Themen des Tages ein, daß er zu hoffen begann, sie habe aufgegeben, was sie ohne Zweifel im Sinn gehabt hatte, nämlich ihn in die Enge zu treiben und ernsthaft mit ihm zu reden. Sie war allem Anschein nach im Augenblick sorglos und lächelte, so daß ihm – nicht zum ersten Mal seit jenem Abend in der Oper – einfiel, was vor langer Zeit über eine Braunschweig'sche Prinzessin geschrieben wurde: »Ihr Mund hat zehntausend Reize, welche an die Seele rühren.« Sie führte ihn durch den schönen Raum, in dem sie ihn empfangen hatte, dabei wies sie auf diesen oder jenen Schatz hin, den sie aus dem Angebot hunderter von Raritäten-Läden erstanden hatte, und lachend erzählte sie von Streifzügen, Entdeckungen und Feilschen. Und als er fragte, ob sie ihn noch einmal mit einem seiner Lieblingsstücke erfreuen würde, das er sie bei einer Gesellschaft in einem anderen Haus hatte spielen hören, willigte sie sogleich ein.

Sie spielte mit einer Perfektion in Gestaltung und Ausdruck, die ihn bewegte wie schon zuvor. »Sie sind die geborene Musikerin«, sagte er leise, als sie geendet hatte und der letzte Ton verklungen war. »Das wußte ich schon, bevor ich Sie zum ersten Mal spielen hörte.«

»Ich habe immer viel gespielt. Es ist mir ein großer Trost«, erwiderte sie schlicht, und halb zu ihm gewandt, fuhr sie lächelnd fort. »Wann haben Sie denn zum ersten Mal Musik in mir entdeckt? Ach, natürlich: ich war in der Oper. Aber das beweist noch nichts, oder?«

»Nein«, meinte er abwesend und in Gedanken noch bei der Musik, die er eben gehört hatte. »Ich glaube, ich wußte es, als ich Sie das erste Mal sah.« Da wurde ihm klar, was er gesagt hatte, und er erstarrte. Zum ersten Mal war die Vergangenheit heraufbeschworen worden.

Es trat eine kurze Pause ein. Mrs. Manderson sah Trent an, dann schaute sie hastig weg. Röte stieg ihr in die Wangen, und sie spitzte die Lippen wie zum Pfeifen. Dann erhob sie sich plötzlich mit einer trotzigen Bewegung ihrer Schultern, an die er sich erinnerte, von ihrem Platz vor dem Klavier und setzte sich auf einen Stuhl ihm gegenüber.

»Was Sie eben gesagt haben«, begann sie langsam und blickte auf ihre Schuhspitzen, »ist als Überleitung zu dem, worüber ich gern sprechen wollte, ebenso gut geeignet wie etwas anderes. Ich habe Sie bewußt heute hergebeten, Mr. Trent, weil ich es nicht länger ertragen konnte. Seit dem Tag, als Sie damals ›White Gables‹ verließen, habe ich mir immer wieder gesagt, daß es keine Rolle spiele, was Sie in der Angelegenheit über mich denken; daß Sie, nach allem, was Sie mir über die Gründe für das Zurückhalten Ihres Manuskripts gesagt hatten, ganz sicher kein Mensch sind, der anderen gegenüber seine Meinung über mich äußern würde. Aber ich wußte natürlich die ganze Zeit über, daß es mir wichtig war. Und zwar sehr. Denn was Sie annahmen, stimmte nicht.« Sie hob die Augen und sah ihn ruhig an. Trent erwiderte ihren Blick mit völlig ausdruckslosem Gesicht.

»Seit ich Sie besser kenne«, sagte er, »glaube ich es nicht mehr.«

»Danke«, sagte Mrs. Manderson und errötete plötzlich und heftig. Sie begann mit einem Handschuh zu spielen. Dann setzte sie hinzu: »Aber ich möchte gern, daß Sie wissen, *wie* es war.

Ich wußte nicht, ob ich Sie je wiedersehen würde«, fuhr sie in leiserem Ton fort, »aber ich hatte das Gefühl, sollten wir uns begegnen, so müsse ich mit Ihnen darüber reden. Ich stellte es mir nicht allzu schwierig vor, denn Sie schienen ein verständnisvoller Mensch zu sein; außerdem hat eine Frau, die einmal verheiratet war, nicht die Hemmungen, notfalls über solche Dinge zu reden, wie möglicherweise ein junges Mädchen. Und dann sahen wir uns wieder, und ich mußte feststellen, daß es in Wirklichkeit sehr schwer war. Sie haben es mir schwer gemacht.«

»Wie das?« fragte er leise.

»Ich weiß es nicht«, sagte die Dame. »Aber ja, doch – natürlich weiß ich es. Es war einfach deshalb, weil Sie mich genau so behandelt haben, als hätten Sie niemals irgend etwas derartiges über mich gedacht oder sich vorgestellt. Ich hatte immer angenommen, wenn Sie mich wiedersehen, würden Sie mir diesen harten, schrecklichen Blick zuwerfen, der Ihre letzte Frage begleitete – erinnern Sie sich? – in ›White Gables‹. Statt dessen haben Sie sich wie jeder andere Bekannte benommen. Sie waren einfach« – sie zögerte und spreizte die Hände – »nett. Verstehen Sie. Nach unserem ersten Zusammentreffen in der Oper, als ich Sie ansprach, fragte ich mich hinterher ernsthaft, ob Sie mich überhaupt erkannt hatten. Das heißt, ich dachte, Sie hätten womöglich mein Gesicht wiedererkannt, ohne sich jedoch zu erinnern, wer ich war.«

Trent konnte sich eines kurzen Auflachens nicht enthalten, doch er sagte nichts.

Sie lächelte entschuldigend. »Nun, ich konnte mich nicht erinnern, ob Sie meinen Namen genannt hatten; und es hätte doch sein können. Aber beim nächsten Mal, bei den Iretons, sprachen Sie mich mit Namen an, und da wußte ich es; und ein dutzendmal in jenen paar Tagen war ich fast so weit, mit Ihnen zu reden, aber nie ganz. Ich spürte, daß Sie mich nicht an sich heranlassen würden, daß Sie das Thema wechseln würden, wenn ich davon anfinge. Stimmt das? Bitte, sagen Sie es mir.« Er nickte. »Aber weshalb?« Er schwieg.

»Nun«, fuhr sie fort, »ich werde sagen, was ich zu sagen habe, und dann werden Sie mir hoffentlich erklären, weshalb Sie es mir so schwer machen mußten. Als ich anfing zu begreifen, daß Sie nicht mit mir über die Angelegenheit sprechen wollten, bestärkte mich das eher noch. Wahrscheinlich ist Ihnen nicht aufgegangen, daß ich auf diesem Gespräch bestehen würde, auch wenn Sie noch so abweisend sein sollten. Wäre ich, wie Sie annahmen, schuldig, so hätte ich es bestimmt nicht gekonnt. Heute sind Sie hier in meinen Salon gekommen und dachten sich, ich würde es nicht wagen. Nun, da haben Sie es.«

Mrs. Manderson hatte all ihre Zurückhaltung aufgegeben. Sie hatte sich, wie man sagt, warm geredet und fühlte sich in dem Eifer ihrer Absicht, das Mißverständnis aus der Welt zu schaffen, das sie so lange belastet hatte, als Herrin der Lage.

»Ich werde Ihnen die Geschichte des Fehlers erzählen, den Sie begangen haben«, fuhr sie fort, während Trent, die Hände zwischen den Knien zusammengepreßt, sie noch immer abwartend ansah. »Sie werden mir glauben müssen, Mr. Trent; sie ist so wahr wie das Leben mit all seinen Verwirrungen und Geheimnissen und Wechselwirkungen, mit all den vollkommen normalen Fehlern, die wir, ohne weiter darüber nachzudenken, als gegeben hinnehmen. Bitte seien Sie versichert, daß ich Ihnen keinerlei Schuld daran gebe, es auch nie getan habe, daß Sie zu ihrem voreiligen Schluß gekommen sind. Sie wußten, daß mein Mann und ich uns entfremdet hatten, und Sie wußten, was das in vielen Fällen heißt. Sie wußten wahrscheinlich schon bevor ich es Ihnen sagte, daß er mir gegenüber eine gekränkte Haltung einnahm, und ich war dumm genug, es wegdisputieren zu wollen. Ich gab Ihnen die Erklärung, die ich mir selbst auch zuerst gegeben hatte, bevor ich die armselige Wahrheit erkannte; ich sagte Ihnen, daß er enttäuscht von mir war, weil ich keine brillante Führungsrolle in der Gesellschaft übernehmen konnte. Nun, das stimmte; er war enttäuscht. Aber ich konnte sehen, daß Sie nicht überzeugt waren. Sie hatten erraten, was zu erkennen mich viel mehr Zeit kostete, weil ich wußte, wie unsinnig es war. Ja, mein Mann war eifersüchtig auf John Marlowe, soviel haben Sie erraten.

Dann habe ich mich sehr töricht benommen, als Sie mir zeigten, daß Sie es erraten hatten; es war ein solcher Schlag, verstehen Sie, in einem Augenblick, da ich angenommen hatte, alle Demütigung und Last habe ein Ende und seine Verblendung sei mit ihm gestorben. Sie fragten mich praktisch, ob der Sekretär meines Mannes mein Liebhaber sei, Mr. Trent – ich *muß* es aussprechen, denn ich möchte, daß Sie verstehen, weshalb ich zusammengebrochen bin und eine Szene gemacht habe. Sie hielten das für ein Geständnis; Sie dachten, ich hätte mich solch einer Verfehlung schuldig gemacht, und ich glaube, Sie dachten sogar, ich sei womöglich an dem Verbrechen beteiligt, dachten, ich hätte zugestimmt ... Das hat mich getroffen; aber vielleicht konnten Sie nicht anders denken – ich weiß es nicht.«

Trent, der sie bis dahin unverwandt angesehen hatte, senkte bei diesen Worten den Kopf. Er hob ihn nicht wieder, als sie weitersprach. »Aber tatsächlich war es schlicht Schock und Qual, die mich überwältigten, und die Erinnerung an all das Elend, in das dieser wahnwitzige Verdacht mich gestürzt hatte. Und als ich mich wieder gefaßt hatte, waren Sie fort.«

Sie stand auf und ging zu einem Schreibpult neben dem Fenster, schloß eine Schublade auf und zog einen langen, versiegelten Umschlag heraus.

»Hier ist das Manuskript, das Sie mir gaben«, sagte sie. »Ich habe es wieder und wieder durchgelesen. Ich habe mich, wie viele andere, über Ihre Findigkeit in solchen Dingen gewundert.« Die Andeutung eines schelmischen Lächelns huschte über ihr Gesicht und verschwand. »Ich fand es hervorragend,

Mr. Trent – ich vergaß beinah, daß es meine eigene Geschichte war, so fesselte es mich. Und ich möchte Ihnen jetzt, solange ich dies in der Hand halte, sagen, wie ungeheuer dankbar ich Ihnen für den ritterlichen, großzügigen Akt bin, diesen Ihren Triumph lieber zu opfern, als den guten Leumund einer Frau in Gefahr zu bringen. Wäre alles so gewesen, wie Sie annahmen, so hätten die Tatsachen ans Licht kommen müssen, als die Polizei den Fall aufnahm, den Sie ihr übergaben. Glauben Sie mir, ich war mir völlig im klaren darüber, was Sie getan hatten, und ich habe nie aufgehört, dankbar zu sein, auch wenn ich mich durch Ihren Verdacht am Boden zerstört fühlte.«

Als sie ihre Dankesworte sprach, zitterte ihre Stimme etwas und ihre Augen glänzten. Trent nahm nichts von alledem wahr. Sein Kopf war immer noch gesenkt. Er schien nichts zu hören. Sie legte ihm den Umschlag in die offene Hand, die mit der Handfläche nach oben auf seinem Knie ruhte. In der Geste lag etwas Sanftes, das ihn aufsehen ließ.

»Können Sie –« begann er langsam.

Sie hob die Hand und blieb vor ihm stehen. »Nein, Mr. Trent, lassen Sie mich ausreden, bevor Sie etwas sagen. Es ist eine so ungeheuere Erleichterung für mich, das Eis endlich gebrochen zu haben, und ich möchte meine Geschichte beenden, solange ich noch den Triumph in mir fühle, daß ich sie begonnen habe.« Sie ließ sich wieder auf der Chaiselongue nieder, auf der sie zu Anfang gesessen hatte. »Ich möchte Ihnen etwas sagen, was niemand sonst weiß. Daß in meiner Ehe etwas nicht in Ordnung war, wußte wahrscheinlich jeder, obgleich ich alles tat, was in meiner Macht stand, es zu verbergen. Aber ich glaube, kein Mensch auf der Welt ahnte je, was mein Mann tatsächlich vermutete. Leute, die mich kennen, denken so etwas nicht von mir. Und seine Annahme stand in so lächerlichem Gegensatz zu den Tatsachen. Ich werde Ihnen die Situation erklären. Mr. Marlowe und ich verstanden einander von Anfang an recht gut. Trotz all seiner Klugheit – mein Mann sagte, er besitze einen schärferen Verstand als irgendein Mann, den er je gekannt habe – sah ich in ihm eher einen Knaben. Sie wissen, ich bin etwas älter als er, und er besaß einen so liebenswerten Mangel an Ehrgeiz, der mein Gefühl noch verstärkte.

Eines Tages fragte mich mein Mann, was ich an Marlowe am meisten schätzte, und ohne lange zu überlegen sagte ich: ›Seine Manieren.‹ Es überraschte mich sehr, daß er daraufhin düster dreinblickte und nach einer Pause meinte: ›Ja, Marlowe ist ein Gentleman; stimmt.‹ Dabei schaute er mich nicht an.

Bis vor ungefähr einem Jahr wurde darüber nie mehr gesprochen. Zu dem Zeitpunkt war Mr. Marlowe etwas passiert, was ich schon längst erwartet hatte – er hatte sich leidenschaftlich in ein amerikanisches Mädchen verliebt. Aber zu meinem Entsetzen hatte er sich meiner Ansicht nach das wertloseste Geschöpf aus unserem gesamten Bekanntenkreis ausgewählt. Sie war die Tochter wohlhabender Eltern, und sie machte mit ihnen, was sie wollte. Sie war schön, gebildet, eine gute Sportlerin – das, was man Sportskanone nennt – und scherte sich um nichts auf der Welt, außer um ihr eigenes Vergnügen. Ich habe nie eine Frau kennengelernt, die intelligenter und bedenkenloser herumflirtete. Jedermann wußte das, auch Mr. Marlowe mußte davon gehört haben, doch sie machte einen kompletten Trottel aus ihm, Verstand hin oder her. Ich weiß nicht, wie sie es anstellte, aber ich kann es mir denken. Natürlich mochte sie ihn; aber mir war sonnenklar, daß sie mit ihm spielte. Die ganze Affäre war so idiotisch, ich wurde richtig wütend. Eines Tages bat ich ihn, mich in einem Boot auf dem See zu rudern - die Geschichte spielte sich in unserem Haus am Lake George ab. Wir waren vorher niemals auch nur einen Augenblick lang miteinander allein gewesen. Im Boot redete ich dann mit ihm. Ich glaube, ich war sehr sanft mit ihm, und er nahm es mit bewundernswerter Haltung hin, aber er glaubte mir keine Silbe. Er hatte die Unverfrorenheit, mir entgegenzuhalten, ich mißverstehe Alices Naturell. Als ich eine Andeutung über seine Zukunft machte – ich wußte, er hatte keinerlei Vermögen – meinte er, wenn sie ihn liebe, könne er sich eine Position in der

Welt erarbeiten. Damit hatte er wohl recht bei seinen Fähigkeiten und seinen Beziehungen – er hat ziemlich einflußreiche Freunde, wissen Sie, und er ist beliebt. Doch seine Erleuchtung kam sehr bald danach.

Als wir anlegten, half mein Mann mir aus dem Boot. Er scherzte über irgend etwas mit Mr. Marlowe. Ich erinnere mich daran; denn in allem, was folgte, änderte er seine Haltung ihm gegenüber nicht, und das war ein Grund, weshalb es so lange dauerte, bis ich merkte, was er von ihm und mir dachte. Aber mir gegenüber verhielt er sich an jenem Abend reserviert und still – nicht verärgert. Er blieb stets völlig kühl und sachlich, nachdem sich die Idee einmal in seinem Kopf festgesetzt hatte. Nach dem Abendessen sprach er nur kurz mit mir. Mr. Marlowe hatte ihm von einem Pferd erzählt, das er für die Farm in Kentucky gekauft hatte, und mein Mann sah mich an und sagte: »Marlowe mag vielleicht ein Gentleman sein, aber beim Roßhandel zieht er selten den kürzeren.« Die Bemerkung überraschte mich, doch zu dem Zeitpunkt – und auch noch beim nächsten Mal, als er uns zusammen überraschte – begriff ich nicht, was er dabei im Sinn hatte. Dieses nächste Mal spielte sich an dem Morgen ab, als Mr. Marlowe einen netten kleinen Brief von jenem Mädchen bekam, worin sie ihn aufforderte, ihr zur Verlobung zu gratulieren. Das war in unserem Haus in New York. Er sah beim Frühstück so unglücklich aus, daß ich dachte, er sei krank und später zu ihm in sein Arbeitszimmer ging, um zu erfahren, was los war. Er antwortete nicht, reichte mir nur den Brief und wandte sich ab, zum Fenster hin. Ich war sehr froh, daß alles vorüber war, aber gleichzeitig tat es mir natürlich entsetzlich leid für ihn. Ich erinnere mich nicht mehr, was ich sagte, aber ich weiß noch, daß ich meine Hand auf seinen Arm legte, als er da stand und in den Garten hinaus starrte. Und genau in diesem Augenblick erschien mein Mann mit einigen Papieren in der offenen Tür. Er warf nur einen Blick auf uns, wandte sich ab, und ging leise in sein Arbeitszimmer zurück. Ich dachte, er hätte vielleicht gehört, was ich Mr. Marlowe zum Trost gesagt hatte, und fand es nett von ihm, sich so unauffällig fortzustehlen. Mr. Marlowe hatte ihn weder gesehen noch gehört. Mein Mann verließ an jenem Morgen das Haus zu einer Reise in den Westen, während ich ausgegangen war. Nicht einmal das verstand ich richtig. Er pflegte oft so plötzlich wegzufahren, wenn eine geschäftliche Angelegenheit es erforderte.

Erst eine Woche später, als er zurückkam, begriff ich die Lage. Er sah bleich und fremd aus und fragte, sobald er mich sah, nach Mr. Marlowe. Der Tonfall seiner Frage machte mir blitzartig alles klar.

Ich keuchte fast; ich war wild vor Empörung. Sie können mir glauben, Mr. Trent, es hätte mich nicht im geringsten gestört, wenn man mir zugetraut hätte, daß ich offen mit meinem Mann breche und ihn wegen eines anderen verlasse. Ich könnte mir vorstellen, daß ich das womöglich sogar getan hätte. Aber diese primitiven Verdächtigungen ... ein Mann, dem er vertraute ... und der Gedanke der Heimlichkeit. Ich sah feuerrot. Mein ganzer Stolz bäumte sich auf bis ich zitterte, und ich schwor mir auf der Stelle, daß ich niemals durch ein Wort oder eine Geste zeigen würde, daß mir bewußt war, was für Gedanken er über mich hegte. Ich beschloß, mich genauso zu benehmen wie immer, – und das habe ich auch getan, bis zuletzt. Obgleich ich wußte, daß von da an eine Mauer zwischen uns errichtet war, die nie wieder eingerissen werden konnte – selbst wenn er mich um Verzeihung gebeten und ich sie ihm gewährt hätte – ich zeigte nie, daß ich eine Veränderung bemerkt hatte.

Und so ging es weiter. Ich könnte solch eine Zeit nicht noch einmal durchstehen. Mein Mann legte mir gegenüber schweigende und kalte Höflichkeit an den Tag, wenn wir allein waren – und das waren wir nur dann, wenn es sich nicht vermeiden ließ. Er nahm nicht ein einziges Mal Bezug auf das, was ihn beschäftigte; aber ich spürte es, und er wußte, daß ich es spürte. Wir waren beide dickköpfig in unseren unterschiedlichen Haltungen. Zu Mr. Marlowe war er, wenn möglich, noch freundlicher als zuvor – der Himmel allein weiß, warum. Ich stellte mir vor, er plane eine Art Rache, doch das war nur eine Vorstellung. Ganz sicher hatte Mr. Marlowe nicht die geringste Ahnung, wessen er verdächtigt wurde. Er und ich blieben gute Freunde, obwohl wir nach seiner Enttäuschung nie mehr über private Dinge sprachen; aber ich ließ es mir angelegen sein, ihn nicht seltener als vorher zu sehen. Dann fuhren wir nach England und nach ›White Gables‹, und danach kam – das schreckliche Ende meines Mannes.« Sie streckte die rechte Hand in einer abschließenden Geste aus. »Über den Rest wissen Sie Bescheid – so viel mehr als jeder andere Mann«, fügte sie hinzu und schaute mit einem eigenartigen Gesichtsausdruck zu ihm auf.

Trent wunderte sich über diesen Ausdruck, doch das Wundern war nur ein Schatten, der über seine Gedanken glitt. Innerlich war sein ganzes Wesen von Dankbarkeit erfüllt. Alle Lebhaftigkeit war in sein Gesicht zurückgekehrt. Lange bevor die Dame ihre Erzählung beendete, hatte er ihre tatsächliche Wahrhaftigkeit erkannt, ebenso wie er seit dem ersten Tag ihrer erneuerten Bekanntschaft die Geschichte anzweifelte, die seine Phantasie in ›White Gables‹ auf Fundamenten gegründet hatte, die ihm so solide erschienen waren.

Er sagte: »Ich weiß nicht, wo ich mit den Entschuldigungen anfangen soll, die nötig sind. Ich finde keine Worte, Ihnen zu sagen, wie beschämt und ehrlos ich mir vorkomme, wenn ich mir klarmache, welch plumpes, anmaßendes Herumreiten auf einer Schlußfolgerung mein Verdacht war. Ja, ich hatte – Sie im Verdacht! Ich hatte beinah vergessen, daß ich je solch ein Idiot war. Beinah – nicht ganz. Manchmal, wenn ich allein war, erinnerte ich mich dieser Torheit und goß meine ganze Verachtung darüber. Ich habe versucht, mir die Tatsachen vor Augen zu halten, ich habe versucht, mich vor mir selbst zu entschuldigen.«

Sie unterbrach ihn rasch. »Welch ein Unsinn! Seien Sie vernünftig, Mr. Trent. Sie hatten mich nur zweimal in ihrem Leben gesehen, bevor Sie mit der Lösung des Rätsels zu mir kamen.« Wieder erschien dieser wunderliche Gesichtsausdruck und war ebenso schnell verschwunden. »Und wenn Sie schon von Torheit reden, es wäre wahrhaftig töricht, wollte ein Mann wie Sie einer Frau wie mir gegenüber vorgeben, das Wort Unschuld stehe ihr in Großbuchstaben auf die Stirn geschrieben – so groß, daß Sie sehr eindringlichen Beweisen gegen mich nicht glauben konnten, nachdem wir uns zweimal begegnet waren.«

»Was meinen Sie mit ›ein Mann wie ich‹?« wollte er beinah wütend wissen. »Halten Sie mich für einen Menschen ohne jeden normalen Instinkt? Ich sage nicht, daß Sie den Eindruck machen, Sie seien ein schlichtes Gemüt, ein leicht durchschaubarer Charakter – das, was Mr. Calvin Bunner ein unbeschriebenes Blatt nennt; ich sage nicht, ein Fremder könnte Sie nicht womöglich der Niedertracht für fähig halten, wenn es dafür gute Beweise gäbe; aber ich sage: ein Mann, der Sie gesehen und Ihre Ausstrahlung gespürt hat und Sie dann noch mit dieser besonderen Art von Gemeinheit in Verbindung bringt, ist ein Trottel – einer von denen, die Angst davor haben, auf ihren gesunden Menschenverstand zu vertrauen ... Und daß ich es Ihnen schwergemacht hätte, das Thema zur Sprache zu bringen, da haben Sie recht. Das war schlicht moralische Feigheit. Ich merkte, daß Sie die Angelegenheit klären wollten; und mir graute davor, über mein verletzendes Herumgestümpere reden zu müssen. Ich versuchte Ihnen durch mein Verhalten zu zeigen, daß für mich nie etwas vorgefallen war. Ich hoffte, Sie würden mir ohne Worte verzeihen. Ich kann mir selbst nicht verzeihen und werde es nie können. Und doch, wenn Sie wüßten –« Er hielt abrupt inne und fügte dann leise hinzu: »Nun, ich hoffe, Sie akzeptieren all das als Entschuldigung? In Sack und Asche will ich gehen ... Ich hatte nicht vor, mich aufzuregen«, schloß er lahm.

Mrs. Manderson lachte, und ihr Lachen riß ihn mit sich fort.

Diese unvermittelt herausstürzenden Tonkaskaden der Heiterkeit, perfekter Ausdruck der Freude, waren ihm inzwischen wohlvertraut. Allein des Entzückens wegen, das ihm diese Töne bereiteten, bemühte er sich immer wieder, sie zu amüsieren.

»Aber ich habe es gern, wenn Sie sich aufregen«, sagte sie. »Der Plumps, mit dem Sie immer herunterfallen, sobald Sie merken, daß Sie in die Luft gegangen sind, ist ganz köstlich. Oh, jetzt lachen wir tatsächlich alle beide. Welch ein triumphales Ende unserer Erklärungen nach all meinem Grauen vor dem Moment, wo ich mit Ihnen reinen Tisch machen wollte. Aber nun ist es vorbei und, wissen Sie was? – Wir werden nie mehr davon sprechen.«

»Ich hoffe nicht«, sagte Trent ehrlich erleichtert. »Wenn Sie entschlossen sind, sich so großzügig zu zeigen, dann will ich nicht auf dem edlen Grundsatz bestehen, mich von Ihren Blitzen versengen zu lassen. Und nun sollte ich besser gehen, Mrs. Manderson. Jetzt über ein anderes Thema zu reden wäre, als wolle man nach einem Erdbeben Häschen-in-der-Grube spielen.« Er stand auf.

»Sie haben recht«, versetzte sie. »Aber nein! Warten Sie. Da ist noch etwas – es gehört zur Sache; und wir sollten alle Teile zusammenfügen, wenn wir schon dabei sind. Bitte setzen Sie sich.« Sie nahm den Umschlag mit Trents Manuskript von dem Tisch, wo er ihn abgelegt hatte. »Ich möchte gern hierüber sprechen.«

Er hob die Augenbrauen und sah sie fragend an. »Wenn Sie es möchten, dann möchte ich es auch«, meinte er langsam. »Eine Sache hätte ich nämlich sehr gern noch gewußt.«

»Und die wäre?«

»Da mein Grund, diese Informationen zurückzuhalten, Phantasterei war, warum haben Sie dann nie Gebrauch davon gemacht? Als mir klar wurde, daß ich mich in Ihnen getäuscht hatte, erklärte ich mir Ihr Schweigen, indem ich mir sagte, Sie brächten es nicht über sich, dazu beizutragen, einen Mann an den Galgen zu bringen, was immer er auch getan haben mochte. Dies Gefühl verstehe ich gut. War es der Grund? Eine andere Möglichkeit wäre gewesen, daß Sie etwas wußten, das Marlowes Tat hätte entschuldigen oder berechtigen können. Oder, so überlegte ich mir, vielleicht hatten Sie ja, abgesehen von solch menschlichen Skrupeln, einfach eine Abneigung, in Verbindung mit einem Mordfall in der Öffentlichkeit genannt zu werden. Oft müssen wichtige Zeugen in solchen Fällen praktisch dazu gezwungen werden, ihre Aussagen zu machen. Der Schatten des Schafotts könne womöglich mit auf sie fallen, glauben sie.«

Mrs. Manderson tippte mit dem Umschlag an ihre Lippen, ohne dabei ihr Lächeln ganz verbergen zu können. »An eine andere Möglichkeit haben Sie offenbar nicht gedacht, Mr. Trent?« sagte sie.

»Nein.« Er sah verwirrt aus.

»Ich meine die Möglichkeit, daß Sie sich sowohl in Mr. Marlowe als auch in mir geirrt haben könnten. Nein, nein; Sie brauchen mir nicht zu sagen, daß die Beweiskette vollständig ist. Das weiß ich. Aber Beweise wofür? Daß Mr. Marlowe als mein Mann verkleidet in jener Nacht durch mein Zimmer entfloh und sich dadurch ein Alibi verschaffte? Ich habe Ihren Bericht wieder und wieder gelesen, Mr. Trent, und ich sehe keine Möglichkeit, die Dinge anzuzweifeln.«

Trent betrachtete sie mit zusammengekniffenen Augen. Er sagte nichts, um die kurze Pause auszufüllen, die nun folgte. Mrs. Manderson glättete mit einer gedankenverlorenen Geste ihr Kleid, wie jemand, der seine Gedanken ordnet.

»Ich habe keinen Gebrauch von dem gemacht, was Sie herausgefunden haben«, erklärte sie schließlich, »weil es mir sehr wahrscheinlich erschien, daß dies für Mr. Marlowe tödlich gewesen wäre.«

»Da bin ich Ihrer Meinung«, bemerkte Trent in ausdruckslosem Ton.

»Und«, fuhr die Dame fort, wobei sie mit nachsichtigem

Blick zu ihm aufsah, »da ich wußte, daß er unschuldig war, wollte ich ihn diesem Risiko nicht aussetzen.«

Es entstand erneut eine kurze Pause. Trent rieb sein Kinn, als denke er darüber nach. Dabei sagte er sich, wenn auch etwas halbherzig, daß dies sehr richtig und anständig war; daß es ganz weiblich war und daß er es mochte, wenn sie Weiblichkeit zeigte. Es war ihr gutes Recht – sogar mehr als das – ihren loyalen Glauben an den Charakter eines Freundes selbst über die klarste Demonstration des Intellekts zu stellen. Trotz allem wurmte es ihn. Er hätte sich ihre Vertrauenserklärung in etwas weniger positiver Form gewünscht. Es war doch widersinnig zu behaupten, sie »wisse« es. Tatsächlich (er sagte es sich ganz offen) sah es ihr gar nicht ähnlich. Wenn es eine typisch weibliche Eigenschaft war, unvernünftig zu sein, wo Vernunft zu etwas Unangenehmem führte, und Mrs. Manderson besaß diese Eigenschaft, dann verstand sie es, sie besser zu kaschieren als alle Frauen, die er bisher kennengelernt hatte.

»Sie wollen damit sagen«, meinte er schließlich, »daß Marlowe sich ein Alibi zurechtgezimmert hat, wie es nur ein verzweifelter Mann tut, um sich von einem Verbrechen reinzuwaschen, das er nicht begangen hat. Hat er Ihnen gesagt, er sei unschuldig?«

Sie stieß ein ungeduldiges kleines Lachen aus. »Sie glauben also, ich hätte mich von ihm beschwatzen lassen? Nein, dem ist nicht so. Ich bin einfach nur sicher, daß er es nicht getan hat. Ah! Ich kann sehen, daß Sie das absurd finden. Aber schauen Sie doch mal, wie unvernünftig Sie sind, Mr. Trent! Sie haben mir soeben ernsthaft erklärt, daß es töricht von Ihnen war, einen gewissen Verdacht zu hegen, nachdem Sie mich kennengelernt und, wie Sie sagten, meine Ausstrahlung gespürt hatten ...« Trent zuckte zusammen. Sie warf ihm einen Blick zu und fuhr fort. »Nun, meine Ausstrahlung und ich sind Ihnen sehr verbunden, aber wir müssen auch für die Rechte anderer Ausstrahlungen eintreten. Und ich weiß ein Gutteil mehr über Mr. Marlowes Ausstrahlung als Sie, selbst jetzt, über die meine. Ich habe ihn einige Jahre um mich gehabt. Ich will nicht sagen, ich wüßte alles über ihn; aber ich bin ganz sicher, daß er unfähig wäre, Blut zu vergießen. Der Gedanke, er könne einen Mord planen, ist für mich ebenso undenkbar wie der, Sie könnten einer armen Frau die Taschen plündern, Mr. Trent. Ich kann mir vorstellen, daß Sie einen Mann umbringen würden, ja ... wenn der Mann es verdiente und die gleiche Chance hätte, Sie zu töten. Ich selbst könnte unter gewissen Umständen einen Menschen umbringen. Aber Mr. Marlowe wäre dazu nicht in der Lage, aus welchem Anlaß auch immer. Seine Haltung war durch nichts zu erschüttern, und er stand der menschlichen Natur mit einer Art kühlem Großmut gegenüber, der für absolut alles eine Entschuldigung bereit hatte. Das war keine Pose; man merkte, es war Teil seines Wesens. Er äußerte es nie, aber es war immer präsent. Manchmal war es ziemlich irritierend ... In Amerika zum Beispiel habe ich manchmal Leute in seiner Gegenwart über Lynchjustiz reden hören. Dann saß er ganz ruhig und unbeteiligt dabei und schien nicht zuzuhören, aber man konnte den Widerwillen förmlich spüren, der in Wellen von ihm ausging. Er haßte und verabscheute jede physische Gewalt. In mancher Beziehung war er ein sehr seltsamer Mann, Mr. Trent. Er gab einem das Gefühl, als könne er unerwartete Dinge tun – kennen Sie dieses Gefühl, das man bei manchen Menschen hat? Welche Rolle er bei den Ereignissen jener Nacht wirklich gespielt hat, ist mir nie ganz klar geworden. Aber keiner, der ihn näher kannte, würde ernsthaft glauben, er könnte absichtlich einen Menschen umbringen.« Wieder drückte ihre Kopfbewegung Endgültigkeit aus; sie lehnte sich auf der Chaiselongue zurück und betrachtete ihn ruhig.

»Dann«, sagte Trent, der ihren Ausführungen mit ernster Aufmerksamkeit gefolgt war, »müssen wir uns notgedrungen mit zwei anderen Möglichkeiten befassen, die ich bis zu diesem Augenblick für keiner weiteren Überlegung wert gehalten hatte. Wenn es stimmt, was Sie sagen, so wäre es immer noch denkbar, daß er in Notwehr getötet hat, oder vielleicht auch durch Zufall.«

Die Dame nickte. »Natürlich habe ich an diese beiden Möglichkeiten gedacht, als ich Ihr Manuskript las.«

»Und ich nehme an, daß Sie genau wie ich zu dem Schluß neigen, es wäre in jedem Fall das natürlichste und eindeutig sicherste gewesen, eine öffentliche Erklärung über die Wahrheit abzugeben, statt eine Reihe von Irreführungen auszutüfteln, die ihn, falls etwas schiefging, in den Augen des Gesetzes ganz bestimmt schuldig erscheinen lassen mußten.«

»Ja«, meinte sie matt. »Ich habe über all das gegrübelt, bis mir der Kopf brummte. Und dann dachte ich, jemand anderes könnte es getan haben und daß er diesen Schuldigen irgendwie decken wollte. Doch das schien weit hergeholt. Ich konnte kein Licht in dem Dunkel sehen, und nach einer Weile ließ ich es dann einfach auf sich beruhen. Mir war nur eines klar, nämlich daß Mr. Marlowe kein Mörder war, daß Richter und Geschworene dies aber höchstwahrscheinlich annehmen würden, wenn ich Ihre Erkenntnisse weitergab. Ich nahm mir vor, mit Ihnen über die Sache zu reden, wenn wir uns wieder begegnen sollten; und das habe ich nun getan.«

Trent starrte, das Kinn in die Hand gestützt, auf den Teppich. Das Fieber der Jagd nach der Wahrheit wuchs stetig. Er akzeptierte Mrs. Mandersons Bericht über Marlowes Charakter noch nicht bedingungslos. Doch sie hatte eindringlich gesprochen; er konnte ihre Argumente auf keinen Fall ignorieren, und seine Theorie war ziemlich erschüttert worden.

»Es gibt nur eine Lösung«, meinte er und sah auf. »Ich muß mit Marlowe reden. Die Sache beunruhigt mich zu sehr, um sie einfach so auf sich beruhen zu lassen. Ich werde die Wahrheit herausfinden. Können Sie mir sagen ...«, er stockte, »wie er sich am Tag, nachdem ich ›White Gables‹ verlassen hatte, verhielt?«

»Ich habe ihn danach nicht mehr gesehen«, erwiderte Mrs. Manderson schlicht. »Nachdem Sie fort waren, bin ich einige

Tage krank gewesen und nicht aus meinem Zimmer gekommen. Als ich wieder nach unten kam, war er nach London gefahren, um dort mit den Anwälten Regelungen zu treffen. Zur Beerdigung kam er nicht. Und danach bin ich gleich ins Ausland gefahren. Einige Wochen später erhielt ich einen Brief von ihm, in dem er mir mitteilte, er habe seine Aufgabe beendet und den Anwälten nach bestem Wissen Hilfestellung geleistet. Er bedankte sich sehr artig für all meine Freundlichkeit, wie er es nannte, und verabschiedete sich. Über seine Zukunftspläne stand nichts in dem Brief, und ich fand es besonders merkwürdig, daß er über den Tod meines Mannes kein Wort verlor. Ich habe ihm nicht geantwortet. Mit dem, was ich wußte, konnte ich es nicht. In jenen Tagen ergriff mich ein Schauder, wann immer ich an die nächtliche Maskerade dachte. Ich wollte nie wieder etwas von ihm hören oder sehen.«

»Dann wissen Sie gar nicht, was aus ihm geworden ist?«

»Nein; aber ich bin sicher, Onkel Burton – Mr. Cupples – könnte Ihnen das sagen. Er erzählte mir neulich, er habe Mr. Marlowe in London getroffen und sich mit ihm unterhalten. Ich lenkte das Gespräch auf ein anderes Thema.« Sie hielt inne und lächelte mit einer Spur von Schalkhaftigkeit. »Ich frage mich, was Ihrer Meinung nach wohl mit Mr. Marlowe passierte, nachdem Sie vom Schauplatz des Dramas verschwunden waren, das Sie so sehr zu Ihrer Zufriedenheit rekonstruiert hatten.«

Trent errötete. »Wollen Sie das wirklich wissen?« fragte er.

»Ich frage Sie«, erwiderte sie ruhig.

»Sie bitten mich um eine neue Demütigung, Mrs. Manderson. Nun gut. Ich werde Ihnen sagen, was ich ziemlich sicher vorzufinden glaubte, wenn ich von meinen Reisen nach London zurückkehrte; ich nahm an, daß Sie Marlowe geheiratet hätten und im Ausland lebten.«

Sie hörte ihn mit unbewegter Haltung an. »In England hätten wir sicher nicht besonders gut leben können von seinem

Geld und meinem«, bemerkte sie nachdenklich. »Er hatte damals praktisch nichts.«

Er starrte sie an – ›glotzte‹, wie sie ihm später erzählte. Im Augenblick lachte sie ein bißchen verlegen.

»Liebe Güte, Mr. Trent! Habe ich etwas Schreckliches gesagt? Sie wissen doch sicher... Ich dachte, das wüßte inzwischen jeder... Ganz bestimmt mußte ich es oft genug erklären... wenn ich wieder heirate, verliere ich alles, was mein Mann mir hinterlassen hat.«

Die Wirkung dieser Worte auf Trent war seltsam. Einen Augenblick lang ging ein Ausdruck völliger Überraschung über sein Gesicht. Als dieser abflaute, raffte er sich allmählich zu einer angespannten Haltung auf. Er sah aus, dachte sie, als sie seine Knöchel auf den Armlehnen des Stuhls weiß hervortreten sah, wie jemand, der sich auf den Schmerz unter dem Messer des Chirurgen vorbereitet. Aber er sagte nur: »Davon hatte ich keine Ahnung.« Mit einer Stimme, die viel rauher klang als sein normaler Tonfall.

»Es ist so«, sagte sie ruhig und spielte mit einem Ring an ihrem Finger. »Tatsächlich ist so etwas gar nicht ungewöhnlich, Mr. Trent. Ich glaube, ich bin froh darüber. Immerhin hat mich das – zumindest seit es sich herumgesprochen hat – vor einer Menge Aufmerksamkeiten der Kategorie bewahrt, der eine Frau in meiner Lage sonst ziemlich hilflos ausgesetzt ist.«

»Zweifellos«, erwiderte er ernst. »Und... die andere Kategorie?«

Sie sah ihn fragend an. »Ach!« Sie lachte. »Der anderen Sorte war ich sogar noch weniger ausgesetzt. Ich habe bisher keinen Mann getroffen, der töricht genug gewesen wäre, eine verwitwete Frau heiraten zu wollen, die einen selbstsüchtigen Charakter, luxuriöse Gewohnheiten und Geschmacksneigungen, dabei aber nur das geringe Vermögen besitzt, das ihr Vater ihr hinterlassen hat.«

Sie schüttelte den Kopf, und etwas in dieser Geste zerschlug die letzten Überreste von Trents Selbstbeherrschung.

»Haben Sie nicht, gütiger Himmel!« rief er aus, sprang mit einer heftigen Bewegung von seinem Stuhl hoch und machte einen Schritt auf sie zu. »Dann werde ich Ihnen zeigen, daß menschliche Leidenschaft nicht immer durch den Geruch von Geld unterdrückt werden kann. Ich werde der Sache ein Ende machen – meiner Sache. Ich werde Ihnen sagen, was Myriaden besserer Männer, da möchte ich wetten, Ihnen gern gesagt hätten, wozu sie aber nicht das aufbringen konnten, was ich aufbringe – die infernalische Frechheit. Sie alle hatten Angst, sich lächerlich zu machen. Ich nicht. Sie haben dafür gesorgt, daß ich mich im Laufe des Nachmittags daran gewöhnt habe.« Er lachte inmitten seines Wortschwalls laut auf und spreizte die Hände. »Sehen Sie mich an! Die Sehenswürdigkeit des Jahrhunderts. Hier steht einer, der erklärt, daß er Sie liebt, und der Sie bitten würde, großen Reichtum aufzugeben, um an seiner Seite zu leben.«

Sie schlug die Hände vors Gesicht, und er hörte sie mit gebrochener Stimme murmeln: »Bitte ... reden Sie nicht so.«

Er antwortete: »Es wäre mir sehr wichtig, wenn Sie mir erlaubten, alles zu sagen, was ich zu sagen habe, bevor ich gehe. Vielleicht ist es nicht sehr geschmackvoll, doch das werde ich riskieren; ich möchte meine Seele erleichtern; sie hat dies offene Geständnis nötig. So sieht die Wahrheit aus. Seit ich Sie – ohne daß Sie es wußten – zum ersten Mal sah, haben Sie mich beunruhigt. Das war, als Sie in Marlstone unter den Felsen saßen und Ihre Arme dem Meer entgegenreckten. Damals hat allein Ihre Schönheit mich gefesselt. Im Vorbeigehen erschien es mir, als ob alles Lebendige dort ein Lied über Sie in den Wind und die Sonne hinausschmetterte. Und dieses Lied hallte mir in den Ohren; doch selbst Ihre Schönheit wäre inzwischen nichts weiter als leere Erinnerung für mich, wäre das alles gewesen. Nein, es war, als ich Sie vom Hotel nach Hause begleitete und Ihre Hand auf meinem Arm lag, da – was war da geschehen? Ich wußte nur, Ihr stärkerer Zauber hatte getroffen, und daß ich diesen Tag niemals vergessen würde, wie auch immer die Liebe meines Lebens aussehen würde. Bis zu dem Tag hatte ich, wie es mir anstand, die Lieblichkeit eines stillen Sees bewundert: aber an jenem Tag spürte ich den göttlichen Zauber des Sees. Doch am Morgen erzürnten sich die Wasser und erhoben sich – an dem Morgen, als ich, ausgehöhlt von Zweifeln bitter wie der Schmerz, mit meinen Fragen zu Ihnen kam und Sie ohne die bleiche, süße Maske der Beherrschung sah – als Sie bewegt und glühend vor mir standen, die Augen und Hände voller Leben, und Sie mir klar machten, daß Leere und Sinnlosigkeit so lange ihr Leben bestimmt hatten, das Leben eines Wesens wie Sie es sind... Da packte mich der Zorn, und stürmisch verlangte mein Gefühl danach, Ihnen zu sagen, was ich jetzt endlich sage: daß mein Leben nie wieder vollwertig sein würde, weil Sie mich nicht lieben konnten, daß ich für ewig in den Netzen Ihres schwarzen Haars gefangen und vom Zauberklang Ihrer Stimme –«

»Oh, halten Sie ein!« rief sie und warf plötzlich den Kopf zurück, ihr Gesicht glühte und ihre Hände umklammerten die Kissen neben ihr. Sie sprach schnell und unzusammenhängend und atemlos. »Sie werden mich mit Ihren Reden nicht dazu bringen, meinen gesunden Menschenverstand zu vergessen. Was soll das alles heißen? Oh, ich erkenne Sie überhaupt nicht wieder – Sie scheinen völlig verändert. Wir sind doch keine Kinder; haben Sie das vergessen? Sie reden wie ein Schuljunge, der zum ersten Mal verliebt ist. Es ist töricht, unwirklich – ich weiß es, wenn Sie es schon nicht wissen. Ich will mir das nicht anhören. Was ist nur mit Ihnen geschehen?« Sie schluchzte halb. »Wie kommt ein Mann wie Sie zu solchen Sentimentalitäten? Wo ist nur Ihre Selbstbeherrschung geblieben?«

»Weg!« rief Trent mit abruptem Lachen. »Sie ist mir glatt abhanden gekommen. Ich werde sie sofort suchen gehen.« Er schaute ernst von oben in ihre Augen. »Jetzt macht es mir nicht mehr so viel aus. Unter dem Schatten Ihres großen Vermögens hätte ich mich Ihnen niemals erklären können. Er lastete zu schwer auf mir. Ich sehe nichts Rühmliches an diesem Gefühl;

es war tatsächlich eher so etwas wie Feigheit – Angst vor dem, was Sie wohl denken und sehr wahrscheinlich sagen würden – Angst auch vor den Kommentaren der Umgebung, nehme ich an. Aber da der Schatten nun verweht ist, habe ich gesprochen, und es belastet mich nicht mehr. Jetzt, wo ich Ihnen die Wahrheit klar heraus gesagt habe, kann ich den Dingen ruhigen Sinnes ins Auge sehen. Nennen Sie es Sentimentalität oder was sonst Ihnen dazu einfällt. Ganz recht, es war nicht als wissenschaftliche Erklärung gedacht. Da es Sie ärgert, löschen wir es aus. Aber bitte glauben Sie mir, es war mir ernst, mag es für Sie auch Komödie gewesen sein. Ich habe gesagt, daß ich Sie liebe und verehre und Sie mir das Liebste auf der Welt sein könnten. Und nun lassen Sie mich bitte gehen.«

Doch sie streckte ihm ihre Hände entgegen.

Einen Brief schreiben

»Wenn du darauf bestehst«, sagte Trent, »so sollst du deinen Willen haben. Aber lieber würde ich schreiben, wenn ich nicht bei dir bin. Jedoch, da es nun sein muß, so reich mir die Tafel, weiß wie ein Stern und gleich der Hand des psalmodierenden Engels; ich meine ein Blatt Papier ohne deinen Adressaufdruck. Unterschätze nicht das Opfer, das ich bringe. Ich hatte noch nie den Hang zum Briefeschreiben.«

Sie belohnte ihn.

»Was soll ich schreiben?« erkundigte er sich, die Feder in Habachtstellung über dem Papier. »Soll ich ihn mit einem Sommertag vergleichen? Was soll ich überhaupt sagen?«

»Das, was du ihm sagen möchtest«, schlug sie hilfreich vor.

Er schüttelte den Kopf. »Was ich am liebsten sagen möchte – was ich in den letzten vierundzwanzig Stunden am liebsten jedem Mann, jeder Frau, jedem Kind auf der Straße gesagt hätte, ist: ›Mabel und ich sind verlobt, und alles andere ist nicht der Rede wert.‹ Aber das wäre kein sehr guter Anfang für einen Brief ausgesprochen formellen, um nicht zu sagen, unheilvollen Inhalts. Ich bin bis ›Sehr geehrter Mr. Marlowe‹ gekommen. Was weiter?«

»Ich schicke Ihnen ein Manuskript«, soufflierte sie, »das Sie, wie ich glaube, interessieren könnte.«

»Ist dir bewußt«, sagte er, »daß es in dem Satz nur zwei Wörter mit mehr als zwei Silben gibt? Dieser Brief soll beeindrukken, nicht einlullen. Wir müssen lange Wörter nehmen.«

»Ich verstehe nicht, weshalb«, erwiderte sie. »Ich weiß, daß es üblich ist, aber aus welchem Grunde? Ich bekomme viele Briefe von Anwälten und Geschäftsleuten, und immer beginnen sie mit: ›Unter Bezugnahme auf Ihr geschätztes Schreiben‹

oder etwas ähnlich Salbungsvollem, und so weiter bis zum Schluß. Und wenn ich die Leute dann sehe, reden sie ganz anders. Es kommt mir wirklich lächerlich vor.«

»Für sie ist es überhaupt nicht lächerlich.« Trent legte mit offensichtlicher Erleichterung den Federhalter beiseite und stand auf. »Laß es mich dir erklären. Ein Volk wie unseres, das seinen Verstand nicht allzu gern benutzt, kommt in der Regel mit einem sehr kleinen und einfachen Wortschatz aus. Lange Wörter sind unnormal, sie sind entweder komisch oder furchtbar feierlich. Nehmen wir zum Beispiel den Ausdruck ›in weiser Voraussicht‹. In jedem anderen Land Europas hätte er nicht die geringste Aufmerksamkeit erregt. Bei uns ist er schon beinah sprichwörtlich geworden; wir feixen, wenn wir ihn in einer Rede hören oder in einem Leitartikel lesen; er gilt als eine der besten Äußerungen, die je gemacht wurden. Warum? Nur, weil sie aus zwei langen Wörtern besteht. Die Bedeutung ist so gewöhnlich wie kalter Hammel. Dann hätten wir da noch ›terminologische Ungenauigkeit‹. Wie waren wir alle aus dem Häuschen und sind es noch! Und der ganze Witz ist, daß die Wörter lang sind. Es ist genau dasselbe, wenn wir sehr seriös klingen wollen; wir machen es durch lange Wörter deutlich. Kann ein Anwalt einen Satz mit: ›Den Instruktionen folgend, von denen unserem Repräsentanten Mitteilung gemacht wurde‹ oder etwas ähnlich Schwachsinnigem beginnen, so hat er das Gefühl, sein Honorar verdient zu haben. Lach nicht! Das stimmt genau. Es ist so. Aber Kontinentaleuropäer haben dieses Gefühl nicht. Sie machen sich ständig Gedanken über irgend etwas, mit dem Resultat, daß jeder Ladenbesitzer oder Bauer einen Wortschatz im täglichen Gebrauch hat, der für die große Mehrheit aller Briten schlicht Chinesisch ist. Ich erinnere mich an ein Essen in Paris mit einem Freund von mir, einem Droschkenfahrer. Wir saßen in einem schmuddeligen kleinen Restaurant gegenüber der Hauptpost, ein Lokal, wo nur Droschkenfahrer oder Gepäckträger verkehren. Die Gespräche waren allgemeiner Natur, und mir fiel auf, daß sich ein Londoner Droschkenfahrer hier wohl ein bißchen fehl am Platz vorgekommen wäre. Wörter wie ›Funktionär‹ und ›unerwiesenermaßen‹, ›exterminieren‹ und ›Ungebundenheit‹ schwirrten ununterbrochen durch den Raum. Und das waren alles ganz normale, fröhlich-simple Droschkenfahrer mit roten Gesichtern. Wohlgemerkt«, fuhr er eilig fort, als die Dame quer durchs Zimmer kam und seinen Federhalter aufnahm, »ich erwähne das alles nur, um meine Meinung zu illustrieren. Damit will ich nicht sagen, Droschkenfahrer sollten Intellektuelle sein. Das glaube ich nicht; ich bin da eher mit Keats einer Meinung – glücklich ist England, ergötzlich die einfachen Kutscher, genug die schlichte Freundlichkeit für mich. Aber wenn man zu den Leuten kommt, die die gesamte industrielle Verstandesmacht des Landes ausmachen ... Also weißt du –«

»Oh, nein, nein, nein«, rief Mrs. Manderson. »Ich weiß im Moment gar nichts, außer, daß dein Redefluß irgendwie gestoppt werden muß, wenn wir mit dem Brief an Mr. Marlowe weiterkommen wollen. Du kommst nicht drum herum. Hier!« Sie gab ihm den Federhalter in die Hand.

Trent sah mit Abscheu darauf. »Ich warne dich, versuche nicht, mich vom Reden abzuhalten«, meinte er niedergeschlagen. »Glaub mir, mit Männern, die nicht reden, lebt es sich noch schlechter als mit Männern, die reden. Oh, hütet euch vor stummen Wesen sehr. Ich gebe ja zu, ich würde mich gern vor diesem Brief drücken. Er erscheint mir beinah wie eine Ungehörigkeit. Das ist ein Vermischen von zweierlei Stimmungen, wenn ich den Brief schreibe, den ich schreiben will und dabei gleichzeitig mit dir in einem Raum bin.«

Sie führte ihn zu dem Stuhl vor ihrem Schreibpult zurück und drückte ihn sanft nieder. »Gut, aber versuch es doch bitte. Ich möchte gern sehen, was du schreibst, und ich möchte, daß er es gleich bekommt. Weißt du, ich wäre ja ganz zufrieden damit, die Dinge so zu belassen, wie sie sind; aber du sagst, du mußt die Wahrheit erfahren, und wenn du das mußt, dann möchte ich, daß es so bald als möglich geschieht. Tu es jetzt – du weißt, daß du es kannst, wenn du nur willst – und ich sorge dafür, daß es sogleich abgeschickt wird. Kennst du nicht das Gefühl – diesen Wunsch, einen unangenehmen Brief zur Post zu bringen und ihn damit los zu sein, so daß man ihn nicht zurückholen kann, selbst wenn man wollte, und dann hat es keinen Sinn mehr, sich darüber Sorgen zu machen?«

»Ich werde tun, was du willst«, sagte er und wandte sich dem Bogen zu, den er mit seiner Hoteladresse versah. Mrs. Manderson blickte, ein sanftes Licht in den Augen, auf seinen gesenkten Kopf und machte Anstalten, eine ordnende Hand auf den etwas wirren Schopf zu legen. Aber sie berührte ihn nicht. Leise ging sie zum Klavier und begann verhalten zu spielen. Zehn Minuten vergingen, bevor Trent etwas sagte.

»Und wenn er nun antwortet, daß er nichts sagen möchte?«

Mrs. Manderson sah über die Schulter zu ihm hinüber. »Das wird er natürlich nicht wagen. Er wird reden, schon um dich davon abzuhalten, ihn zu verraten.«

»Aber das werde ich sowieso nicht tun. Du würdest es nicht zulassen – sagtest du; außerdem würde ich es selbst dann nicht tun, wenn du deine Meinung änderst. Die Sache ist inzwischen zu zweifelhaft.«

»Aber das weiß der arme Mr. Marlowe nicht, oder?« lachte sie.

Trent seufzte. »So ein Ehrenkodex ist doch ein seltsam Ding«, bemerkte er abwesend. »Ich weiß, daß ich, ohne zu überlegen, Dinge täte, derer du dich schämen würdest – zum Beispiel jemandem, der mich ernsthaft beleidigt, ein blaues Auge verpassen oder lauthals fluchen, wenn ich mir im Dunkeln das Schienbein anstoße. Und nun empfiehlst du mir in aller Ruhe, Marlowe mit einer versteckten Drohung zu bluffen, die ich gar nicht ernst meine; so etwas täte der schwärzeste Teufel der Hölle nicht im Rausch der Schuld – nun, sei es wie es wolle, ich werde es nicht tun.« Er schrieb weiter, und die Dame kehrte mit nachsichtigem Lächeln zu ihrem sanften Spiel zurück.

Ein paar Minuten später sagte Trent: »Endlich bin ich sein ergebener. Möchtest du es sehen?« Sie lief durch den dämmrigen Raum und knipste eine Leselampe neben dem Schreibpult an. Dann las sie, an seine Schulter gelehnt:

Sehr geehrter Mr. Marlowe – Sie werden sich vielleicht erinnern, daß wir uns im Juni letzten Jahres unter unglückseligen Umständen in Marlstone kennenlernten.
Bei jener Gelegenheit war es meine Pflicht als Berichterstatter einer Zeitung, eine unabhängige Untersuchung der Umstände des Todes von Sigsbee Manderson durchzuführen. Das tat ich und kam dabei zu gewissen Schlußfolgerungen. Diese können Sie aus dem beigefügten Manuskript, das ursprünglich als Bericht für meine Zeitung verfaßt wurde, entnehmen. Aus Gründen, die hier nicht von Belang sind, entschloß ich mich im letzten Augenblick, sie nicht zu veröffentlichen noch sie Ihnen mitzuteilen; sie sind außer mir selbst nur zwei Personen bekannt.

An dieser Stelle sah Mrs. Manderson rasch von dem Brief auf. Ihre dunklen Brauen waren zusammengezogen. »Zwei Personen?« fragte sie.

»Die zweite ist dein Onkel. Ich habe ihn gestern abend aufgesucht und ihm die ganze Geschichte erzählt. Hast du etwas dagegen? Mir war nie wohl dabei, sie ihm auf diese Weise vorzuenthalten, denn ich hatte ihm Anlaß gegeben zu erwarten, daß ich ihn an meinen Ermittlungen teilhaben ließe, und mein Schweigen sah aus wie Geheimniskrämerei. Jetzt, wo die Sache endlich erledigt wird und kein Anlaß mehr besteht, dich abzuschirmen, sollte er alles wissen. Außerdem ist er auf seine Weise ein sehr gewiegter Berater; ich hätte ihn gern dabei, wenn ich mich mit Marlowe treffe. Ich habe das Gefühl, zwei Köpfe auf meiner Seite sind bei diesem Gespräch besser als einer.«

Sie seufzte. »Ja, natürlich, Onkel sollte die Wahrheit wissen. Ich hoffe, es gibt nicht noch jemanden.« Sie drückte seine Hand. »Ich wünschte, die ganze grausige Sache könnte endlich begraben werden – tief begraben. Ich bin sehr glücklich jetzt, Liebster, aber ich werde noch glücklicher sein, wenn du deinen neugierigen Geist erst zufriedengestellt, alles herausgefunden und über der ganzen Sache die Erde festgetrampelt hast.« Dann las sie weiter.

Kürzlich jedoch erhielt ich Kenntnis von Tatsachen, die dazu geführt hat, daß ich meinen Entschluß ändere. Ich meine nicht, daß ich meine Erkenntnisse zu veröffentlichen gedenke, sondern daß ich beschlossen habe, an Sie heranzutreten und Sie um eine private Erklärung zu bitten. Wenn Sie irgend etwas zu sagen haben, das die Angelegenheit in ein anderes Licht rücken würde, so kann ich mir keinen Grund vorstellen, weshalb Sie es zurückhalten sollten.

Ich erwarte dann also, von Ihnen zu hören, wann und wo ich Sie aufsuchen kann, es sei denn, Sie würden es vorziehen, daß die Unterredung in meinem Hotel stattfindet. In jedem Fall möchte ich gern, daß Mr. Cupples, an den Sie sich erinnern werden und der das beigefügte Schriftstück gelesen hat, ebenfalls anwesend ist. – Ihr sehr ergebener

PHILIP TRENT

»Was für ein schrecklich steifer Brief!« sagte sie. »Jetzt bin ich ganz sicher, daß du ihn in deinem eigenen Zimmer nicht steifer hättest schreiben können.«

Trent steckte den Brief und das Manuskript in einen langen Umschlag. »Ja«, sagte er, »ich denke, das wird ihn aufrütteln. Aber wir dürfen jetzt nicht riskieren, daß etwas schief läuft. Am besten wäre es, einen Boten zu beauftragen, der es ihm persönlich aushändigt. Wenn er nicht zu Hause ist, sollte es nicht abgegeben werden.«

Sie nickte. »Das kann ich arrangieren. Warte einen Augenblick hier.«

Als Mrs. Manderson zurückkam, suchte er im Musikschrank herum, und sie kniete sich neben ihn auf den Teppich. »Sag mir etwas, Philip«, bat sie.

»Wenn es zu den wenigen Dingen gehört, die ich weiß.«

»Als du gestern abend mit Onkel Burton gesprochen hast, hast du ihm da von – von uns erzählt?«

»Das habe ich nicht getan«, antwortete er. »Mir fiel ein, daß du nichts davon gesagt hattest, ob wir es irgend jemandem erzählen wollen. Du mußt entscheiden – oder nicht? – ob wir die Welt jetzt oder später ins Vertrauen ziehen.«

»Sagst du es ihm dann?« Sie schaute auf ihre gefalteten Hände herunter. »Ich möchte gern, daß *du* es ihm sagst. Vielleicht, wenn du darüber nachdenkst, errätst du weshalb ... Also! Das wäre erledigt.« Sie schaute ihm in die Augen und eine Zeitlang herrschte Schweigen zwischen ihnen.

Irgendwann später lehnte er sich im Sessel zurück. »Welch eine Welt!« sagte er. »Mabel, kannst du etwas auf dem Klavier spielen, das reine Freude ausdrückt, die echte, nichts Fiebriges oder Prickelndes, sondern Freude, die sich fürs Universum entschieden hat. Diese Stimmung kann nicht ewig andauern, wir sollten sie also besser genießen, solange sie währt.«

Sie ging zu dem Instrument und schlug, während sie überlegte, ein paar Töne an. Dann ging sie voller Inbrunst zum Leitmotiv der Ode *An die Freude* über, das wie das Öffnen der Paradiespforten klingt.

Doppelt böses Spiel

Ein alter tiefer Eichenschreibtisch stand am Fenster des Zimmers, von dem aus man St. James' Park überblicken konnte. Der große Raum war geschmackvoll eingerichtet; doch die schwerfällige Hand des Junggesellen war unverkennbar. Marlowe schloß den Schreibtisch auf und brachte aus seiner Tiefe einen großen Umschlag zum Vorschein.

»Soweit ich informiert bin«, sagte er zu Mr. Cupples, »haben Sie das hier gelesen.«

»Ich habe es vor zwei Tagen zum ersten Mal gelesen«, erwiderte Mr. Cupples, der, auf dem Sofa sitzend, mit wohlwollendem Gesichtsausdruck den Raum betrachtete. »Wir haben den Inhalt bis ins letzte diskutiert.«

Marlowe wandte sich an Trent. »Hier ist Ihr Manuskript«, sagte er und legte den Umschlag auf den Tisch. »Ich bin es dreimal durchgegangen. Ich glaube nicht, daß noch ein Mensch der Wahrheit so nahe gekommen ist wie Sie hiermit.«

Trent ignorierte das Kompliment. Er saß neben dem Tisch, die langen Beine unter seinem Stuhl verschränkt, und blickte starr ins Feuer. »Sie wollen damit sagen«, meinte er und zog den Umschlag zu sich heran, »es gibt noch mehr Wahres zu enthüllen. Wir sind bereit, Sie anzuhören, sobald Sie wollen. Es wird eine lange Geschichte, schätze ich, und was mich betrifft, je länger, desto besser; ich möchte alles genau verstehen. Wir beide würden es begrüßen, wenn Sie einen Bericht über Manderson und Ihre Beziehung zu ihm vorausschicken könnten. Der Charakter des Toten schien mir von Anfang an ein wesentlicher Bestandteil der Angelegenheit.«

»Allerdings«, erwiderte Marlowe grimmig. Er ging quer durchs Zimmer und setzte sich auf eine Ecke der hohen, kissenbelegten Kaminbank. »Ich werde beginnen, wie Sie es vorgeschlagen haben.«

»Vielleicht sollte ich Ihnen vorher noch sagen«, meinte Trent und sah ihm in die Augen, »daß ich, obwohl ich gekommen bin, Ihnen zuzuhören, bislang noch keinen Grund sehe, meine hier gezogenen Schlüsse anzuzweifeln.« Er tippte auf den Umschlag. »Es ist also eine Verteidigung, die Sie jetzt vorbringen – das ist Ihnen klar?«

»Völlig.« Marlowe war kühl und beherrscht, in der Tat ein anderer als der erschöpfte und nervöse Mann, den Trent vor über anderthalb Jahren in Marlstone kennengelernt hatte. Seine hochgewachsene, geschmeidige Gestalt war voller Spannkraft, sein Gesichtsausdruck offen und seine blauen Augen klar, obgleich sie auch jetzt wieder, wo er innehielt, um seine Gedanken zu sammeln, jenen Ausdruck annahmen, der Trent bei ihrem ersten Zusammentreffen verwirrt hatte. Nur die Linien um seinen Mund zeigten, daß er sich in einer schwierigen Situation wußte und bereit war, sich damit auseinanderzusetzen.

»Sigsbee Manderson war ein Mann mit ungewöhnlichen geistigen Fähigkeiten«, begann Marlowe mit seiner ruhigen Stimme. »Die meisten sehr reichen Männer, die ich in Amerika kennengelernt habe, hatten ihren Reichtum abnormer Gier, überdurchschnittlichem Fleiß, persönlicher Macht oder ungewöhnlichem Glück zu verdanken. Keiner von ihnen verfügte über einen bemerkenswerten Intellekt. Auch Manderson ergötzte sich an der Anhäufung von Reichtum; er arbeitete unermüdlich daran; er war ein Mann mit übermächtigem Willen; und er hatte eine gehörige Portion Glück; aber was ihn herausragen ließ, war sein scharfer Verstand. In seiner Heimat würde man Ihnen vielleicht sagen, daß die Rücksichtslosigkeit, mit der er seine Ziele verfolgte, seine auffälligste Eigenschaft war; aber es gibt Hunderte, die bereit gewesen wären, seine Pläne mit ebensowenig Achtung vor anderen auszuführen, hätten sie nur die Ideen gehabt.

Ich will nicht sagen, daß Amerikaner nicht klug sind; sie sind zehnmal klüger als wir, als Nation; aber ich habe nie einen getroffen, der in so hohem Maße Scharfsinn und Weitblick besaß, ein solches Erinnerungsvermögen, eine derartige geistige Beharrlichkeit und solch geballte Intelligenz, wie sie hinter allem zu spüren war, was Manderson in seiner Karriere als Geldmacher anpackte. ›Napoleon der Wall Street‹, so wurde er oft genug in den Zeitungen genannt; aber nur wenige wußten so gut wie ich, wieviel Wahrheit in dieser Bezeichnung steckte. Niemals schien er eine Tatsache zu vergessen, die ihm womöglich irgendwie von Nutzen sein konnte; und er machte mit geschäftlichen Fakten genau das, was Napoleon, wie ich gelesen habe, mit militärischen machte. Er studierte sie in speziellen Auszügen, die in kurzen Abständen für ihn vorbereitet wurden und die er stets zur Hand hatte, so daß er seine Berichte über Kohle oder Weizen oder Eisenbahnen oder was auch immer in jeder freien Minute durchgehen konnte. Daraufhin war er in der Lage, einen verwegeneren und schlaueren Plan auszuarbeiten als alle anderen. Die Leute kamen bald dahinter, daß Manderson nie das Offensichtliche tat, doch weiter kamen sie nie; was er dann wirklich unternahm, war fast immer eine Überraschung, und das trug viel zu seinem Erfolg bei. Wall Street kriegte das Zähneklappern, wie sie es nannten, wenn bekannt wurde, daß der Alte mit seiner Kanone unterwegs war, und oft schienen seine Opponenten so leicht aufzugeben wie Colonel Crocketts Waschbär in der Geschichte. Die Inszenierung des Ränkespiels, von dem ich rede, hätte die meisten eine kleine Ewigkeit gekostet. Manderson hätte sich das Ganze beim Rasieren ausdenken können.

Ich habe oft gedacht, der Schuß indianischen Blutes in ihm, wie schwach auch immer, hätte womöglich etwas mit der Verschlagenheit und Rücksichtslosigkeit des Mannes zu tun. Merkwürdigerweise wußte kein Mensch davon, außer ihm und mir. Das ergab sich, als er mich bat, mein Interesse an Genealogie seiner eigenen, obskuren Familiengeschichte zuzuwenden. Dabei stieß ich auf die Abstammung von dem Irokesenhäuptling Montour und dessen französischer Frau, einem schrecklichen Weib, die vor zweihundert Jahren die grausame Politik der Stämme in der Wildnis bestimmten. Die Mandersons betrieben damals Pelzhandel an der pennsylvanischen Grenze, und mancher von ihnen heiratete eine Indianerin. Ebensogut könnte noch anderes indianisches Erbgut durch frühere und folgende Verbindungen auf Manderson gekommen sein; einige Vorfahren dieser Frauen waren nicht ausfindig zu machen, und es gab so viele Pioniergenerationen, bevor das ganze Land zivilisiert war. Durch meine Nachforschungen habe ich den Eindruck gewonnen, daß im Stammbaum der Amerikaner ziemlich viel von den Ureinwohnern vorhanden ist, und daß es sehr weit verbreitet ist. Die neueren Familien haben sich ständig mit den älteren vermischt, und von denen hatten so viele Indianerblut – und waren oft sogar stolz darauf, damals. Aber in Mandersons Vorstellung war Blutsvermischung etwas Schändliches. Und wahrscheinlich wurde dies mit dem Aufkommen der Negerfrage nach dem Krieg noch verstärkt. Er war wie vom Donner gerührt über das, was ich ihm erzählte und sehr darum besorgt, daß es keine Menschenseele erfuhr. Natürlich habe ich zu seinen Lebzeiten nie darüber gesprochen, und er nahm es wohl auch nicht an; aber ich kann mich des Gedankens nicht erwehren, daß er seitdem etwas gegen mich hatte. Das war ungefähr ein Jahr vor seinem Tod.«

»Hatte Manderson«, fragte Mr. Cupples so unerwartet, daß die beiden anderen zusammenzuckten, »irgendeine klar definierbare religiöse Einstellung?«

Marlowe überlegte einen Moment. »Nicht daß ich wüßte«, sagte er dann. »Gottesverehrung und Gebet waren ihm, soweit ich es beurteilen konnte, fremd, und ich habe ihn nie über Religion sprechen hören. Ich bezweifle, ob Gott in seinem Bewußtsein überhaupt eine Rolle spielte oder ob er in der Lage war, ihn emotional zu erfassen. Aber soviel ich weiß, wurde er religiös und unter starkem moralischem Aspekt erzogen. Sein Privatleben war im normalen, eingeschränkten Sinn untadelig. In seinen Lebensgewohnheiten war er beinah asketisch, mit Ausnahme des Rauchens. Ich habe vier Jahre mit ihm gelebt, ohne daß er meines Wissens jemals direkt die Unwahrheit gesagt hätte, so anhaltend er Falschheit auch in anderer Form zu praktizieren pflegte. Können Sie die Seele eines Mannes verstehen, der nie zögerte, Schritte zu unternehmen, die dazu geeignet waren, Menschen zu täuschen, der alle Winkelzüge der Branche nutzte, um andere irrezuführen und zugleich Skrupel hatte, in einer völlig unwichtigen Sache zu lügen? Manderson war so, und er war nicht der einzige. Ich nehme an, man könnte diese Haltung mit der eines Soldaten vergleichen, der persönlich ein ehrenwerter Mann ist, aber vor nichts zurückschreckt, wenn es darum geht, den Feind zu täuschen. Die Spielregeln erlauben es; und das gleiche könnte man fürs Geschäftsleben sagen, wie viele Geschäftsleute es verstehen. Nur herrscht für sie immer Krieg.«

»Eine traurige Welt«, bemerkte Mr. Cupples.

»Wie wahr«, stimmte Marlowe zu. »Also, ich habe gesagt, man konnte Manderson immer beim Wort nehmen, sofern er es in definitiver Form gab. Die erste Gelegenheit, bei der ich ihn eine glatte Lüge aussprechen hörte, war in der Nacht, in der er starb; und daß ich es hörte, hat mich wahrscheinlich davor bewahrt, als sein Mörder gehängt zu werden.«

Marlowe starrte auf das Licht über seinem Kopf, und Trent rutschte ungeduldig auf seinem Stuhl herum. »Bevor wir dazu kommen«, sagte er, »würden Sie uns Ihr Verhältnis zu Manderson in den Jahren, die Sie bei ihm waren, genau beschreiben?«

»Wir haben uns von Anfang bis zum Ende sehr gut verstanden«, versetzte Marlowe. »Nicht als Freunde – er war kein Mann für Freundschaften –, aber so gut, wie es zwischen einem Angestellten in meiner Position und seinem Arbeitgeber nur sein kann. Ich kam gleich nach meinem Abschluß in Oxford als

Privatsekretär zu ihm. Ursprünglich sollte ich ins Geschäft meines Vaters eintreten, wo ich jetzt auch bin, aber mein Vater schlug vor, ich solle vorher ein, zwei Jahre die Welt kennenlernen. Also nahm ich diese Stellung an, die ein Gutteil verschiedenartiger Erfahrungen zu versprechen schien, und als das Ende kam, waren aus den ein, zwei Jahren vier geworden. Das Angebot ergab sich durch etwas, was ich zuallerletzt als Qualifikation für einen bezahlten Posten angeführt hätte, nämlich durch Schach.«

Bei diesem Wort schlug Trent mit einem unverständlichen Ausruf die Hände zusammen. Die anderen sahen ihn überrascht an.

»Schach!« wiederholte Trent. »Wissen Sie«, sagte er, stand auf und ging auf Marlowe zu, »was mir bei unserer ersten Begegnung sofort an Ihnen auffiel? Ihr Blick, Mr. Marlowe. Ich konnte ihn damals nicht einordnen, aber jetzt weiß ich, wo ich Ihre Augen schon gesehen hatte. Im Kopf keines geringeren als des großen Nikolaj Korchagin, mit dem ich einmal zwei Tage im selben Eisenbahnabteil saß. Ich dachte, ich würde dieses Schachauge danach nie mehr vergessen, aber ich konnte es nicht einordnen, als ich es bei Ihnen sah. Entschuldigen Sie bitte«, schloß er abrupt und nahm wieder seine statueske Haltung auf dem Stuhl ein.

»Ich habe schon von Kindesbeinen an Schach gespielt, und mit guten Spielern«, sagte Marlowe schlicht. »Es ist eine angeborene Gabe, wenn man es eine Gabe nennen will. Auf der Universität war ich nicht schlechter als andere, und ich habe mich fast ausschließlich dafür und fürs Studententheater eingesetzt – neben allerlei allgemeinen Spielereien. In Oxford gibt es, wie Sie ja wohl wissen, endlose Möglichkeiten, sich auf Kosten der Ausbildung zu amüsieren, und das wird auch noch von oben gefördert. Eines Tages also, gegen Ende meines letzten Trimesters, ließ Dr. Munro vom Queens College, den ich noch nie besiegt hatte, nach mir schicken. Er sagte mir, ich spiele ganz leidlich Schach. Ich erwiderte, es freue mich, das von ihm zu hören. Dann meinte er: ›Wie ich höre, jagen Sie auch.‹ Ich sagte: ›Hie und da.‹ Er fragte: ›Können Sie sonst noch etwas?‹ Ich sagte: ›Nein‹, denn der Ton der Unterhaltung gefiel mir nicht recht – dem alten Herrn gelang es im allgemeinen, die Leute in Harnisch zu bringen. Er grunzte wild, und dann erzählte er mir, es würden Erkundigungen für einen reichen amerikanischen Geschäftsmann eingezogen, der einen englischen Sekretär suche. Manderson sei sein Name, sagte er. Er schien ihn noch nie gehört zu haben, was durchaus möglich war, da er nie eine Zeitung aufschlug und seit dreißig Jahren nicht außerhalb des College genächtigt hatte. Wenn ich meine Orthographie etwas aufpoliere, wie der alte Herr es ausdrückte, hätte ich womöglich Aussichten, den Posten zu bekommen, da Schach, Reiten und eine Oxford-Ausbildung die einzigen Unerläßlichkeiten seien.

Nun, ich wurde Mandersons Sekretär. Lange Zeit hatte ich großes Vergnügen daran. Wenn man in seinen besten Jahren bei einem amerikanischen Plutokraten beschäftigt ist, braucht man sich nicht zu langweilen. Außerdem machte mich meine Position unabhängig. Mein Vater hatte zu der Zeit einige bedenkliche Rückschläge in seinem Geschäft, und so war ich froh, ohne seine finanzielle Hilfe auszukommen. Am Ende des ersten Jahres verdoppelte Manderson mein Gehalt. ›Es ist viel Geld‹, sagte er, ›aber ich schätze, ich verliere nicht dabei.‹ Zu dem Zeitpunkt tat ich nämlich erheblich mehr, als ihn morgens beim Ausreiten zu begleiten und abends mit ihm Schach zu spielen, wie es ihm ursprünglich vorgeschwebt hatte. Ich kümmerte mich um seine Häuser, seine Farm in Ohio, seine Jagd in Maine, seine Pferde, seine Autos und seine Yacht. Ich war ein wandelnder Eisenbahnfahrplan und Experte beim Zigarrenkauf geworden. Ich war ständig damit beschäftigt, etwas Neues zu lernen.

So, jetzt wissen Sie über meine Position bei Manderson in den letzten zwei oder drei Jahren unserer Verbindung Bescheid. Im großen und ganzen war es für mich eine glückliche Zeit. Ich war beschäftigt, und meine Arbeit war abwechslungsreich und interessant; ich hatte auch Zeit für Vergnügungen und Geld zum Ausgeben. Einmal habe ich mich eines Mädchens wegen zum Narren gemacht, das war keine sehr glückliche Phase; aber es lehrte mich, die große Güte von Mrs. Manderson zu schätzen.« Bei diesen Worten neigte Marlowe den Kopf in Mr. Cupples Richtung. »Sie wird Ihnen vielleicht davon erzählen. Was ihren Mann anbetrifft, er hat seine Haltung mir gegenüber nie geändert, trotz des Wandels, der in den letzten Monaten seines Lebens mit ihm geschah, wie Sie ja wissen. Er behandelte mich auf seine unbeteiligte Weise gut und großzügig, und ich hatte nie das Gefühl, er sei unzufrieden mit dem, was er sich da eingehandelt hatte – solcherart also sah die Beziehung zwischen uns aus. Und diese gleichbleibende Haltung bis zum Ende ließ die Erkenntnis der Intensität seines krankhaften Hasses gegen mich, der sich in der Nacht seines Todes plötzlich offenbarte, zu solch einem Schock werden.«

Die Blicke von Trent und Mr. Cupples trafen sich für einen Moment.

»Sie hegten also vorher nie den Verdacht, daß er Sie haßte?« fragte Trent, und Mr. Cupples fragte gleichzeitig: »Worauf führten Sie ihn zurück?«

»Ich hatte vor dieser Nacht keine Ahnung«, antwortete Marlowe, »daß er auch nur das geringste gegen mich hatte. Wie lange das schon so war, weiß ich nicht zu sagen. Ich kann mir nicht vorstellen, wie es dazu kam. Als ich mir die Sache in jenen schrecklichen Tagen nach seinem Tod durch den Kopf gehen ließ, kam ich notgedrungen zu dem Schluß – und es war eine Wahnidee –, daß er, wie sie es oft tun, glaubte, ich hätte gegen ihn intrigiert. Solch eine krankhafte Vorstellung muß wohl die Wurzel des Übels gewesen sein. Doch wer kann schon die Abgründe der Phantasie eines Irren ausloten? Können Sie sich den Geisteszustand ausmalen, in dem ein Mann sich selbst zum Tode verurteilt in der Absicht, dadurch jemanden, den er haßt, dem Henker zu überantworten?«

Mr. Cupples machte eine ruckartige Bewegung auf seinem Stuhl. »Wollen Sie damit sagen, Manderson war selbst für seinen Tod verantwortlich?« fragte er.

Trent warf ihm einen leicht ungeduldigen Blick zu und wandte sich dann wieder der aufmerksamen Beobachtung von Marlowes Gesicht zu. Es wirkte jetzt in der Gelöstheit des Erzählens weniger blaß und angespannt.

»Genau das«, erwiderte Marlowe knapp und sah dem Fragesteller ins Gesicht. Mr. Cupples nickte.

»Bevor wir zur Erhellung Ihrer Behauptung kommen«, bemerkte der alte Herr im Tonfall eines Menschen, der einen abstrakten wissenschaftlichen Punkt diskutiert, »darf angemerkt werden, daß der Geisteszustand, den Sie Manderson zuschreiben –«

»Ich schlage vor, wir hören uns erst die Geschichte an«, unterbrach Trent sanft und legte dabei die Hand auf Mr. Cupples Arm. »Sie haben uns gesagt«, fuhr er zu Marlowe gewandt fort, »wie die Dinge zwischen Ihnen und Manderson standen. Würden Sie uns nun wiedergeben, was tatsächlich in jener Nacht geschah?«

Marlowe errötete bei der kaum wahrnehmbaren Betonung, die Trent auf das Wort ›tatsächlich‹ legte. Er richtete sich auf.

»Bunner und ich aßen an jenem Sonntag mit Mr. und Mrs. Manderson zu Abend«, begann er, sorgsam artikulierend. »Es war wie bei anderen Mahlzeiten, die wir vier gemeinsam eingenommen hatten. Manderson war wortkarg und düster, wie wir ihn in der letzten Zeit gewöhnlich erlebten. Wir anderen hielten ein Gespräch in Gang. Gegen neun Uhr standen wir, soweit ich mich erinnere, vom Tisch auf. Mrs. Manderson ging ins Wohnzimmer, und Bunner wollte sich im Hotel mit einem Bekannten treffen. Manderson bat mich, mit ihm in den Obstgarten hinter dem Haus zu kommen, wo er mit mir reden wolle, wie er sagte. Wir gingen außerhalb Hörweite des Hauses auf dem Gartenweg auf und ab, und Manderson sprach, während er seine Zigarre rauchte, in seiner kühlen, bestimmten Art zu mir. Nie war er mir vernünftiger oder besser gestimmt erschienen. Er sagte, er bitte mich um einen wichtigen Dienst. Eine große Sache sei im Gange. Eine geheime Angelegenheit. Bunner wisse nichts davon, und je weniger ich wisse, desto besser. Er bitte mich, genau nach seinen Anweisungen zu verfahren und mir nicht den Kopf über Gründe zu zerbrechen.

Ich darf sagen, daß dies ziemlich charakteristisch für Mandersons Arbeitsmethode war. Wenn er gelegentlich jemanden als bloßes Werkzeug benutzen wollte, so ließ er ihn das wissen. Er hatte mich häufig in ähnlicher Weise eingesetzt. Ich versicherte ihm, er könne sich auf mich verlassen und sagte ihm, daß ich bereit sei. ›Jetzt gleich?‹ wollte er wissen, und ich erwiderte: ›Selbstverständlich.‹

Er nickte und sagte – ich wiederhole seine Worte, so gut ich sie in Erinnerung habe – ›Gut, passen Sie auf. Im Moment hält sich ein Mann, der mit mir an dieser Sache beteiligt ist, in England auf. Er sollte morgen mit dem Mittagsschiff von Southampton nach Le Havre und weiter nach Paris fahren. Sein Name ist George Harris – zumindest nennt er sich so. Erinnern Sie sich des Namens?‹ ›Ja‹, erwiderte ich, ›als ich vorige Woche nach London fuhr, baten Sie mich, auf diesen Namen eine Kabine für das morgige Schiff zu buchen. Ich habe Ihnen das Ticket gegeben.‹ ›Hier ist es‹, damit zog er es aus der Tasche.

›Also‹, sagte Manderson zu mir und richtete bei jedem Satz das Ende seiner Zigarre auf mich, wie es seine Art war. ›George Harris kann England morgen nicht verlassen. Ich brauche ihn da, wo er ist. Und ich möchte Bunner da haben, wo *er* ist. Aber irgend jemand muß diese Fahrt machen und bestimmte Papiere nach Paris bringen. Andernfalls zerfällt mein Plan in Stücke. Würden Sie gehen?‹ Ich sagte: ›Natürlich. Ich bin doch da, um Aufträge auszuführen.‹

Er biß auf seine Zigarre und meinte: ›Schön und gut, aber hier handelt es sich nicht um einen gewöhnlichen Auftrag. Nicht das, was man von einem Mann im normalen Arbeitsverhältnis als Pflicht seinem Arbeitgeber gegenüber erwarten könnte. Die Sache ist die. In der Angelegenheit, um die es geht, darf vorerst weder mein Name auftauchen noch der von jemand, der bekanntermaßen mit mir in Verbindung steht. Das ist entscheidend. Aber die Leute, mit denen ich es zu tun habe, kennen Ihr Gesicht so gut wie meines. Wenn in gewissen Kreisen bekannt wird, daß mein Sekretär dieser Tage nach Paris gefahren ist und mit bestimmten Leuten gesprochen hat – und das wäre bekannt, sobald es geschieht –, dann ist die Sache gelaufen.‹ Er warf seinen Zigarrenstummel weg und sah mich fragend an.

Mir gefiel die Sache nicht sonderlich, aber noch weniger mochte ich Manderson in einer Notlage im Stich lassen. Ich antwortete also leichthin, dann müsse ich wohl meine Identität verbergen, und ich würde mein Bestes tun. Ich sagte ihm, ich verstünde mich ganz gut aufs Schminken.

Er nickte beifällig und meinte: ›Das ist gut. Ich ging davon aus, daß Sie mich nicht hängen lassen würden.‹ Dann gab er mir meine Instruktionen. ›Sie nehmen den Wagen und fahren auf direktem Weg nach Southampton – ein passender Zug geht nicht. Sie werden die ganze Nacht durch fahren. Vorausgesetzt, es passiert kein Unfall, müßten Sie gegen sechs Uhr früh dort sein. Aber wann immer Sie auch ankommen, fahren Sie direkt ins Bedford Hotel und fragen Sie nach George Harris. Wenn er da ist, sagen Sie ihm, daß Sie statt seiner fahren werden, und bitten Sie ihn, mich hier anzurufen. Es ist sehr wichtig, daß er das sobald als möglich erfährt. Wenn er nicht da ist, heißt das, er hat die Anweisungen erhalten, die ich ihm heute telegraphisch durchgegeben habe, und ist nicht nach Southampton gefahren. In dem Fall brauchen Sie sich nicht mehr um ihn zu kümmern, Sie warten einfach auf das Schiff. Den Wagen lassen Sie am besten unter anderem Namen in einer Garage – mein Name darf nicht auftauchen. Sorgen Sie dafür, daß man Sie nicht erkennt, wie, ist mir gleichgültig, solange Sie es gut machen. Reisen Sie auf dem Schiff unter dem Namen George Harris. Geben Sie vor, Sie seien sonstwer, aber seien Sie auf der

Hut; und reden Sie nicht zuviel, mit wem auch immer. Bei der Ankunft in Paris steigen Sie im Hotel St. Petersbourg ab. Sie werden dort eine Nachricht oder Notiz für George Harris erhalten mit der Anweisung, wohin Sie die Brieftasche bringen sollen, die ich Ihnen mitgebe. Sie ist abgeschlossen, und ich möchte, daß Sie gut darauf aufpassen. Ist das alles klar?‹

Ich wiederholte seine Anweisungen. Ich wollte wissen, ob ich nach der Übergabe der Brieftasche gleich zurückkommen sollte. ›Sobald Sie mögen‹, sagte er. ›Und achten Sie darauf – was auch geschieht, versuchen Sie sich zu keinem Zeitpunkt mit mir in Verbindung zu setzen. Sollten Sie die Nachricht in Paris nicht sofort erhalten, dann warten Sie – Tage, wenn es sein muß, aber kein wie auch immer geartetes Wort an mich. Verstehen Sie? Und nun machen Sie sich so rasch als möglich fertig. Ich werde ein Stück mitfahren. Beeilen Sie sich.‹

Das ist, so weit ich mich erinnere, der ungefähre Wortlaut dessen, was Manderson in jener Nacht zu mir sagte. Ich ging in mein Zimmer, zog mich um und warf hastig ein paar notwendige Utensilien in meine Reisetasche. Meine Gedanken wirbelten nur so herum, nicht so sehr der Sache selbst, als vielmehr ihrer Plötzlichkeit wegen. Ich meine mich zu erinnern, daß ich Ihnen bei unserem letzten Zusammentreffen« – er wandte sich an Trent – »von Mandersons Vorliebe erzählte, die er mit vielen seiner Landsleute teilte, alles im Romanstil zu tun. Wenn er die Wahl hatte, ergötzte er sich gern an etwas Melodram und Mystifizierung, und so sagte ich mir, daß dies eben typisch Manderson war. Ich eilte also mit meiner Tasche nach unten zu ihm in die Bibliothek. Er händigte mir eine dicke Brieftasche, ungefähr 14 mal 20 Zentimeter im Format aus, die von einem Riemen zusammengehalten und mit einem Schloß versehen war. Sie paßte knapp in meine Jackettasche. Dann ging ich den Wagen aus der Garage hinter dem Haus holen.

Während ich das Auto zum Vordereingang fuhr, fiel mir ein, daß ich nur ein paar Shilling in der Tasche hatte.

Ich hatte meine Barmittel schon seit einiger Zeit sehr eingeschränkt und lebte aus diesem Grund vorübergehend – ich erzähle Ihnen das, weil es, wie Sie gleich sehen werden, ein entscheidender Punkt war – von geliehenem Geld. Seit ich bei Manderson war, ging ich ziemlich sorglos mit Geld um; und da ich ein geselliges Tier bin, hatte ich viele Freunde, von denen einige zu einer New Yorker Gruppe gehörten, die wenig mehr zu tun hatten, als die großen Summen auszugeben, die sie von ihren Eltern bekamen. Indessen wurde ich sehr gut bezahlt und war zu beschäftigt, um diesen amüsanten Zeitvertreib auch nur versuchsweise mit ihnen zu teilen. Ich stand noch gut in den schwarzen Zahlen, als ich anfing, aus purer Neugier an der Börse zu spekulieren. Eine alte Geschichte, besonders in Wall Street. Ich dachte, es sei einfach; zuerst hatte ich Glück; natürlich wollte ich besonnen bleiben – und so weiter. Dann kam der Tag, an dem ich mich zu weit vorwagte. Innerhalb einer Woche hatte ich mir selbst das Wasser abgegraben, wie Bunner es ausdrückte, als ich ihm davon erzählte; und ich hatte auch noch Schulden. Meine Lektion hatte ich erteilt bekommen. In dieser Lage ging ich zu Manderson und sagte ihm, was ich getan hatte und wie ich nun dastand. Er hörte mich mit einem sehr grimmigen Lächeln an, und dann streckte er mir in einer Geste, die für seine Verhältnisse schon beinah so etwas wie Mitgefühl war, eine Summe auf mein Gehalt vor, die mich entlastete. ›Lassen Sie die Finger von der Börse‹, war alles, was er dazu sagte.

An jenem Sonntag abend wußte Manderson also, daß ich keinerlei finanzielle Mittel besaß. Ebenso wußte er, daß Bunner es wußte. Womöglich war ihm auch bekannt, daß ich mir von Bunner etwas als Taschengeld geliehen hatte, bis mein nächster Scheck fällig war, der, bedingt durch die Rückzahlungen, nicht sehr groß sein würde. Behalten Sie dieses Wissen Mandersons im Gedächtnis.

Sobald ich den Wagen am Vordereingang abgestellt hatte, ging ich in die Bibliothek und erklärte Manderson die Schwierigkeit.

Was nun folgte, vermittelte mir, so geringfügig es auch

erscheinen mag, den Eindruck, daß etwas Sonderbares in der Luft lag. Sobald ich das Wort ›Spesen‹ aussprach, ging seine Hand automatisch an seine linke Gesäßtasche, wo er stets eine kleine Börse trug, in der er Banknoten im Wert von ungefähr hundert Pfund in unserer Währung hatte. Diese Geste war ihm so geläufig, daß ich erstaunt war, ihn plötzlich innehalten zu sehen. Dann, zu meinem noch größeren Erstaunen, fluchte er verhalten. Das hatte ich bei ihm noch nie erlebt; aber Bunner hatte mir erzählt, daß er in letzter Zeit oft auf diese Weise seiner Verärgerung Luft machte, wenn sie allein waren. ›Hat er sein Portemonnaie verlegt?‹ schoß es mir durch den Kopf. Doch das konnte meiner Ansicht nach seine Pläne nicht im mindesten beeinträchtigen, warum, werde ich Ihnen gleich sagen. In der vergangenen Woche, als ich in London gewesen war, um verschiedene Dinge zu erledigen, unter anderem auch die Buchung der Kabine für Mr. George Harris, hatte ich auf Mandersons Anweisung tausend Pfund in kleinen Scheinen von seiner Bank geholt. Ich hatte keine Ahnung, wofür diese ungewöhnlich hohe Summe Bargeld war, ich wußte lediglich, daß die Notenbündel sich in seinem verschlossenen Schreibtisch in der Bibliothek befanden oder zumindest kurz zuvor noch befunden hatten; denn ich hatte ihn im Lauf des Tages damit herumhantieren sehen, als er am Schreibtisch saß.

Doch statt sich zum Schreibtisch zu wenden, blieb Manderson stehen und sah mich an. In seinem Gesicht zeichnete sich Wut ab, und es war sonderbar, zuzusehen, wie er sie langsam bezwang, bis sein Blick wieder kalt wurde. ›Warten Sie im Wagen‹, sagte er langsam. ›Ich werde Geld holen.‹ Wir gingen beide hinaus, und während ich in der Halle meinen Mantel überzog, sah ich ihn in den Wohnraum gehen, der, wie Sie sich erinnern werden, auf der anderen Seite der Eingangshalle lag.

Ich trat hinaus auf den Rasen und rauchte eine Zigarette, während ich hin und her ging. Wieder und wieder fragte ich mich, wo die tausend Pfund geblieben waren; ob womöglich im Wohnzimmer, und wenn ja, weshalb. Schließlich sah ich im

Vorbeigehen Mrs. Mandersons Schatten auf dem dünnen Seidenvorhang. Sie stand an ihrem Schreibpult. Das Fenster war offen, und ich hörte sie sagen: ›Ist das genug?‹ Die Antwort verstand ich nicht, aber im nächsten Moment überschnitt sich Mandersons Schatten mit dem ihren, und ich hörte Geldstücke klimpern. Und dann, während er noch am Fenster stand und ich schon weiterging, drangen die folgenden Worte an mein Ohr – und zumindest diese kann ich genau wiedergeben, denn das Erstaunen hat sie unauslöschlich in mein Gedächtnis eingegraben: – ›Ich gehe jetzt. Marlowe hat mich zu einer Mondscheinfahrt im Wagen überredet. Er meint, dann würde ich besser schlafen, und wahrscheinlich hat er recht.‹

Ich habe Ihnen gesagt, daß ich im Laufe der vier Jahre nie eine direkte Lüge aus Mandersons Mund gehört hatte, sei es über etwas Wichtiges oder etwas Unwichtiges. Ich glaubte, die merkwürdige, oberflächliche Moral des Mannes zu verstehen, und ich hätte schwören können, daß er unter dem ernsthaften Druck einer Frage, der er nicht aus dem Weg gehen konnte, entweder die Antwort verweigern oder aber die Wahrheit sagen würde. Doch was hatte ich gerade gehört? Keine Antwort auf eine Frage. Eine freiwillige Erklärung, präzise formuliert, die gänzlich falsch war. Das Unvorstellbare war geschehen. Es war beinah, als hätte mich ein wohlvertrauter Mensch in einem Moment tiefster Harmonie plötzlich ins Gesicht geschlagen. Das Blut stieg mir in den Kopf, und ich stand still im Gras. Ich blieb stehen, bis ich seine Schritte an der Tür hörte. Dann riß ich mich zusammen und trat rasch an den Wagen. Er gab mir einen Bankumschlag mit Goldstücken und Noten. ›Hier drin ist mehr, als Sie brauchen werden‹, sagte er, und ich steckte ihn mechanisch ein.

Eine Minute vielleicht stand ich mit Manderson, und wir sprachen – es war eine jener *tours de force*, deren der Geist manchmal unter großer innerer Erregung fähig ist – über einige Punkte der Route auf der langen Fahrt, die vor mir lag. Ich war die Strecke einige Male bei Tage gefahren, und ich glaube, ich sprach recht ruhig und natürlich darüber. Doch während ich redete, brodelte in mir eine Flut aus unvermittelt aufkommendem Mißtrauen und Angst. Ich konnte nicht sagen, was ich fürchtete. Es war eine Angst, die – ich wußte nicht wie – mit Manderson zusammenhing. Und nachdem die Schleusen erst einmal geöffnet waren, fiel sie über meine Seele her wie eine angreifende Armee. Ich fühlte – nein, ich wußte, hier war etwas ganz und gar falsch und bedrohlich, und das Objekt war ich. Doch Manderson gehörte zweifellos nicht zu meinen Feinden. Dann jagten meine Gedanken wild nach einer Antwort auf die Frage, warum er diese Lüge erzählt hatte. Und die ganze Zeit über hämmerte das Blut in meinen Ohren: ›Wo ist das Geld?‹ Vernunft mühte sich, mir klarzumachen, daß die beiden Dinge nicht unbedingt zusammenhängen mußten. Doch der Instinkt eines Mannes in Gefahr wollte nicht darauf hören. Als wir losfuhren und der Wagen die Biegung zur Straße nahm, war es lediglich mein Unbewußtes, welches den Wagen lenkte, die Kontrolle behielt und gelegentliche Bemerkungen machte, während wir im Mondlicht dahinglitten. In mir herrschte eine Verwirrung und ein unbestimmter Alarmzustand, die viel schlimmer waren als jedes tatsächliche Entsetzen, das ich je verspürt hatte.

Ungefähr anderthalb Kilometer hinter dem Haus – Sie werden sich erinnern, rechts passiert man ein Tor, auf dessen anderer Seite der Golfplatz liegt – sagte Manderson, hier wolle er aussteigen, und ich hielt an. ›Ist alles klar?‹ fragte er. Ich gab mir einen Ruck, zwang mich zur Erinnerung und wiederholte seine Anweisungen. ›Das ist o. k.‹, sagte er. ›Also, Wiedersehn dann, achten Sie auf die Brieftasche.‹ Das waren die letzten Worte, die ich von ihm hörte, während der Wagen geräuschlos an ihm vorbeirollte und ich ihn hinter mir ließ.«

Marlowe erhob sich von seinem Platz und preßte die Hände an die Augen. Sein Gesicht hatte sich in der Erregung des Erzählens gerötet, und es lag ein Grauen der Erinnerung darin, das seine beiden Zuhörer stumm machte. Er schüttelte sich wie ein Hund und stand dann aufrecht, die Hände auf dem Rücken, vor dem Feuer, als er seine Erzählung wieder aufnahm.

»Ich nehme an, Sie wissen beide, was der Rückspiegel bei einem Automobil ist.«

Trent nickte rasch, sein Gesicht in lebhafter Erwartung; doch Mr. Cupples, der ein mildes, aber starres Vorurteil gegen Automobile hegte, gestand bereitwillig seine Unkenntnis.

»Es ist ein kleiner runder, oder häufiger, rechteckiger Spiegel«, erklärte Marlowe, »der rechts vor dem Fahrer an der Scheibe angebracht ist, so daß man, ohne sich umzudrehen, sehen kann, ob von hinten etwas kommt. Eine recht gewöhnliche Vorrichtung, die auch dieses Auto hatte. Als ich nun weiterfuhr und Manderson hinter mir verstummte, sah ich in diesem Spiegel etwas, was ich am liebsten vergessen würde.«

Marlowe schwieg einen Augenblick und starrte an die gegenüberliegende Wand.

»Mandersons Gesicht«, brachte er dann mit leiser Stimme hervor. »Er stand auf der Straße, nur ein paar Schritte hinter mir, und sah mir nach, und das Mondlicht fiel voll auf sein Gesicht. Der Spiegel zeigte es für einen Moment.

Routine ist etwas Wunderbares. Ich bewegte weder Hand noch Fuß an den Bedienungselementen des Wagens. Tatsächlich kann ich sogar sagen, der Schock wurde dadurch gemildert, daß ich mich der Aufgabe des Fahrens widmen mußte. Sie haben zweifelsohne in Büchern schon darüber gelesen, daß man durch die Augen eines Menschen in den Abgrund der Hölle blicken kann, aber wahrscheinlich wissen Sie noch nicht, welch treffendes Bild das ist. Hätte ich nicht gewußt, daß Manderson dort stand, ich hätte sein Gesicht nicht erkannt. Es waren die Züge eines Wahnsinnigen, im Irrsinn des Hasses verzerrt und abstoßend, das Gebiß in einem affenhaften Grinsen entblößt, voller Grausamkeit und Triumph; die Augen ... Der kleine Spiegel zeigte mir nur den Ausschnitt des Gesichts. Von der begleitenden Geste, während diese entstellte, weiße Maske hinter mir her stierte, konnte ich nichts sehen. Und das Ganze währte nur einen Lidschlag. Der Wagen fuhr weiter, wurde schneller, und beim Fahren war mein Gehirn, plötzlich befreit vom Dunst des Zweifels und der Bestürzung, so geschäftig wie die pulsierende Maschine unter mir. Ich wußte alles.

In Ihrem Manuskript sprechen Sie von der raschen, unwillkürlichen Weise, in der sich Gedanken zu einer neuen, erhellenden Idee formieren, Mr. Trent. Das ist völlig richtig. Die grausige Intensität, die aus diesen hervortretenden Augäpfeln hinter mir aufgeflammt war, erhellte wie der Lichtkegel eines Suchscheinwerfers mein Gehirn. Ich konnte jetzt ziemlich klar denken, beinah kühl, denn ich wußte was – oder zumindest, wen – ich zu fürchten hatte, und mein Instinkt warnte mich, daß nicht die Zeit war, den Gefühlen Raum zu geben, die darum kämpften, von mir Besitz zu ergreifen. Der Mann haßte mich wie wahnsinnig. Diese unglaubliche Tatsache war mir plötzlich klar. Aber sein Gesichtsausdruck hatte mir, und hätte jedem anderen, mehr als das gezeigt. Es war ein Ausdruck befriedigten Hasses, ein verdammenswerter Triumph lag darin. Es hatte mich mit hämischer Freude in mein Verderben fahren sehen. Auch das war mir völlig klar. Doch in welches Verderben?

Ich hielt an. Ich war ungefähr 250 Meter weitergefahren, und eine scharfe Kurve verdeckte die Stelle, wo ich Manderson abgesetzt hatte. Ich lehnte mich zurück und überdachte die Situation. Irgend etwas sollte mir zustoßen. In Paris? Höchstwahrscheinlich – weshalb sonst wurde ich dorthin geschickt, mit Geld und einem Schiffsbillett? Aber warum Paris? Das erschien mir rätselhaft, denn ich hatte keine melodramatischen Vorstellungen von Paris. Ich ließ diesen Punkt für den Augenblick beiseite und wandte mich anderen Dingen zu, die an jenem Abend meine Aufmerksamkeit erregt hatten. Die Lüge über die Mondscheinfahrt, zu der ich ihn überredet haben sollte. Was steckte dahinter? Manderson, so sagte ich mir, wird ohne mich zurückkommen, während ich auf dem Weg nach Southampton bin. Was wird er sagen, wie erklären, daß er allein und ohne den Wagen zurückkehrt? Während ich über diese bedrohliche Frage nachdachte, schoß mir die nächste Schwierigkeit durch den Kopf: ›Wo sind die tausend Pfund?‹ Und im gleichen Moment auch schon die Antwort: ›Die tausend Pfund sind in meiner Tasche.‹

Ich rappelte mich hoch und stieg aus. Meine Knie zitterten und mir war sehr übel. Ich glaubte die Intrige nun zu durchschauen. Die ganze Geschichte mit den Papieren und der Dringlichkeit, mit der sie nach Paris gebracht werden sollten, war ein Vorwand. Mit Mandersons Geld, das ich, wie er erklären würde, gestohlen hatte, war ich allem Anschein nach und mit jeder Vorsichtsmaßnahme eines schlechten Gewissens auf dem Wege, aus England zu fliehen. Er würde sich sogleich mit der Polizei in Verbindung setzen und genau wissen, wie er sie auf meine Spur hetzen konnte. Ich sollte in Paris festgenommen werden, wo ich unter falschem Namen lebte, nachdem ich das Auto unter falschem Namen zurückgelassen und mich verkleidet hatte, um dann in einer Kabine zu reisen, die ich zuvor unter einem falschen Namen gebucht hatte. Ganz klar das Verbrechen eines Mannes, der mittellos und aus irgendeinem Grund verzweifelt auf der Jagd nach Geld war. Sah ich mir dann meine Version der Geschichte an, so klang sie dagegen wirklich widersinnig.

Als mir die grauenhafte Fülle belastender Umstände bewußt wurde, holte ich die dicke Brieftasche heraus. In der Intensität dieses Augenblicks hegte ich nicht den geringsten Zweifel, daß meine Annahme richtig und das Geld darin war. Sie konnte bequem die Notenbündel fassen. Als ich sie so in den Händen hielt und befühlte, schien es mir jedoch, als müsse noch mehr darin sein. Sie fühlte sich ziemlich bauchig an. Was sollte mir noch zur Last gelegt werden? Schließlich waren tausend Pfund nicht sehr viel, um einen Mann wie mich in Versuchung zu führen und das Risiko einer Zuchthausstrafe einzugehen. In dieser neuen Erregung, kaum wissend was ich tat, fuhr ich mit den Fingern unter den Halteriemen und brach das Schloß auf. Solche Schlösser sind in der Regel ziemlich schwächlich, wissen Sie.«

Hier hielt Marlowe inne und ging zu dem eichenen Schreibtisch vor dem Fenster. Er zog eine Schublade voller Krimskrams auf, holte eine Schachtel mit allerlei Schlüsseln hervor und suchte einen kleinen, mit rosafarbenem Band gekennzeichneten heraus.

Er gab ihn Trent. »Ich habe ihn als eine Art morbides Erinnerungsstück aufgehoben. Es ist der Schlüssel zu dem Schloß, das ich aufgebrochen habe. Ich hätte mir die Mühe sparen können, wenn ich gewußt hätte, daß sich der Schlüssel in dem Moment in meiner linken Manteltasche befand. Manderson mußte ihn hineingesteckt haben, solange der Mantel in der Halle an der Garderobe hing oder während er im Auto neben mir saß. Ich hätte das winzige Ding womöglich erst Wochen später gefunden; tatsächlich entdeckte ich ihn zwei Tage nach Mandersons Tod, aber für die Polizei wäre es eine Angelegenheit von fünf Minuten gewesen. Und dann hätte ich – mit der Brieftasche und ihrem Inhalt, dem falschen Namen und der Theaterbrille und allem übrigen – keine andere Erklärung vorbringen können als die ungemein überzeugende, ich hätte nicht gewußt, daß der Schlüssel da war.«

Trent ließ den Schlüssel an dem Bändchen hin und her baumeln. Dann fragte er unvermittelt: »Woher wissen Sie, daß der Schlüssel in das Schloß paßt?«

»Ich habe es ausprobiert. Sobald ich ihn gefunden hatte, bin ich hinaufgegangen und habe ihn ins Schloß gesteckt. Ich wußte ja, wo ich das Ding gelassen hatte. Ebenso wie Sie, Mr. Trent. Oder?« Eine Andeutung von Spott klang aus Marlowes Stimme.

»Touché«, versetzte Trent mit einem trockenen Lächeln. »Ich fand eine große leere Brieftasche mit aufgebrochenem Schloß zusammen mit anderen Kleinigkeiten auf Mandersons Frisiertisch liegen. Ihrer Aussage nach haben Sie sie dorthin gelegt. Ich konnte damit nichts anfangen.« Er schwieg.

»Es gab keinen Grund, sie zu verstecken«, sagte Marlowe. »Aber zurück zu meiner Geschichte. Ich brach also das Schloß auf. Im Licht der Scheinwerfer öffnete ich die Brieftasche. Ich hätte eigentlich wissen müssen, was ich als erstes finden würde, aber ich war nicht darauf vorbereitet.« Er unterbrach sich und warf Trent einen Blick zu.

»Es waren –«, begann Trent unwillkürlich, doch dann hielt er inne. »Versuchen Sie, mich aus dem Spiel zu lassen, wenn es geht«, sagte er, wobei er dem anderen in die Augen sah. »Ich habe Ihnen in meinem Bericht schon ein Kompliment über Ihre Klugheit gemacht. Sie müssen Sie nicht zusätzlich beweisen, indem Sie den Richter veranlassen, Ihnen bei Ihrer Aussage behilflich zu sein.«

»Gut«, stimmte Marlowe zu. »Ich konnte im Augenblick einfach nicht widerstehen. Sie an meiner Stelle hätten sofort gewußt, daß Mandersons kleine Börse darin war. Sobald ich sie sah, fiel mir natürlich ein, daß er sie nicht bei sich gehabt hatte, als ich ihn um Geld bat, und sein überraschender Ärger darüber. Er hatte sie bereits mit dem zusammengepackt, was als meine Beute gelten sollte, und mir in die Hand gedrückt. Ich schaute hinein. Sie enthielt einige Banknoten wie gewöhnlich. Ich zählte nicht nach.

Zwischen den großen Innentaschen steckten die anderen Scheine, wie ich sie aus London mitgebracht hatte. Und dazu zwei kleine Waschlederbeutel, die ich nur allzu gut kannte. Mein Herz tat erneut einen Sprung, von dem mir übel wurde; denn auch dies kam völlig überraschend. In den Beuteln bewahrte Manderson die Diamanten auf, die er schon seit geraumer Zeit als Geldanlage kaufte. Ich öffnete sie nicht; unter dem Druck meiner Finger fühlte ich die kleinen Steine übereinandergleiten. Wie viele tausend Pfund sie wert waren, wußte ich nicht. Wir hatten Mandersons Diamantenkäufe lediglich als spekulative Marotte betrachtet. Inzwischen glaube ich, es war sein erster Zug in dem Spiel, das zu meinem Ruin führen sollte. Will man jemandem wie mir einen Raub anhängen, so muß man schon ein starkes Motiv vorweisen können. Das hatte er mit teuflischer Besessenheit geschaffen.

›Ich habe jetzt die ganze Sache klar vor mir und muß nun handeln‹, sagte ich mir. Was ich zu tun hatte, sah ich sofort. Ich hatte Manderson ungefähr anderthalb Kilometer vom Haus entfernt abgesetzt. Zwanzig Minuten, wenn er rasch ausschritt, fünfzehn, würde er brauchen, um zurückzugehen, wo er natürlich sofort seine Geschichte von dem Raub erzählen und wahrscheinlich gleich die Polizei in Bishopsbridge verständigen würde. Es waren erst fünf oder sechs Minuten vergangen, seit wir uns getrennt hatten; denn was ich Ihnen jetzt erzähle, spielte sich in meinem Kopf mit so ungeheurer Schnelligkeit ab wie noch nie in meinem Leben. Ihn mit dem Auto einzuholen, bevor er das Haus erreicht hatte, würde leicht sein. Es würde ein unangenehmes Gespräch werden. Beim Gedanken daran biß ich die Zähne zusammen, und all meine Furcht verschwand, als ich begann, die Genugtuung auszukosten, die es mir bereiten würde, ihm zu sagen, was ich von ihm hielt. Wahrscheinlich gibt es nur wenige Menschen, die sich jemals wirklich auf ein unangenehmes Gespräch mit Manderson freuten; doch ich war außer mir vor Wut. Hier war auf die abstoßendste Weise versucht worden, Verrat an meiner Ehre und meiner Freiheit zu üben. Ich dachte nicht darüber nach, was diesem Gespräch folgen würde. Das würde sich ergeben.

Ich hatte den Wagen wieder angelassen und gewendet und war schon mit hoher Geschwindigkeit auf dem Weg nach ›White Gables‹, als ich rechts vor mir einen Schuß hörte.

Ich hielt sofort an. Mein erster wilder Gedanke war, daß Manderson auf mich schoß. Doch das Geräusch war weiter entfernt gewesen. Auf der Straße konnte ich niemanden sehen, obgleich sie vom Mondlicht erhellt wurde. Ich hatte Manderson an einer Stelle zurückgelassen, die jetzt vielleicht hundert Meter vor mir gleich hinter einer Biegung lag. Ungefähr eine Minute später setzte ich den Wagen wieder in Gang und fuhr langsam um die Kurve. Doch sofort bremste ich, hielt mit einem Ruck und saß einen Augenblick lang völlig erstarrt.

Ein paar Schritte vor mir lag Manderson tot auf dem Rasen innerhalb des Tores, im Mondschein klar zu erkennen.«

Marlowe machte erneut eine Pause, und Trent erkundigte sich mit hochgezogenen Augenbrauen. »Auf dem Golfplatz?«

»Offensichtlich«, bemerkte Mr. Cupples. »Das ist genau beim achten Grün.« Er war Marlowes Bericht mit wachsendem Interesse gefolgt und fingerte jetzt fieberhaft in seinem dünnen Bart herum.

»Auf dem Platz, ziemlich dicht an der Fahne«, ergänzte Marlowe. »Er lag mit ausgebreiteten Armen auf dem Rücken, sein Jackett und der schwere Mantel standen offen; das Licht schien grausam auf sein weißes Gesicht und die Hemdbrust; es glitzerte auf seinem entblößten Gebiß und dem einen Auge. Das andere ... nun, Sie haben es gesehen. Der Mann war eindeutig tot. Während ich dasaß wie vom Donner gerührt und im Moment unfähig war zu denken, sah ich sogar eine tiefdunkle Blutspur von der zerschmetterten Augenhöhle zum Ohr rinnen. Dicht neben ihm lag sein weicher schwarzer Hut, und zu seinen Füßen ein Revolver.

Ich nehme an, es waren nur einige Sekunden, die ich so saß und hilflos die Leiche anstarrte. Dann raffte ich mich auf und ging mit schleppenden Schritten hin; denn ich hatte endlich die Wahrheit erkannt, und das ganze Ausmaß der entsetzlichen Gefahr, in der ich schwebte, wurde mir mit einem Male klar. Nicht nur meine Freiheit oder meine Ehre hatte dieser Wahnsinnige zerstören wollen. Den Tod hatte er für mich geplant; Tod mit der Erniedrigung durchs Schafott. Um mich ganz sicher niederzustrecken, hatte er nicht gezögert, sein Leben zu beenden, ein Leben, das ohne Zweifel bereits bedroht war durch einen melancholischen Hang zur Selbstzerstörung, und die letzte Pein des Selbstmörders hatte sich womöglich bei dem Gedanken, mein Leben mit auszulöschen, in teuflische Freude verwandelt. Denn soweit ich im Augenblick sehen konnte, war meine Lage gänzlich hoffnungslos. War sie unter der Voraussetzung, daß Manderson gedachte, mich als Dieb hinzustellen, schon verzweifelt gewesen, wie dann jetzt erst, wo seine Leiche mich als Mörder auswies?

Ich hob den Revolver auf und sah beinah ohne Gefühlsregung, daß es mein eigener war. Manderson mußte ihn aus meinem Zimmer geholt haben, während ich das Auto aus der Garage fuhr. In diesem Augenblick fiel mir ein, daß ich die Waffe auf Mandersons Vorschlag hin mit meinen Initialen hatte versehen lassen, um sie von einer gleichen Typs zu unterscheiden, die er besaß.

Ich beugte mich über den Körper und überzeugte mich, daß kein Leben mehr in ihm war. An dieser Stelle muß ich Ihnen sagen, daß ich weder in diesem Moment noch später die Kratzer und Prellungen an den Handgelenken bemerkte, die als Beweis für ein Handgemenge mit einem Angreifer galten. Doch zweifle ich nicht daran, daß Manderson sich selbst absichtlich diese Verletzungen beibrachte, bevor er den Schuß abfeuerte; es war Teil seines Planes.

Obwohl ich solche Einzelheiten nicht wahrnahm, war offensichtlich, daß Manderson bei seiner letzten Handlung auf Erden nicht vergessen hatte, das Netz um mich noch enger zu ziehen, indem er eine Selbstmordthese außer Frage stellte. Er hatte sich eindeutig bemüht, den Revolver so weit vom Gesicht entfernt zu halten, daß es keine Rauch- oder Brandspuren davontrug. Die Wunde war absolut sauber und hörte äußerlich bereits auf zu bluten. Ich stand auf, tigerte auf dem Rasen hin und her und zählte die Punkte in diesem vernichtenden Fall gegen mich.

Ich war der letzte, den man mit Manderson gesehen hatte. Ich überredete ihn – so hatte er seiner Frau, und wie ich später erfuhr, auch dem Butler gegenüber behauptet – mit mir eine Fahrt zu unternehmen, von der er nie zurückkehrte. Meine Waffe hatte ihn getötet. Es stimmte, daß mich die Entdeckung seiner Intrige vor der weiteren Anhäufung belastender Fakten bewahrte – Flucht, Verstecken, Besitz seines Eigentums. Doch was nützte es mir schließlich? Welche Hoffnung blieb mir bei all dem? Was konnte ich tun?«

Marlowe kam an den Tisch und stützte seine Hände auf. »Ich möchte versuchen«, sagte er sehr ernst, »Ihnen klarzumachen, was in mir vorging, als ich zu tun beschloß, was ich dann tat. Ich hoffe, es langweilt Sie nicht, denn es ist notwendig. Sie dachten vielleicht beide, daß ich mich wie ein Idiot benommen habe. Aber immerhin hat die Polizei mich nie verdächtigt. Ich lief wohl eine Viertelstunde lang dort auf und ab und legte mir das Ganze zurecht wie beim Schachspiel. Ich mußte vorausdenken, und das ganz kühl, denn meine Sicherheit hing davon ab, die Pläne eines der weitsichtigsten Männer zu durchkreuzen, die je gelebt haben. Und bedenken Sie, ich mußte damit rechnen, in seinem Plan noch auf Details zu stoßen, die mir bis jetzt entgangen waren und nur darauf warteten, mich zu vernichten.

Zwei klare Moglichkeiten boten sich sofort an. Jede von ihnen führte meiner Ansicht nach ziemlich sicher ins Verderben. Erstens konnte ich das Naheliegendste tun; nämlich den Toten zurückbringen, meine Geschichte erzählen, die Banknoten und Diamanten aushändigen und auf die rettende Macht der Wahrheit und Unschuld vertrauen. Bei dem Gedanken hätte ich lachen mögen. Ich sah mich mit der Leiche ankommen und meinen Bericht abgeben und vor lauter Scham über die Absurdität meiner gänzlich unhaltbaren Story zögern, wenn ich die Anklage wegen krankhaften Hasses und gemeinen Verrats gegen einen Mann vorbrachte, der meines Wissens nie auch nur ein Wort gegen mich gesagt hatte. An jeder Ecke war mir Mandersons Hinterhältigkeit zuvorgekommen. Das sorgfältige Verbergen dieses Haßes war ein typisches Merkmal seiner Kriegslist; nur ein Mann mit seiner eisernen Disziplin konnte so handeln. Sie sehen selbst, wie jede Tatsache meiner Erklärung im Schatten von Mandersons Tod als eine plumpe Lüge erscheinen mußte. Ich versuchte mir vorzustellen, wie ich solch eine Geschichte meinem Verteidiger darlegen würde. Dabei sah ich sein Gesicht förmlich vor mir und konnte seine Gedankengänge nachvollziehen, daß das Vorbringen solch unverschämten Wirrwarrs höchstens bedeutete, jede eventuell vorhandene Chance zur Vermeidung der Todesstrafe zu verspielen.

Sicher, ich war nicht geflohen, ich hatte die Leiche zurückgebracht, hatte das Eigentum zurückgegeben. Aber in welcher Weise half mir das? Eine solche Handlungsweise könnte höchstens darauf hindeuten, daß ich nach dem Mord einer plötzlichen Anwandlung von Angst nachgegeben und nicht mehr die Nerven gehabt hatte, die Früchte des Verbrechens zu ernten; vielleicht ließ sie auch darauf schließen, daß ich nicht darauf aus gewesen war zu töten, sondern nur drohen wollte und die Nerven verlor, als mir klar wurde, daß ich gemordet hatte. Wie ich es auch drehte und wendete, ich sah in der Verfolgung dieses Planes keine Hoffnung auf einen Ausweg.

Die zweite Möglichkeit war, die Lage auszunutzen und augenblicklich zu fliehen. Doch auch dies war zum Scheitern verurteilt. Da war die Leiche. Ich hatte keine Zeit, sie so zu verstecken, daß man sie nicht schon bei der ersten systematischen Suche fand. Doch was auch immer ich mit der Leiche anfing, Mandersons Ausbleiben würde spätestens in zwei bis drei Stunden Unruhe auslösen. Martin würde einen Unfall mit dem Automobil vermuten und die Polizei benachrichtigen. Bei Tagesanbruch würden die Straßen abgesucht und Telegramme in alle Himmelsrichtungen losgejagt. Die Polizei würde ein mögliches Verbrechen nicht ausschließen. Bei einer so aufsehenerregenden Sache wie dem Verschwinden Mandersons würden sie ihre Netze schwungvoll in alle Richtungen auswerfen. Häfen und Bahnhöfe würden beobachtet. Innerhalb von vierundzwanzig Stunden hätte man die Leiche gefunden, und ganz England – nein, ganz Europa – wäre auf der Suche nach mir; ich konnte mir keinen Ort im gesamten christlichen Abendland vorstellen, den ein des Mordes an Manderson

Angeklagter unangefochten betreten konnte, nachdem die Zeitungen seinen Tod aller Welt in die Ohren gebrüllt hatten. Jeder Fremde wäre verdächtig; jeder Mann, jede Frau, jedes Kind würde zum Detektiv. Das Auto, wo immer ich es stehenließe, brächte die Leute auf meine Spur. Ich sagte mir, daß ich mich bei der Wahl zwischen zwei so völlig aussichtslosen Möglichkeiten dann doch eher für die irrwitzige Wahrheit entscheiden würde.

Aber nun hielt ich verzweifelt nach einer Geschichte Ausschau, die plausibler war als die Wahrheit. Konnte ich meine Haut durch eine Lüge retten? Eine nach der anderen ging mir durch den Kopf; ich muß mir wohl nicht die Mühe machen, sie mir alle ins Gedächtnis zu rufen. Jede hatte ihre Sinnlosigkeiten und Gefahren; aber jede einzelne zerbarst an der Tatsache – oder dem, was als Tatsache angenommen würde – daß ich Manderson dazu gebracht hatte, mit mir wegzufahren und er nicht lebend zurückgekehrt war. So verwarf ich rasch eine Überlegung nach der anderen, während ich bei dem Toten auf und ab ging, und das Verhängnis lastete von Minute zu Minute schwerer auf mir. Doch dann kam mir ein seltsamer Gedanke.

Mehrmals hatte ich halb unbewußt wie einen Refrain die Worte wiederholt, mit denen Manderson seiner Frau sagte, ich habe ihm eine Ausfahrt vorgeschlagen. ›Marlowe hat mich überredet, eine Mondscheinfahrt im Wagen mit ihm zu unternehmen. Er besteht darauf.‹ Ganz plötzlich merkte ich, daß ich, ohne es zu wollen, mit Mandersons Stimme redete.

Wie Sie schon selbst herausgefunden haben, Mr. Trent, besitze ich ein angeborenes Talent zur Nachahmung. Ich hatte Mandersons Stimme oft so erfolgreich imitiert, daß ich sogar Bunner täuschen konnte, der viel häufiger mit ihm zusammen war als seine eigene Frau. Er hatte, wie Sie sich erinnern werden« – Marlowe wandte sich an Mr. Cupples – »eine kräftige, metallische Stimme von großer Tragweite, so ungewöhnlich und gleichzeitig so leicht nachzumachen, daß sie einen Imitator faszinieren mußte. Ich sagte mir die Worte noch einmal sorgfältig vor, so –« er sprach sie aus, und Mr. Cupples riß verblüfft die Augen auf – »und dann schlug ich mit der Hand auf das niedrige Mäuerchen neben mir. ›Manderson kam nicht lebend zurück‹, sagte ich laut. ›Aber Manderson *wird* lebend zurückkehren!‹

Innerhalb von dreißig Sekunden hatte ich das Gerüst meines Planes vollständig im Kopf. Ich nahm mir nicht die Zeit, über Details nachzudenken. Jede Minute war jetzt kostbar. Ich hob den Leichnam hoch und legte ihn ins Auto, wo ich ihn mit einem Plaid zudeckte. Dann nahm ich Hut und Revolver an mich. Keine Spur dessen, was dort in der Nacht geschehen war, blieb auf dem Golfplatz zurück. Auf der Rückfahrt nach ›White Gables‹ nahm mein Plan mit einer Geschwindigkeit und Leichtigkeit Gestalt an, die mich mit wilder Erregung erfüllten. Ich würde doch davonkommen! Es war alles ganz einfach, solange mich nur mein Mut nicht verließ. Wenn man Unwahrscheinliches und Unwägbares außer acht ließ, dann konnte nichts schiefgehen. Ich hätte am liebsten laut geschrien!

Als ich mich dem Haus näherte, drosselte ich die Geschwindigkeit und sah mich forschend nach allen Seiten um, nichts bewegte sich. Ich lenkte den Wagen auf der gegenüberliegenden Straßenseite ins offene Feld, ungefähr zwanzig Schritt vor dem kleinen Törchen am äußersten Ende des Anwesens. Hinter einem Schober stellte ich ihn ab. Als ich dann, Mandersons Hut auf dem Kopf und den Revolver in der Tasche, mit der Leiche über die mondbeschienene Straße durch dieses Törchen gestolpert war, hatte ich schon viele meiner Befürchtungen hinter mir gelassen. Mit raschem Handeln und klarem Kopf mußte es mir meiner Ansicht nach gelingen.«

Mit einem langen Seufzer warf sich Marlowe in einen der Sessel am Kamin und wischte sich mit dem Taschentuch über die feuchte Stirn. Seine Zuhörer holten beide ebenfalls tief Luft, jedoch unhörbar.

»Das Weitere wissen Sie«, sagte er. Er nahm eine Zigarette aus der Dose neben sich und zündete sie an. Trent beobachtete das fast unmerkliche Zittern der Hand, die das Zündholz hielt, und mußte sich sagen, daß auch die seine im Augenblick nicht allzu ruhig war.

»Die Schuhe, die mich Ihnen verrieten«, fuhr Marlowe nach einem kurzen Schweigen fort, »drückten mich die ganze Zeit über, doch ich hätte mir nicht träumen lassen, daß das Leder womöglich irgendwo nachgeben würde. Mir war klar, daß ich keine ungewollten Fußspuren hinterlassen durfte, weder auf dem weichen Untergrund um den Schuppen herum, wo ich die Leiche abgelegt hatte, noch zwischen Schuppen und Haus; also quetschte ich meine Füße in Mandersons Schuhe, sobald ich das Törchen hinter mir zugemacht hatte. Meine eigenen ließ ich mit Jackett und Mantel bei der Leiche liegen, um sie später wieder anziehen zu können. Ich machte einen deutlichen Fußabdruck vor der Terrassentür und mehrere auf dem Läufer um den Teppich. Die Leiche zu entkleiden und ihr später den braunen Anzug und die Schuhe anzuziehen und die Sachen in die Taschen zu stecken war ein abscheuliches Geschäft; noch schlimmer war das Herausnehmen des Gebisses. Der Kopf – aber das wollen Sie ja gar nicht hören. In jenen Augenblicken empfand ich nicht allzuviel. Ich war dabei, meinen eigenen Kopf aus der Schlinge zu ziehen, wissen Sie. Ich wünschte, ich hätte daran gedacht, die Manschetten herunterzuziehen und die Schnürsenkel ordentlicher zu binden. Und daß ich die Uhr in die falsche Tasche gesteckt habe war ein böser Fehler. Es mußte alles so furchtbar schnell gehen.

Übrigens, mit dem Whisky, da hatten Sie unrecht. Nach einem kräftigen Schluck habe ich nichts weiter getrunken; aber ich füllte etwas in eine Taschenflasche aus dem Schrank und steckte sie ein. Ich hatte eine Nacht voll ungewöhnlicher Ängste und Anstrengungen vor mir, und ich wußte nicht, wie ich sie überstehen würde. Ein- oder zweimal während der Fahrt mußte ich einen zu mir nehmen. Übrigens, Sie räumen für die Fahrt in ihrem Bericht einen ziemlich großzügigen Zeitraum ein. Sie sagen, man müsse, selbst wenn man wie ein Teufel fahre, spätestens um Mitternacht in Marlstone losfahren, um morgens um halb sieben in Southampton sein zu können. Ich war mit dem Anziehen der Leiche keinesfalls vor zehn nach zwölf fertig; und dann mußte ich noch zum Wagen gehen und ihn wieder in Gang bringen. Allerdings muß ich sagen, die Risiken, die ich in diesem Auto ohne Scheinwerfer in der Nacht auf mich nahm, hätte wohl kaum ein anderer auf sich genommen. Mir wird jetzt noch eiskalt, wenn ich daran denke.

Über das, was ich im Haus tat, gibt es nicht viel zu sagen. Nachdem Martin gegangen war, verbrachte ich die Zeit damit, die verbleibenden Schritte meines Planes sorgfältig zu überdenken, dabei entlud ich den Revolver und reinigte ihn gründlich mit meinem Taschentuch und einem Federhalter vom Schreibtisch. Dann schloß ich mit Mandersons Schlüssel die Banknoten, das Portmonnaie und die Diamanten weg. Ein kritischer Augenblick kam, als ich nach oben ging, obwohl ich vor Martins Blicken sicher war, da er in seinem Zimmer saß; doch bestand die entfernte Möglichkeit, auf dem Flur vor den Schlafzimmern jemandem zu begegnen. Ich hatte gelegentlich das französische Mädchen dort herumwandern sehen, wenn die anderen Dienstboten schon im Bett waren. Bunner hatte einen gesunden Schlaf, das wußte ich. Mrs. Manderson schlief, wie sie des öfteren erwähnt hatte, gewöhnlich gegen elf; ich hielt es für möglich, daß das Geschenk des Schlafes ihr half, Schönheit und Vitalität in einer, wie wir alle wußten, unglücklichen Ehe zu bewahren. Dennoch war mir, als ich die Treppe hinaufstieg, unbehaglich zumute, und ich war ständig auf dem Sprung, mich beim leisesten Geräusch von oben in die Bibliothek zurückzuziehen. Doch alles blieb ruhig.

Oben angelangt, ging ich als erstes in mein eigenes Zimmer und legte Revolver und Patronen zurück in das Etui. Dann löschte ich das Licht und ging leise in Mandersons Zimmer.

Was ich dort tun mußte, wissen Sie. Ich mußte die Schuhe ausziehen und vor die Tür stellen; nachdem ich die Taschen geleert hatte, Mandersons Jackett, Weste und Hose sowie die schwarze Krawatte wegräumen; einen Anzug mit Krawatte und passenden Schuhen für die Leiche heraussuchen; dann das Gebiß in die Schale legen, die ich vom Waschtisch nebens Bett stellte, wobei ich jene verräterischen Fingerabdrücke hinterließ. Die an der Schublade muß ich beim Zuschieben gemacht haben, nachdem ich die Krawatte herausgenommen hatte. Dann mußte ich mich aufs Bett legen, um es zu zerwühlen. Aber das wissen Sie ja alles, bis auf das, was dabei in mir vorging, das können Sie sich gar nicht vorstellen und ich wüßte es nicht zu beschreiben.

Das Schlimmste kam, als ich meine Unternehmung kaum begonnen hatte: es war der Moment, als Mrs. Manderson aus ihrem Zimmer, wo ich sie schlafend wähnte, zu mir sprach. Ich war darauf vorbereitet; es war eine Möglichkeit; dennoch verlor ich fast die Nerven. Aber dann ...

Nebenbei darf ich vielleicht dazu noch folgendes sagen: gesetzt den äußerst unwahrscheinlichen Fall, Mrs. Manderson wäre wach geblieben und hätte damit meine Flucht durch ihre Balkontür unmöglich gemacht, so hatte ich geplant, einfach einige Stunden zu bleiben wo ich war und dann, ohne mit ihr zu reden, das Haus rasch und leise auf dem normalen Wege zu verlassen. Martin wäre um die Zeit längst im Bett gewesen. Man hätte mich vielleicht gehört, aber nicht gesehen. Ich wäre wie geplant mit der Leiche verfahren und dann so schnell als möglich nach Southampton gefahren. Der Unterschied wäre gewesen: ich hätte kein unanfechtbares Alibi vorweisen können, indem ich um sechs Uhr dreißig im Hotel war. Ich hätte dann das Beste daraus gemacht, wäre geradewegs zum Hafen gefahren und hätte dort meine demonstrativen Fragen gestellt. Dorthin hätte ich es in jedem Fall geschafft, lange bevor das Schiff mittags auslief. Ich konnte mir sowieso nicht vorstellen, daß mich jemand des Mordes verdächtigen würde; wenn aber doch, und ich wäre nicht bis ungefähr zehn Uhr dagewesen, so hätte ich eben nicht antworten können: ›Es wäre unmöglich gewesen, nachdem ich ihn erschossen hatte, noch nach Southampton zu fahren.‹ Ich hätte einfach sagen müssen, ich sei unterwegs durch eine Panne aufgehalten worden, nachdem ich Manderson um halb elf abgesetzt hatte, und ich hätte jeden aufgefordert, Beweise beizubringen, der mich mit dem Verbrechen in Verbindung brachte. Das wäre nicht möglich gewesen. Den Revolver, der offen in meinem Zimmer herumlag, hätte jeder benutzen können, auch wenn nachgewiesen werden konnte, daß es sich um die Tatwaffe handelte. Keiner konnte mich vernünftigerweise mit dem Mord in Verbindung bringen, solange der Glaube herrschte, Manderson sei ins Haus zurückgekehrt. Ein Verdacht konnte, darauf vertraute ich, niemanden beschleichen. Trotz allem wollte ich das Element der absoluten physischen Unmöglichkeit ins Spiel bringen; ich wußte, dann würde ich mich zehnmal so sicher fühlen. Als ich daher der Art des Atmens entnahm, daß Mrs. Manderson wieder eingeschlafen war, ging ich auf Strümpfen rasch durch ihr Zimmer, und innerhalb von zehn Sekunden stand ich mit meinem Bündel auf dem Rasen. Ich glaube nicht, daß ich auch nur das geringste Geräusch verursachte. Der Vorhang vor der Tür war aus weichem, dickem Material und raschelte nicht, auch als ich die Glastüren etwas weiter öffnete, gab es keinen Laut.«

»Können Sie mir sagen«, fragte Trent, während der andere innehielt, um sich eine neue Zigarette anzuzünden, »warum Sie riskierten, durch Mrs. Mandersons Schlafzimmer das Haus zu verlassen? Als ich mir die Sache ansah, merkte ich sofort, weshalb es diese Seite des Hauses sein mußte; man hätte Sie sonst womöglich von einem der Schlafzimmerfenster der Dienstboten aus sehen können, oder Martin hätte Sie bemerkt. Aber es gab noch drei weitere leere Räume auf dieser Seite des Hauses, zwei Gästezimmer sowie Mrs. Mandersons Wohnraum. Ich hätte angenommen, es wäre sicherer für Sie gewesen, dort hindurch zu gehen, nachdem Sie in Mandersons Schlafzimmer erledigt hatten, was für Ihren Plan notwendig war ... Die Tatsache, daß Sie diesen Weg nahmen«, setzte er ausdrücklich hinzu, »mußte doch, wäre sie bekannt geworden, die verschiedenartigsten Verdachtsmomente in bezug auf Mrs. Manderson selbst nähren. Ich denke, Sie verstehen, was ich meine.«

Mit brennendem Gesicht wandte Marlowe sich ihm zu. »Und ich denke, Sie werden verstehen, was *ich* meine, Mr. Trent«, erwiderte er mit schwankender Stimme, »wenn ich sage, ich wäre jedes Risiko lieber eingegangen, als diesen Weg zu wählen, wenn solch eine Möglichkeit mir in den Sinn gekommen wäre ... Nun ja!« fuhr er etwas gefaßter fort. »Ich nehme an, der Gedanke, sie könne an der Ermordung ihres Mannes beteiligt gewesen sein, ist für jemanden, der sie nicht kannte, vielleicht nicht so unbeschreiblich einfältig. Entschuldigen Sie den Ausdruck.« Er sah intensiv das brennende Ende seiner Zigarette an, eifrig bemüht, die rote Flagge zu übersehen, die bei seinen Worten und ihrem Ton einen Moment lang in Trents Augen hochgegangen war.

Diese Aufwallung wurde jedoch sofort unterdrückt. »Ihre Bemerkung ist völlig richtig«, meinte Trent mit gleicher Gelassenheit. »Ich kann mir gut vorstellen, daß Sie die von mir erwähnte Möglichkeit nicht bedachten. Aber abgesehen davon, wäre es doch sicher vernünftiger gewesen, durch das Fenster eines leeren Zimmers zu klettern.«

»Glauben Sie?« meinte Marlowe. »Ich kann dazu nur sagen, ich hatte nicht die Nerven, es zu tun. Als ich Mandersons Schlafzimmertür hinter mir zumachte, ließ ich damit mehr als die Hälfte meiner Ängste hinter mir. In diesem Moment hatte ich die Gefahr vor mir auf einen Punkt eingegrenzt, eine *erkannte* Gefahr: Mrs. Manderson. Ich hatte es beinah geschafft; ich mußte nur warten, bis ich sicher sein konnte, daß sie nach ein paar Minuten des Wachseins, auf die ich, wie ich Ihnen sagte, vorbereitet war, wieder schlief. Wenn nicht noch ein Unfall passierte, war alles klar. Aber nehmen Sie einmal an, ich hätte, Mandersons Kleidungsstücke und Schuhe in der Hand, die Tür geöffnet und wäre hemdsärmelig und in Strümpfen in eines der leeren Zimmer gegangen. Der Flur wurde vom Mondlicht erhellt, das durchs Fenster am einen

Ende hereinfiel. Selbst wenn mein Gesicht im Schatten blieb, hätte mich stehend niemand für Manderson halten können. Martin hätte in seiner stillen Art durchs Haus gehen, Bunner aus seinem Schlafzimmer auftauchen können. Einer der übrigen Dienstboten, die im Bett sein sollten, hätte aus dem anderen Flur um die Ecke kommen können – ich hatte Célestine schon öfter um diese späte Stunde getroffen. Nichts davon war sehr wahrscheinlich, doch für mich war alles zu wahrscheinlich. Es waren Unwägbarkeiten. Abgeschlossen vom übrigen Haushalt in Mandersons Zimmer, wußte ich genau, womit ich zu rechnen hatte. Während ich dort in Kleidern auf Mandersons Bett lag und auf die fast unhörbaren Atemzüge jenseits der offenen Tür lauschte, fühlte ich, so schrecklich auch meine Ängste waren, mehr Ruhe, als ich seit dem Fund der Leiche auf dem Rasen draußen empfunden hatte. Ich gratulierte mir sogar, daß Mrs. Mandersons Konversation mir die Möglichkeit gab, eine der Schrauben in meinem Projekt anzuziehen, indem ich die Bemerkung über meinen Auftrag in Southampton wiederholen konnte.«

Marlowe sah Trent an. Der nickte, um sein Verständnis auszudrücken.

»Was Southampton angeht«, nahm Marlowe den Faden wieder auf, »so wissen Sie zweifellos, was ich bei meiner Ankunft dort tat. Ich hatte beschlossen, Mandersons Geschichte von dem mysteriösen Harris aufzugreifen und nach meinen eigenen Vorstellungen zu benutzen. Es war eine sorgfältig vorbereitete Lüge, besser als alles, was ich hätte improvisieren können. Ich ging sogar so weit, von der Bibliothek aus ein Ferngespräch mit dem Hotel zu führen und mich zu erkundigen, ob Harris da sei. Wie ich erwartet hatte, war er nicht dort.«

»Deshalb haben Sie telephoniert?« erkundigte sich Trent schnell.

»Der Grund meines Telephonats war in erster Linie der, mich in eine Stellung zu bringen, in der Martin mein Gesicht nicht sehen konnte, nichts bis auf Jacke und Hut, und die ihm gleichzeitig vertraut und natürlich vorkam. Aber da ich schon einmal dabei war, schien es sinnvoller, tatsächlich zu telephonieren. Hätte ich nur so getan als ob, hätte man bei der Vermittlung sofort feststellen können, daß in jener Nacht kein Gespräch von ›White Gables‹ aus geführt worden war.«

»Das nachzuprüfen gehörte zu den ersten Dingen, die ich tat«, sagte Trent. »Das Telephonat und das Telegramm, das Sie von Southampton aus an den Toten schickten, um ihm mitzuteilen, Harris sei nicht aufgetaucht und Sie kämen zurück – beides erschien mir ganz besonders klug.«

Ein verlegenes Lächeln erhellte einen Moment lang Marlowes Gesicht. »Mehr gibt es, glaube ich, nicht zu sagen. Ich fuhr nach Marlstone zurück und trat Ihrem Freund, dem Detektiv, mit soviel Beherrschung gegenüber, wie mir geblieben war. Das Schlimmste war, als ich hörte, man habe Sie auf den Fall angesetzt – nein, das war nicht das Schlimmste. Das kam erst, als ich Sie am nächsten Tag aus den Büschen beim Schuppen, wo ich die Leiche hingelegt hatte, auf mich zukommen sah. Einen entsetzlichen Moment lang dachte ich, Sie würden mich sofort beschuldigen. Jetzt, wo ich Ihnen alles erzählt habe, sehen Sie nicht mehr so erschreckend aus.«

Er schloß die Augen, und ein kurzes Schweigen entstand. Dann sprang Trent plötzlich auf.

»Kreuzverhör?« fragte Marlowe und sah ihn ernst an.

»Nicht im geringsten«, versetzte Trent, indem er seine langen Glieder streckte. »Nur steife Beine. Ich möchte keine Fragen stellen. Ich glaube Ihnen, was Sie uns erzählt haben. Und zwar glaube ich Ihnen nicht einfach nur deshalb, weil ich Ihr Gesicht von Anfang an mochte oder weil es Unannehmlichkeiten erspart, die beiden häufigsten Gründe, weshalb man jemandem Glauben schenkt, sondern weil meine Eitelkeit nicht zuläßt, daß ein Mensch mich eine Stunde lang ununterbrochen anlügt, ohne daß ich es merke. Ihre Geschichte ist außergewöhnlich, aber Manderson war ein außergewöhnlicher Mann, und Sie sind es ebenfalls. Sie haben wie ein Wahnsinniger gehandelt, doch ich bin völlig mit Ihnen einer Meinung, daß Sie beim Richter und den Geschworenen auch nicht den leisesten Hauch einer Chance gehabt hätten, wenn Sie wie ein normaler Mensch reagiert hätten. Eines steht außer Frage, wie auch immer man die Sache betrachten mag, Sie sind ein mutiger Mann.«

Marlowe errötete heftig und suchte nach Worten. Bevor er noch etwas sagen konnte, erhob Mr. Cupples sich mit einem trockenen Hüsteln.

»Ich für meinen Teil«, sagte er, »habe Sie nie auch nur einen Augenblick für schuldig gehalten.« Marlowe wandte sich ihm in dankbarem Erstaunen zu, Trent starrte ihn ungläubig an. »Aber«, fuhr Mr. Cupples mit erhobener Hand fort, »eine Frage würde ich gern noch stellen.«

Marlowe verbeugte sich leicht und sagte nichts.

»Angenommen«, sagte Mr. Cupples, »ein anderer wäre in den Verdacht geraten, das Verbrechen begangen zu haben und vor Gericht gestellt worden. Was hätten Sie dann getan?«

»Ich denke, in diesem Fall wäre meine Pflicht klar gewesen. Ich wäre mit meiner Geschichte zum Anwalt der Verteidigung gegangen und hätte mich in seine Hand gegeben.«

Trent lachte laut auf. Jetzt, wo die Sache vorbei war, kamen seine Lebensgeister mit ungeheuerer Geschwindigkeit in Schwung. »Die Gesichter kann ich mir vorstellen!« sagte er. »Tatsache ist, niemand sonst war je in Gefahr. Nicht das geringste Beweisfetzchen gab's gegen irgendwen. Ich habe heute vormittag Murch im Yard aufgesucht, und er sagte mir, er neige zu Bunners Ansicht, daß es der Racheakt irgendeiner amerikanischen Verbrecherbande gewesen sei. Da haben wir also das Ende des Falles Manderson. Heiliger Bimbam! Wie sehr man sich doch zum Esel machen kann, wenn man sich für überdurchschnittlich schlau hält!« Er schnappte den dicken Umschlag vom Tisch und stopfte ihn mitten ins Feuer. »Da siehst du, was mit dir passiert, alter Freund! Die Welt wird nicht aus den Fugen gehen ohne dich. Aber hören Sie! Es ist spät geworden – beinah sieben, und Cupples und ich haben um halb acht noch eine Verabredung. Wir müssen gehen, Mr. Marlowe, auf Wiedersehen.« Er blickte dem anderen in die Augen. »Vor Ihnen steht ein Mann, der hart daran gearbeitet hat, Ihnen einen Strick zu drehen. Alles in allem gesehen weiß ich nicht, ob Sie's mir verdenken können. Wollen wir uns die Hand geben?«

Das Maß ist voll

»Was hast du da eben über eine Verabredung um halb acht gesagt?« wollte Mr. Cupples wissen, als sie zusammen durch den Toreingang gingen. »Haben wir denn eine Verabredung?«

»Natürlich haben wir«, erwiderte Trent. »Du ißt mit mir zu abend. Dieses Ereignis kann man nur durch eines gebührend feiern, und das ist ein Essen, zu dem ich dich einlade. Nein, nein! Ich habe dich zuerst eingeladen. Ich habe einen Fall restlos geklärt, der einmalig sein muß – ein Fall, der sogar mich über ein Jahr nicht losgelassen hat – wenn das kein guter Grund für eine Essenseinladung ist, dann weiß ich auch nicht. Cupples, wir werden nicht in meinen Club gehen. Dies soll eine Festivität werden, und wenn man sich in vergnüglicher Laune in einem Londoner Club sehen läßt, kann man seine Karriere gleich in den Kamin schreiben. Außerdem ist das Essen da immer das gleiche, zumindest sorgen sie dafür, daß es immer gleich schmeckt, wie sie das anstellen, weiß ich auch nicht. Das ewige Dinner in meinem Club hat schon Abertausende von Mitgliedern gelangweilt und wird es weiter tun; aber heute abend sollen sie unseretwegen den Tisch vergebens decken. Wir werden nicht dahin gehen, wo sich die Satrapen drängen. Wir gehen zu ›Sheppard's‹.«

»Wer ist Sheppard?« fragte Mr. Cupples milde, während sie die Victoria Street hinaufgingen. Sein Begleiter schritt mit unnatürlicher Leichtigkeit aus, und ein entgegenkommender Polizist lächelte nachsichtig über den fröhlichen Gesichtsausdruck, den er nur dem Alkohol zuschreiben konnte.

»Wer ist Sheppard?« echote Trent zutiefst erschüttert. »Deine Frage, Cupples – verzeih, wenn ich das sage – ist absolut charakteristisch für den Geist ziellosen Suchens, der diesen unruhigen Tag bestimmt. Ich schlage ein Essen bei ›Sheppard's‹ vor, und sogleich verschränkst du die Arme und verlangst voll wilder intellektueller Überheblichkeit zu wissen, wer Sheppard ist, bevor du Sheppard's Schwelle überschreiten wirst. Ich werde den Lastern des modernen Geistes keinen Vorschub leisten. ›Sheppard's‹ ist ein Lokal, wo man dinieren kann. Ich kenne ›Sheppard's‹ nicht. Mir ist nie in den Sinn gekommen, daß ›Sheppard's‹ überhaupt existiert. Wahrscheinlich ist es ein Mythos totemistischen Ursprungs. Ich weiß nur, daß man bei ›Sheppard's‹ einen Hammelrücken bekommt, bei dem viele amerikanische Besucher den Tag verfluchen, an dem Christopher Columbus geboren wurde ... Taxi!«

Eine Droschke rollte an den Bürgersteig, und der Fahrer quittierte die Anweisung mit einem majestätischen Nicken.

»Ein weiterer Grund, weshalb ich ›Sheppard's‹ vorgeschlagen habe«, fuhr Trent fort und zündete sich fahrig eine Zigarette an, »ist, daß ich die wunderbarste Frau der Welt heiraten werde. Ich nehme an, die Gedankenverbindung ist klar.«

»Du heiratest Mabel!« rief Mr. Cupples. »Mein lieber Freund, welch eine gute Nachricht! Laß dir die Hand drücken, Trent; das ist wundervoll! Ich gratuliere euch beiden aus tiefstem Herzen. Und darf ich sagen – ich möchte deinen euphorischen Redefluß nicht unterbrechen, der nur allzu natürlich ist, ich erinnere mich, daß ich unter ähnlichen Umständen vor langer Zeit ebenso hochgestimmt war – aber darf ich dir sagen, wie inbrünstig ich dies erhofft habe? Mabel war so unglücklich, dabei ist sie ganz sicher eine Frau, die durch ihr Naturell dazu ausersehen ist, der gute Geist im Leben eines entsprechenden Mannes zu sein. Doch ich kannte ihre Gefühle dir gegenüber nicht. *Deine* habe ich schon seit einiger Zeit geahnt«, fuhr Mr. Cupples mit einem Blitzen in den Augen fort, das dem allerirdischsten Gesellen Ehre gemacht hätte. »Ich habe es sofort gemerkt, als ihr beide zum Essen bei mir wart und du Professor Peppmüller zugehört und sie dabei angesehen hast. Manche von uns alten Knaben sind durchaus noch Herr ihrer fünf Sinne, mein lieber Junge.«

»Mabel sagt, sie hat es davor schon gewußt«, erwiderte Trent etwas niedergeschlagen. »Und ich dachte, ich sei so gut in der Rolle des Neutrums, das sich in keinster Weise nach ihr verzehrt. Nun ja, als Heuchler war ich nie sonderlich begabt. Es würde mich nicht wundern, wenn sogar der gute Peppmüller durch seine doppelt konvexen Brillengläser etwas wahrgenommen hätte. Aber wie verrückt auch immer ich als heimlicher Freier gewesen sein mag«, fuhr er mit erneuter Lebhaftigkeit fort, »jetzt werde ich noch schlimmer werden. Für deine Gratulation danke ich dir tausendmal, denn ich weiß, daß du sie ernst meinst. Du bist einer von diesen unangenehmen Zeitgenossen, der ein meterlanges Gesicht ziehen würde, wenn du der Meinung wärst, wir begingen einen Fehler. Nebenbei, ich kann nichts dafür, wenn ich mich heute abend wie ein Esel benehme; ich muß einfach fröhlich sein. Und du mußt versuchen, es zu ertragen. Vielleicht wäre es leichter, wenn ich dir ein Lied vorsinge – eines deiner alten Lieblingslieder. Wie hieß es noch, was du immer gesungen hast? Es ging so, nicht wahr?« Worauf er zu folgendem Vers eine Reihe behender Steptanzschritte auf dem Boden des Taxis machte:

War einst ein alter Nigger, der war ein armes Schwein.
Er hatte keinen Tabak, dafür ein hölzern Bein.
War noch ein alter Nigger, war listig und auf Zack.
Er hatte immer Tabak in seinem Tabaksack.

Und jetzt der Refrain:

Ja, er hatte immer Tabak in seinem Tabaksack.

Aber du singst ja gar nicht. Ich dachte, du läßt jetzt das Firmament erzittern.«

»Dieses Lied habe ich nie in meinem Leben gesungen«, protestierte Mr. Cupples. »Ich habe es noch nie gehört.«

»Bist du sicher?« fragte Trent zweifelnd. »Nun, dann muß ich dir wohl glauben. Jedenfalls ist es ein herrliches Lied: da kommen alle schmetternden Bläser im Konzert nicht mit. Irgendwie drückt es meine momentane Stimmung aus wie nichts sonst es könnte; es drängt sich mir sozusagen von selbst auf die Lippen. Der Mund spricht aus der Überfülle des Herzens, wie der Bischof von Bath und Wells sagte, als er eine Rede von Mr. Belfours hörte.«

»Wann war das?« fragte Mr. Cupples.

»Aus Anlaß der Einführung des Gesetzes über die Meldepflicht von Geflügelkrankheiten, du erinnerst dich sicher an diese unglückselige Maßnahme. Holla!« Er brach ab, als das Taxi eine Seitenstraße entlangraste, um eine Ecke bog und in eine breite und belebte Hauptstraße fuhr. »Wir sind schon da.« Der Wagen hielt am Gehsteig.

»Da wären wir«, sagte Trent, als er den Fahrer bezahlt hatte und Mr. Cupples in einen langen, getäfelten Raum mit vielen Tischen führte, in dem es vor angeregter Unterhaltung summte. »Dies ist das Haus der Erfüllung aller Sehnsüchte, dies ist die Laube mit den Rosenranken. An meinem Lieblingstisch sehe ich drei Buchmacher Schweinefleisch essen. Wir nehmen den da in der gegenüberliegenden Ecke.«

Er konferierte ernsthaft mit einem Ober, während Mr. Cupples sich, erfüllt von angenehmen Gedanken, vor dem großen Kaminfeuer wärmte. »Der Wein hier«, nahm Trent seine Rede wieder auf, während sie sich setzten, »ist ziemlich sicher aus Trauben. Was wollen wir trinken?«

Mr. Cupples erwachte aus seiner Träumerei. »Ich denke«, sagte er, »ich nehme Milch und Sodawasser.«

»Nicht so laut!« mahnte Trent. »Der Oberkellner hat ein schwaches Herz, und er könnte dich hören. Milch und Sodawasser! Cupples, du glaubst vielleicht, du habest eine kräftige Konstitution, und ich will nicht behaupten, dem sei nicht so, aber ich warne dich, diese Angewohnheit, Getränke zu mischen, war schon der Tod viel robusterer Männer als du es bist. Sei beizeiten klug. Füll bis zum Rande den Pokal mit Samoswein, das Wasser überlaß getrost den türkischen Horden. Da kommt unser Essen.« Er gab dem Ober, der die Teller und Schüsseln arrangierte, eine weitere Anweisung, worauf jener davonstürzte. Trent schien hier ein geachteter Gast zu sein. »Ich habe«, sagte er, »einen Wein bestellt, den ich kenne, und ich hoffe, du wirst ihn probieren. Wenn du allerdings ein Gelübde abgelegt hast, dann trink im Namen aller antialkoholischen Heiligen meinetwegen Wasser, es steht direkt neben dir, aber trachte nicht nach zweifelhaftem Ruhm, indem du Milch und Soda verlangst.«

»Ich habe dem Alkohol nie abgeschworen«, sagte Mr. Cupples, während er seinen Hammelbraten mit wohlgefälligem Blick musterte. »Ich mache mir einfach nichts aus Wein. Ich habe einmal eine Flasche gekauft und getrunken, weil ich sehen wollte, wie das ist, und es ist mir nicht bekommen. Aber sehr wahrscheinlich war es schlechter Wein. Ich werde deinen probieren, da es dein Dinner ist, und ich versichere dir, mein lieber Trent, ich habe richtiggehend Lust, etwas Ungewöhnliches zu tun, einfach um zu zeigen, wie sehr mich die momentane Situation bewegt. Seit vielen Jahren war ich nicht mehr in einer solchen Hochstimmung. Wenn ich bedenke«, sinnierte er, während der Ober sein Glas füllte, »das Manderson-Geheimnis aufgeklärt, die Unschuldigen entlastet, dein und Mabels Glück erfüllt – und das kommt nun alles zusammen über mich! Auf dein Wohl, mein lieber Freund.« Mit diesen Worten trank Mr. Cupples einen winzigen Schluck von dem Wein.

»Du hast einen famosen Charakter«, erwiderte Trent gerührt. »Der äuß're Anschein straft die Unermeßlichkeiten deiner Seele Lügen. Eher würde ich einen Elefanten am Dirigentenpult der Oper erwarten, als dich auf mein Wohl trinken zu sehen. Bester Cupples! Ach möge stets doch dieser zarte

Rosenschimmer ... – Nein, zum Teufel damit!« stieß er hervor, als er den Anflug von Unbehagen sah, der beim erneuten Probieren des Weins über das Gesicht seines Freundes huschte. »Es steht mir nicht zu, mich in deine Geschmacksdinge einzumischen. Ich bitte um Entschuldigung. Du sollst haben, was du gern möchtest, auch wenn der Oberkellner in seinem Stolz umkommt.«

Als Mr. Cupples mit seinem klösterlichen Drink versehen war und der Kellner sich zurückgezogen hatte, sah Trent bedeutungsvoll über den Tisch. »In diesem Gesprächsgeplätscher um uns herum können wir so offen reden«, meinte er, »wie auf einer Parkbank. Der Kellner flüstert Nichtigkeiten ins Ohr des Mädchens an der Kasse. Wir sind allein. Was hältst du also von dem Interview heute nachmittag?« Er begann mit Appetit zu speisen.

Ohne beim Kleinschneiden seines Hammelbratens innezuhalten, entgegnete Mr. Cupples: »Der bemerkenswerteste Aspekt lag meiner Meinung nach in der Ironie der Situation. Wir beide kannten den Grund für Mandersons wahnwitzigen Haß, den Marlowe so rätselhaft fand. Wir wußten von seiner eifersüchtigen Besessenheit; ein Wissen, das wir beide wohlweislich zurückhielten, und sei es nur mit Rücksicht auf Mabels Gefühle. Marlowe wird nie wissen, wessen dieser Mensch ihn verdächtigte. Eigenartig! Wir bewegen uns wohl fast alle unbewußt in einem Netzwerk von Meinungen, oftmals irriger, die andere Leute von uns haben. Zum Beispiel fällt mir dabei ein, wie ich vor einigen Jahren rein zufällig entdeckte, daß einige Leute aus meinem Bekanntenkreis glaubten, ich sei heimlich der römisch-katholischen Kirche beigetreten. Diese absurde Annahme resultierte aus der Tatsache, daß ich mich im Gespräch positiv zum Plan eines fleischfreien Tages in der Woche geäußert hatte. Etwas, was in den Augen vieler offenbar ausreichte, diesen Schluß zu ziehen. Mandersons Annahme, seinen Sekretär betreffend, hatte wahrscheinlich einen viel geringeren Anlaß. Sagtest du nicht, Mr. Bunner habe dir von einer eingefleischten und offenbar ererbten Veranlagung zu mißtrauischer Eifersucht erzählt... Wenn man Marlowes Geschichte betrachtet, erscheint das völlig logisch und im grundlegenden Ansatz nicht sonderlich bemerkenswert, sofern wir, was wir sicher müssen, erst einmal davon ausgehen, daß wir es im Falle Manderson mit einem mehr oder weniger verwirrten Geist zu tun haben.«

Trent lachte laut. »Ich muß allerdings gestehen«, sagte er, »daß mir die Geschichte eine Spur ungewöhnlich vorkam.«

»Nur in der Entwicklung der Einzelheiten«, widersprach Mr. Cupples. »Was ist denn an den grundlegenden Tatsachen so ungewöhnlich? Ein Irrer entwickelt einen verrückten Verdacht; er brütet einen durchtriebenen Plan gegen seinen eingebildeten Gegner aus, der wiederum seine eigene Vernichtung beinhaltet. Was könnte man, so gesehen, daran bemerkenswert finden, sofern man auch nur die geringste Kenntnis von den Verhaltensweisen eines Irren hat. Und dann zu Marlowes Vorgehen. Er findet sich in einer gefährlichen Lage, aus der ihn, obgleich er unschuldig ist, das Erzählen der Wahrheit nicht retten wird. Ist das etwa eine Situation, von der man noch nie gehört hätte? Er entkommt durch ein kühnes und geniales Husarenstückchen. So etwas könnte doch tagtäglich passieren, und wahrscheinlich ist es auch so.« Er nahm seinen inzwischen kaum mehr erkennbaren Hammelbraten in Angriff.

»Ich wüßte gern«, meinte Trent nach einer nahrhaften Gesprächspause, »ob das Antlitz dieser Erde je ein Ereignis gesehen hat, das man durch diese Art der Argumentation nicht als ziemlich gewöhnlich und normal darstellen könnte.«

Ein mildes Lächeln erhellte Mr. Cupples Gesicht. »Du darfst mich nicht leerer Paradoxien verdächtigen«, sagte er. »Vielleicht werden meine Ansichten klarer, wenn ich einige Dinge erwähne, die mir tatsächlich grundlegend bemerkenswert erscheinen. Laß mich nachdenken... Nun, ich würde die Entwicklungsgeschichte des Leberegels, die wir den Forschungen Poultons verdanken, als grundlegend bemerkenswert bezeichnen.«

»Ich bin nicht in der Lage, über diesen Punkt zu diskutieren«, erwiderte Trent. »Die Wissenschaft mag ja die Geburt deines Leberegels begrüßt haben, an mir ist sie jedoch spurlos vorübergegangen.«

»Es ist vielleicht nicht gerade ein appetitanregendes Thema«, bemerkte Mr. Cupples nachdenklich, »und ich werde es nicht weiter verfolgen. Alles, was ich sagen will, mein lieber Trent, ist: Um uns herum gehen ständig die bemerkenswertesten Dinge vor, wir müssen sie nur sehen wollen, und wir machen unserem Wahrnehmungsvermögen keine Ehre, solange wir nur solche Ereignisse für bemerkenswert halten, die mit einer Fülle sensationeller Details befrachtet sind.«

Trent applaudierte fröhlich mit dem Messergriff auf dem Tisch, während Mr. Cupples innehielt und sich mit Milch und Sodawasser erfrischte. »Seit Jahren habe ich dich nicht mehr so reden hören«, sagte er. »Ich glaube, du mußt beinah so über dir schweben wie ich. Ein schlimmer Fall von Unrast, den man fälschlicherweise Entzücken nennt. Aber so sehr ich das auch genieße, ich habe nicht vor, still dazusitzen und zuzusehen, wie die Manderson-Geschichte als gewöhnlich abgetan wird. Du kannst sagen, was du willst, aber die Idee, unter diesen Umständen in Mandersons Rolle zu schlüpfen, war einfach genial.«

»Genial – sicherlich!« versetzte Mr. Cupples. »Außergewöhnlich – nein! Unter diesen Umständen (deine eigenen Worte) war es für einen klugen Mann wirklich nicht weiter bemerkenswert, auf die Idee zu kommen. Sie bot sich in seiner Lage beinah an. Marlowe konnte Mandersons Stimme imitieren; er hatte schauspielerisches Talent; er hatte das Gehirn eines Schachspielers; er kannte die Gegebenheiten im Haushalt genau. Ich gebe zu, die Idee war brillant ausgeführt, doch es lag ja auf der Hand. Was die Grundidee betrifft, so würde ich sie in bezug auf Genialität nicht gleichsetzen mit – sagen wir, der Idee, den Rückstoß einer Schußwaffe zu benutzen, um den Mechanismus des Auswerfens und Nachladens auszulösen. Ich gebe jedoch zu, wie ich es von Anfang an getan habe, daß der Fall in Einzelheiten ungewöhnliche Aspekte aufwies. Er entwickelte einen hohen Grad an Komplexität.«

»Ist es dir tatsächlich so vorgekommen?« fragte Trent mit verzweifeltem Sarkasmus.

»Die Geschichte wurde kompliziert«, sprach Mr. Cupples ungerührt weiter, »weil Marlowe Verdacht schöpfte und nun ein zweites scharfsinniges Hirn sich in die Planung des ersten mischte. Diese Art von Duell findet im Geschäftsleben und in der Politik häufig statt, aber wohl nicht so oft in der Welt des Verbrechens.«

»Nie, würde ich sagen«, erwiderte Trent, »und der Grund ist, daß selbst die schlauesten Verbrecher sich selten strategischen Scharfsinns befleißigen. Wenn sie es tun, werden sie nicht gefaßt, da kluge Polizisten wenn möglich noch weniger strategischen Scharfsinn besitzen als der gewöhnliche, schlaue Verbrecher. Doch diese ziemlich tiefsitzende Eigenschaft geht offenbar nur selten mit dem einher, was den Kriminellen ausmacht. Sieh dir Crippen an. Er war für einen Verbrecher sehr schlau. Er löste das Kernproblem jedes heimlichen Mordes, nämlich die Beseitigung der Leiche, mit außerordentlicher Eleganz. Aber inwieweit durchschaute er das Spiel? Verbrecher wie Polizisten sind oft rasche und kühne Taktiker, doch keiner von beiden kann mehr als einen relativ simplen Plan ausführen. Das ist ja in allen Lebensbereichen eine seltene Eigenschaft.«

»Ein störender Gedanke ging mir bei all dem, was wir heute erfahren haben, nicht aus dem Sinn«, meinte Mr. Cupples, der für den Augenblick offenbar genug von Abstraktionen hatte. »Wäre Marlowe nicht mißtrauisch geworden, sondern in die Falle gegangen, dann hätte man ihn ziemlich sicher gehängt. Nun frage ich mich, wie oft wohl der Plan, einem Unschuldigen einen Mord in die Schuhe zu schieben, schon mit Erfolg ausgeführt wurde? Es gibt doch sicher eine ganze Anzahl von Fällen, in denen Angeklagte, die aufgrund von Indizienbeweisen schuldig gesprochen wurden, unter Beteuerung ihrer Unschuld sterben mußten. Ich werde nie wieder ein Todesurteil gutheißen, das auf diese Weise zustande gekommen ist.«

»Ich für meinen Teil habe das nie getan«, versetzte Trent. »Jemanden in solch einem Fall aufzuhängen, widerspricht doch dem offensichtlichen und gesunden Prinzip, das die Redensart ›man kann nie wissen‹ ausdrückt. Ich schließe mich der Meinung des amerikanischen Juristen an, der verkündet hat, man solle keinen Lumpenhund, der sich an der Marmelade vergriffen habe, aufgrund von Indizienbeweisen hängen, selbst wenn ihm die Marmelade an der Schnauze klebe. Und was die Versuche von böswilligen Menschen angeht, Unschuldigen Verbrechen anzuhängen, passiert das sicherlich ständig. Es ist eine hervorstechende Eigenschaft zum Beispiel aller Gewaltsysteme, ob in Irland oder Rußland, ob in Indien oder Korea; kann die Polizei eines ihrer Meinung nach gefährlichen Mannes nicht mit legalen Mitteln habhaft werden, versucht sie es mit illegalen. Aber es gibt einen Fall in den Annalen, der eine seltsame Ähnlichkeit mit unserem hat; denn dabei sollte nicht nur unschuldigen Menschen ein Mord angelastet werden, sondern der Ränkeschmied tat dasselbe wie Manderson; er gab sein eigenes Leben, um den Tod seiner Opfer sicherzustellen. Wahrscheinlich hast du vom Fall Campden gehört.«

Mr. Cupples gestand sein Unwissen und nahm sich noch eine Kartoffel.

»John Masefield hat ein sehr bemerkenswertes Stück darüber geschrieben«, sagte Trent. »Und wenn es je wieder in London gegeben wird, solltest du es dir ansehen, sofern du dich gern gruselst. Ich habe Frauen im Theater oft über irgendeinen sentimentalen Quatsch schluchzen sehen. Liebe Güte! Welch immerwährende Riechfläschchen-Hysterien sie haben müßten, wenn sie dieses Stück gut gespielt sähen! Nun, Tatsache war, John Perry beschuldigte seine Mutter und seinen Bruder, einen Mann umgebracht zu haben, und schwor, er habe ihnen dabei geholfen. Seine Geschichte war voll von ausführlichen Einzelheiten, er hatte auf alles eine Antwort, außer auf die merkwürdige Tatsache, daß die Leiche nicht zu finden war; doch der Richter, der wahrscheinlich betrunken war – das Ganze spielte sich in der Zeit der Restauration ab – kümmerte sich nicht darum. Die Mutter und der Bruder stritten die Anschuldigungen ab. Alle drei Gefangenen wurden für schuldig befunden und gehängt, nur aufgrund von Johns Aussage. Zwei Jahre später kam der Mann, dessentwegen man sie gehängt hatte, nach Campden zurück. Er war von Piraten gekidnappt und aufs Meer verschleppt worden. Sein Verschwinden hatte John überhaupt auf die Idee gebracht. Das Entscheidende bei John war, daß er sich selbst in die Anklage miteinbezog, was auf Selbstmord hinauslief und seine Aussage dadurch jeden von der Wahrheit überzeugte. Es war so einleuchtend, daß kein Mensch sich selbst dem Tode ausliefern würde, nur um einen anderen hängen zu sehen. Und genauso wäre die Antwort der Anklagevertretung ausgefallen, wenn Marlowe die Wahrheit erzählt hätte. Nicht ein Geschworener in einer Million hätte an die Manderson-Intrige geglaubt.«

Mr. Cupples grübelte einige Augenblicke hierüber. »Ich kenne mich auf diesem Sektor der Geschichte nicht so gut aus wie du«, meinte er schließlich, »genauer gesagt, überhaupt nicht. Aber im Zusammenhang mit dieser Affäre kommen mir bestimmte Erinnerungen aus meiner Kindheit ins Gedächtnis. Durch die Dinge, die Mabel dir erzählt hat, kennen wir das, was man als spirituelle Wahrheit hinter dieser ganzen Geschichte bezeichnen könnte; die krankhafte Tiefe eifersüchtigen Hasses, den Manderson in sich verbarg. Wir können verstehen, daß er solch einer Intrige fähig war. Aber in der Regel scheitert die Justiz an der Aufgabe, zur spirituellen Wahrheit durchzudringen. Manchmal wird diese Wahrheit bewußt verschleiert, wie in Mandersons Fall. Manchmal, so denke ich, wird sie nur verschleiert, weil einfache Menschen schlicht unfähig sind, sie zu artikulieren, und niemand sonst sie erahnt. Als ich noch ein Junge in Edinburgh war, spielte das ganze Land verrückt wegen des Sandyford-Place-Mordes.«

Trent nickte. »Mrs. M'Lachlans Fall. Sie war tatsächlich unschuldig.«

»Meine Eltern waren dieser Ansicht«, sagte Mr. Cupples. »Ich selbst glaubte das auch, als ich alt genug war, um diese außerordentlich grausige Geschichte zu lesen und verstehen zu können. Aber die Rätsel in dieser Sache waren so undurchdringlich und die Aufgabe, hinter die Lügen zu kommen, die alle Beteiligten erzählten, so hoffnungslos, daß andere ebenso völlig überzeugt von der Unschuld des alten James Fleming waren. Ganz Schottland bezog in der Sache Stellung. Sie war Gegenstand von Parlamentsdebatten. Die Presse war in zwei Lager gespalten und raste in einer Wut, wie ich es nie mehr gesehen habe. Und doch ist es offensichtlich, oder nicht? – denn ich sehe, du hast den Fall gelesen –, daß es, wäre die spirituelle Wahrheit über den alten Mann bekannt gewesen, nur wenig Raum für Zweifel in der Angelegenheit gegeben hätte. Wenn es stimmte, was manche über seine Anlagen argwöhnten, so war er durchaus fähig, Jessie M'Pherson umzubringen und die Schuld der armen, schwachsinnigen Kreatur zuzuschieben, die beinah die schwerste Strafe des Gesetzes erleiden mußte.«

»Sogar ein ganz gewöhnlicher kindischer Greis wie Fleming kann ein unergründliches Rätsel für den Rest der Menschheit sein«, sagte Trent, »und am allermeisten für einen Gerichtshof. Die Justiz brilliert gewiß nicht, wenn es um die Feinheiten des Verstehens geht. Sie tut den Flemings dieser Welt nur allzu leicht unrecht. Und die Übersensiblen, die in die Gesetzesmühlen geraten, sie müssen sich vorkommen wie in einem Wald voller Affen, egal, ob sie gewinnen oder verlieren. Nun, ich würde sagen, es ist ganz gut für sie, wenn ihre Nasen hie und da in Realität getunkt werden. Aber was hätten zwölf rotgesichtige Realitäten in der Geschworenenbank mit Marlowe gemacht? Es wäre, wie er ganz richtig sagte, wesentlich schlimmer gewesen, seine Geschichte vorzubringen, als sich gar nicht zu verteidigen. Es gibt ja weit und breit nicht ein einziges Beweisstück zur Unterstützung seiner Version. Kannst du dir vorstellen, wie die Anklage sie zerfetzen würde? Kannst du dir vorstellen, wie der Richter einfach darüber hinweggehen würde, wenn es zur Zusammenfassung käme? Und die Geschworenen – du warst selbst schon Geschworener, nehme ich an – in ihrem Zimmer, schnaufend vor Indigniertheit über der Schwäche der Lüge, sich gegenseitig bestätigend, dies sei der klarste Fall, von dem sie je gehört hätten, und daß sie ihn höher eingeschätzt hätten, wenn er in der Krise nicht die Nerven verloren hätte und mit der Diebesbeute wie geplant auf und davon wäre. Stell dir dich selbst unter diesen Geschworenen vor, du kennst Marlowe nicht und bebst vor Empörung bei der Liste, die vor dir aufgerollt wird – Habgier, Mord, Raub, plötzliche Feigheit, schamloses, verstocktes, verzweifeltes Lügen! Na, du und ich hielten ihn für schuldig, bis –«

»Entschuldige! Entschuldige!« unterbrach Mr. Cupples und legte Messer und Gabel beiseite. »Ich habe mich gehütet, als wir die Sache neulich abend durchsprachen, etwas zu sagen, was solch einen Glauben andeuten könnte. *Ich* war immer ganz sicher, daß er unschuldig war.«

»Du hast vorhin bei Marlowe so etwas gesagt. Ich fragte mich, was um Himmels willen du damit meinen könntest. Sicher, daß er unschuldig war! Wie kannst du da sicher sein? Du bist doch normalerweise vorsichtiger mit solchen Behauptungen, Cupples.«

»Ich sagte ›sicher‹«, erwiderte Mr. Cupples fest.

Trent zuckte die Achseln. »Wenn du das nach der Lektüre meines Manuskripts und der Diskussion darüber wirklich warst«, versetzte er, »dann kann ich nur sagen, daß du gänzlich alles Vertrauen in das Funktionieren des menschlichen Verstandes aufgegeben hast; eine Haltung, die nicht nur schlechtes Christentum und gleichzeitig infernalischer Unsinn ist, sondern gleichzeitig sonderbarerweise auch noch schlechter Positivismus, es sei denn, ich mißverstehe dieses System. Hör mal –«

»Laß mich etwas sagen«, unterbrach Mr. Cupples wieder und faltete die Hände über seinem Teller. »Ich versichere dir, daß ich weit davon entfernt bin, dem Verstand abzuschwören. Ich bin deshalb sicher, weil ich etwas weiß, und von Anfang an wußte. Du meintest eben, ich solle mir vorstellen, bei Marlowes Prozeß auf der Geschworenenbank zu sitzen. Das wäre ein unprofitables Unterfangen, was die Verstandeskraft betrifft, denn ich hätte dann in einer ganz anderen Eigenschaft anwesend sein müssen; ich hätte im Zeugenstand stehen und meine Aussage für die Verteidigung machen müssen. Du hast eben gesagt: ›Wenn es ein einziges Beweisstück zur Untermauerung seiner Geschichte gäbe.‹ Das gibt es, nämlich meine Aussage. Und«, fügte er leise hinzu, »sie ist endgültig.« Er nahm Messer und Gabel wieder auf und aß zufrieden weiter.

Während Mr. Cupples eifrig auf sein Schlußwort hinsteuerte, war Trent von einer Erregung gepackt worden, die ihn blaß und starr machte. Beim letzten Wort schoß ihm das Blut wieder ins Gesicht, und er schlug mit einem unnatürlichen Lachen auf den Tisch. »Das kann nicht sein!« entfuhr es ihm. »Das hast du dir eingebildet, du hast geträumt nach einer deiner Milch-und-Soda-Orgien. Du willst doch nicht im Ernst behaupten, die ganze Zeit über, während ich an dem Fall arbeitete, von Marlowes Unschuld gewußt zu haben.«

Mr. Cupples, noch mit dem letzten Bissen seines Hammelbratens beschäftigt, nickte fröhlich. Er kaute zu Ende, wischte sich den spärlichen Bart und beugte sich über den Tisch. »Ganz einfach«, sagte er. »Ich selbst habe Manderson erschossen.«

»Ich fürchte, ich habe dich erschreckt«, hörte Trent die Stimme von Mr. Cupples sagen. Er riß sich aus seiner Benommenheit wie ein Taucher, der sich an die Oberfläche kämpft, und hob mit einer hölzernen Gebärde sein Glas. Die Hälfte des Weines schwappte über den Tisch, und er setzte das Glas vorsichtig wieder ab, ohne getrunken zu haben. Dann holte er tief Luft und stieß sie mit einem Lachen wieder aus, dem jede Heiterkeit abhanden gekommen war. »Erzähl«, sagte er.

»Es war kein Mord«, begann Mr. Cupples, wobei er langsam mit der Gabel die Tischkante abmaß. »Ich erzähle dir am besten die ganze Geschichte. An jenem Sonntag abend machte ich meinen Abendspaziergang. Ich war gegen Viertel nach zehn im Hotel aufgebrochen und nahm den Feldweg, der hinter ›White Gables‹ entlangführt, damit umging ich die langgezogene Biegung der Straße. Ich erreichte die Straße fast genau gegenüber jenem Törchen am achten Grün des Golfplatzes. Dort bog ich in der Absicht ein, bis zum Rand der Klippen und zurück zu gehen. Ich war gerade ein paar Schritte weiter, als ich das Auto kommen und am Tor anhalten hörte. Ich sah Manderson sofort. Erinnerst du dich, daß ich sagte, ich hätte ihn nach unserem Streit vor dem Hotel noch einmal lebend gesehen? Nun, dies war die Gelegenheit. Du fragtest mich, und ich hatte keine Lust zu lügen.«

Ein leichtes Stöhnen kam von Trent. Er trank einen Schluck Wein und sagte tonlos: »Erzähl bitte weiter.«

»Es war, wie du weißt, eine mondhelle Nacht, aber ich stand im Schatten unter den Bäumen an der Mauer, und sie kamen ohnehin nicht auf die Idee, es könne jemand in der Nähe sein. Ich hörte alles, genau wie Marlowe es wiedergegeben hat, und sah den Wagen in Richtung Bishopsbridge davonfahren. Mandersons Gesicht konnte ich nicht sehen, denn er stand mit dem Rücken zu mir, aber ich sah, wie er die linke Faust mit außerordentlicher Heftigkeit gegen das Auto schüttelte, was mich sehr in Erstaunen versetzte. Dann wartete ich, daß er nach ›White Gables‹ zurückging, da ich ihm nicht noch einmal begegnen wollte. Aber er ging nicht. Er öffnete das Törchen, durch das ich eben gekommen war, und stand ganz still auf dem Rasen des Golfplatzes. Den Kopf hielt er gesenkt, die Arme hingen an den Seiten herunter und er wirkte irgendwie – starr. Sekundenlang verharrte er in dieser angespannten Haltung, dann bewegte er plötzlich und rasch den rechten Arm, und seine Hand fuhr in die Tasche seines Mantels. Ich sah im Mondlicht sein erhobenes Gesicht, die entblößten Zähne, die glitzernden Augen, und ganz plötzlich wußte ich, der Mann ist wahnsinnig. Und wie dieser Gedanke bei mir aufblitzte, blitzte etwas anderes im Mondlicht. Er hielt den Revolver vor sich, den Lauf auf seine Brust gerichtet.

Hier sollte ich vielleicht einfügen, daß ich immer darüber im Zweifel sein werde, ob Manderson sich in dem Moment tatsächlich erschießen wollte. Marlowe glaubte das natürlicherweise, denn er weiß ja nichts von meinem Eingreifen. Ich halte es aber für durchaus möglich, daß er sich nur verwunden wollte, um dann Marlowe des versuchten Mordes und Raubes zu beschuldigen.

In dem Moment nahm ich jedoch an, er habe Selbstmord vor. Bevor ich recht wußte, was ich tat, sprang ich aus dem Schatten und faßte nach seinem Arm. Er schüttelte mich mit einem wütenden, knurrenden Laut ab, versetzte mir dabei einen entsetzlichen Stoß vor die Brust und hielt mir den Revolver an den Kopf. Doch bevor er abdrücken konnte, packte ich seine Handgelenke und krallte mich mit all meiner Kraft daran fest – du erinnerst dich, wie zerschunden sie aussahen. Ich wußte, jetzt ging es um mein eigenes Leben, denn in seinem Blick stand Mord. Wir rangen wortlos wie zwei wilde Bestien miteinander, wobei ich ihm die Hand, in der er den Revolver hielt, niederdrückte und die andere festhielt. Ich hätte mir niemals träumen lassen, daß ich die Kraft für so einen Zweikampf aufbringen könnte. Schließlich stieß ich seine freie Hand beiseite – es war eine völlig instinktive Bewegung, die ich in keinster Weise geplant hatte – griff blitzschnell nach der Waffe und entwand sie ihm. Wie durch ein Wunder ging sie nicht los. Ich rannte ein paar Schritte rückwärts, er sprang wie eine Wildkatze an meinen Hals, und ich feuerte blindlings auf sein Gesicht. Er war einen knappen Meter von mir entfernt, schätze ich. Seine Knie gaben augenblicklich nach, und er sackte auf dem Rasen zusammen.

Ich warf den Revolver weg und beugte mich über ihn. Das Herz hörte unter meiner Hand auf zu schlagen. Ich kniete starr und fassungslos neben ihm; ich weiß nicht, wieviel Zeit verging, bis ich das Auto zurückkommen hörte.

Stell dir vor, Trent, während Marlowe mit schneeweißem, konzentriertem Gesicht im Mondlicht auf dem Golfplatz auf- und abtigerte, hockte ich die ganze Zeit über nur ein paar Meter von ihm entfernt im Schatten eines Stechginsters beim neunten Abschlag. Ich wagte nicht, mich zu zeigen. Ich dachte nach. Mein öffentlicher Disput mit Manderson am Vormittag war, so vermutete ich, das Gespräch im Hotel. Alle nur erdenklichen grausigen Konsequenzen aus dieser Situation waren mir im Moment, als ich Manderson fallen sah, durch den Kopf gegangen, das kann ich dir versichern. Ich mußte geschickt handeln. Und ich wußte, was ich zu tun hatte. Ich mußte, so rasch es ging, zurück ins Hotel, dort möglichst unbemerkt hineingelangen und etwas in Szene setzen, um mich zu retten. Ich durfte niemals ein Wort über die Sache verlieren. Natürlich ging ich davon aus, daß Marlowe überall erzählen würde, wie er die Leiche gefunden hatte. Ich wußte, daß er annehmen würde, es handle sich um Selbstmord; ich dachte, alle würden das annehmen.

Als Marlowe dann schließlich den Leichnam hochhob, stahl ich mich davon, an der Mauer entlang und beim Klubhaus auf die Straße, wo er mich nicht sehen konnte. Ich war völlig kühl und gelassen. Ich überquerte die Straße, kletterte über den Zaun und rannte über die Weide, um auf den Feldweg zu gelangen, den ich gekommen war und der hinter ›White Gables‹ zum Hotel führt. Völlig außer Atem erreichte ich das Hotel.«

»Außer Atem«, wiederholte Trent mechanisch, wobei er sein Gegenüber immer noch wie hypnotisiert anstarrte.

»Nun, es war ein scharfer Lauf gewesen«, erinnerte ihn Mr. Cupples. »Also, da ich von der Rückseite kam, konnte ich durchs offene Fenster einen Blick ins Schreibzimmer werfen. Es war niemand drin, also stieg ich über die Brüstung, ging zur Klingel und läutete, dann setzte ich mich hin, um einen Brief zu schreiben, den ich eigentlich erst am nächsten Tag hatte schreiben wollen. Auf der Uhr sah ich, daß es kurz nach elf war. Als der Kellner kam, bat ich um ein Glas Milch und eine Briefmarke. Kurz darauf ging ich nach oben ins Bett. Aber schlafen konnte ich nicht.«

Mr. Cupples, der nichts weiter zu sagen hatte, hörte auf zu sprechen. Er blickte mit mildem Erstaunen zu Trent hinüber, der jetzt, den Kopf zwischen den Händen, unbeweglich dasaß.

»Er konnte nicht schlafen«, murmelte Trent schließlich mit hohler Stimme. »Eine häufig zu beobachtende Folge von Überanstrengung während des Tages. Nichts Ernstes.« Er schwieg wieder, dann sah er mit bleichem Gesicht auf. »Cupples, ich bin geheilt. Nie wieder werde ich einen Kriminalfall anrühren. Die Affäre Manderson ist Philip Trents letzter Fall. Sein hochmütiger Stolz bricht zuletzt unter ihm zusammen.« Trents Lächeln kehrte plötzlich zurück. »Alles hätte ich ertragen können, nur nicht diese letzte Offenbarung der Unzulänglichkeit menschlichen Denkens. Cupples, mir bleibt absolut nichts mehr zu sagen, bis auf dies: du hast mich geschlagen. Im Geiste der Demut trinke ich auf dein Wohl. Und *du* wirst unser Dinner bezahlen.«

Margery Allingham im Diogenes Verlag

Die Handschuhe des Franzosen
Kriminalgeschichten
Aus dem Englischen von Peter Naujack
Zeichnungen von Georges Eckert
detebe 20929

Trau keiner Lady
Roman. Deutsch von Gerd van Bebber
detebe 21567

Gefährliches Landleben
Roman. Deutsch von Brigitte Mentz
detebe 21568

Süße Gefahr
Roman. Deutsch von Peter Fischer
detebe 21569

Judaslohn
Roman. Deutsch von Edith Walter
detebe 21570

Wenn Geister sterben
Roman. Deutsch von Brigitte Mentz
detebe 21616

Überstunden für den Totengräber
Roman. Deutsch von Theda Krohm-Linke
detebe 21630

Robert van Gulik im Diogenes Verlag

Kriminalfälle des Richters Di,
alten chinesischen Originalquellen entnommen
Mit Illustrationen des Autors in
chinesischem Holzschnittstil

Mord im Labyrinth
Roman. Aus dem Englischen von Roland Schacht
detebe 21381

Tod im Roten Pavillon
Roman. Deutsch von Gretel und Kurt Kuhn
detebe 21383

Wunder in Pu-yang?
Roman. Deutsch von Roland Schacht
detebe 21382

Halskette und Kalebasse
Deutsch von Klaus Schomburg
detebe 21519

Geisterspuk in Peng-lai
Roman. Deutsch von Irma Silzer
detebe 21622

Mord in Kanton
Roman. Deutsch von Klaus Schomburg
detebe 21623

Der Affe und der Tiger
Roman. Deutsch von Klaus Schomburg
detebe 21624